看著伏薩里翁的繁榮，
巴爾特對其豐裕的未來感到安心，
於是終於踏上解開魔獸與精靈之謎的旅程。

就在這時，
帕魯薩姆王宮遭到意料之外的勢力所襲擊。
巴爾特被迫面臨處於劣勢的防衛戰。

而從與龍人的邂逅中得到了新線索的巴爾特，
逐漸逼近世界的祕密。

強大的敵人終於現形。
面對身懷壓倒性力量的對手，巴爾特該如何與之對抗呢？

THE OLD KNIGHT
OF A FRONTIER DISTRICT
MAP

邊境的老騎士

THE OLD KNIGHT OF A FRONTIER DISTRICT

巴爾特・羅恩與始祖王的遺產

5

作者
支援BIS

插畫
菊石森生

角色原案
笹井一個

Kadokawa Fantastic Novels

CHARACTERS

巴爾特·羅恩
主角。辭去主家德魯西亞家的職務，流浪於邊境的老騎士。

葛斯·羅恩
撒爾班大公家的倖存者。巴爾特的養子。身懷絕世劍技。

朱露察卡
伏薩里翁領主。原本是盜賊。巴爾特的旅伴。

多里亞德莎
朱露察卡的妻子。原本是葛立奧拉皇國的貴族。

扎利亞
老藥師。透過「精靈附身」延長壽命，能使用神奇的力量。

卡繆拉
廚師。有點怪癖，但料理手藝無人能出其右。

亨里丹·葛托
前葛立奧拉皇國的騎士。效忠於多里亞德莎。

塔朗卡
亨里丹的養子。文武雙全的青年。正在以成為騎士為目標接受訓練。

克因特
將朱露察卡當成哥哥仰慕的孤兒。葛斯的弟子。正在以成為騎士為目標接受訓練。

卡菈
神祕的少女。藥師。

帕魯薩姆王國

居爾南特
帕魯薩姆國王。愛朵拉的兒子。巴爾特的弟子。

雪露妮莉雅
居爾南特的正妃。葛立奧拉皇王之女。

夏堤里翁
阿格萊特公爵家的養子。劍術高手。國王直轄軍隊的將軍。

堤格艾德
侯爵。卡瑟執政官。

蕾莉亞
堤格艾德的妻子。哥頓的姪女。

隆加
堤格艾德的好友與親信。

葛立奧拉皇國

亞夫勒邦
法伐連侯爵。多里亞德莎的兄長。思路清晰的武士。

卡里耶穆侯爵夫人
被稱為葛立奧拉社交界女主人的貴族。

蓋涅利亞國

喬格·沃德
對贏過巴爾特一事十分執著的騎士。大將軍。

柯林·克魯撒
喬格的親信。將軍。

其他

哥頓·察爾克斯
梅濟亞領主。巴爾特的盟友。怪力無雙。

愛朵拉
故人。德魯西亞家公主。巴爾特的思慕之人。

哈道爾·索路厄魯斯
庫拉斯庫的首任領主。原本是撒爾班大公國的宰相。

賽門·艾比巴雷斯
臨茲領主。哥頓的叔父。

毛烏拉
盧具拉·迪安德族。巴爾特的朋友。

安格達魯
葛爾喀斯特族。索伊氏族的前任族長。

伊耶米特
捷閔族。特查拉士族的勇者。

艾其多魯其耶
龍人。惡靈之王的部下。

惡靈之王
魔獸大侵襲等事件的幕後黑手。真實身分不明的敵人。

CONTENTS

第九部・大障壁的彼端

第一章 扎根於大地者

摩茲斯百菇鍋

1

伏薩里翁的建設發展相當驚人。

邊境貧困居民聽聞其豐饒程度，接二連三地湧向伏薩里翁。

騎士亨里丹身為奧路卡札特家首席騎士，忙得昏天黑地。巴爾特與克因特回到這裡後就立刻被找去討伐野獸和強盜、調解糾紛，或是護衛開採岩鹽。騎士邦茲連與哥頓也得四處奔波辦事。

正如同朱露察卡過去的宣示，勃帕特與雅德巴爾奇大領主領地都派了馬隊前來採買艾格魯索西亞。

四月時，多里亞德莎生了一個男孩子。

雖然他被稱為亞伏勒，但據說他的名字其實是亞伏勒艾諾庫西林・奧路卡札特。

「這個名字未免格調太高了吧。多里，難道妳打算創立一個新王室嗎？」

接到喜訊後趕來的亞夫勒邦滿面欣喜地這麼說道。

到了這個階段，必須培養新的騎士。

於是塞德被指派為騎士亨里丹的侍從，努巴被指派為騎士邦茲連的侍從。兩人展開了成為騎士的訓練。

另外還有五位將來有望的少年被選上，他們將在一年後進行騎士訓練。

葛立奧拉皇國派了好幾次使者前來，敦請巴爾特領取獎賞。

「我說啊，巴爾特老爺子。你那個獎賞可不可以換成牛隻？」

朱露察卡似乎打算在伏薩里翁養牛。

巴爾特對使者這麼說之後，皇王竟然送來多達九十八頭牛。半數是肉牛，半數是乳牛。母牛的數量比公牛還多出許多。這些牛從東部城市花了三個月運來。而且對方還派來三位熟悉養牛技術的人，與三位熟悉製作乳製品技術的人。皇王的感謝可以說是真心的。

「聽好囉。養牛的重點在於牛還小的時候必須大量餵食。這樣一來當牛隻長大時，牠的體型就會變得很大。」

牛隻的養育似乎有許多竅門。於是指定幾個人專門負責學習這門技術。

六輛來自帕魯薩姆的馬車抵達此地。

第一個下車的是卡繆拉。

「喂喂，這裡可沒有貴族料理的登場機會喔。」

「您說什麼呢。此地有著新鮮又新奇的鳥類、獸類和魚類，更重要的是還有這種名為艾格魯索西亞的食材。您打算奪走讓我調理這些食材的機會嗎？」

在邊境地區，除了農忙時期以外，庶民一天都是吃兩餐。但過沒多久，伏薩里翁這個地方就在卡繆拉的建議之下，連庶民也改成一天吃三餐。從此之後，人民的健康與體格都有了顯著的增進。

另外，賽諾斯畢內與托利卡也來了。

巴爾特在邊境遇到托利卡時，他還只是個年紀輕輕的少年，如今也已經成長為一位有為青年了。

「賽諾斯畢內閣下不是因為醫學知識淵博，在帕魯薩姆的王宮受到重用嗎？」

「哎呀，這件事說來令人傻眼。先王陛下病倒時，我看出他被人下毒。大概就是因為這個原因，讓那些御醫很沒面子。居爾南特陛下遭到毒匕首刺傷時，他們還妨礙我診斷病情。逼得我強行為陛下看診。雖然因此救了居爾南特陛下一命，受到的騷擾卻更甚以往。還請您務必准許我和托利卡在伏薩里翁行醫。我已經收托利卡為養子，大略教了他相關知識。」

另外，劍匠湛達塔、工學識士奧羅與皮革護具匠尼德伊也來了。

「這裡既沒有鐵礦石也沒有鍛造爐。你沒辦法在這裡研究魔劍吧？」

「就我所見，這裡有幾座看起來可能有礦藏的山呢。況且我也沒有立刻開始鍛造鋼劍的想法。我打算先接觸一下開拓生活的氣氛，一邊幫忙維護農具，慢慢調養身心，再以全新的心情鍛劍。」

另外，燒炭師奧耶也來了。

伏薩里翁是一座木材的寶庫，奧耶的加入讓此地得到了大量的優質木炭。不僅如此。在不久之後伏薩里翁展開煉鋼活動時，一馬當先大肆活躍的正是這位奧耶。

還有，庫里祭司與十二位孤兒院的孩子也來了。他們的年紀從十六歲到二十五歲不等，能識字書寫，又有一技之長。那些人之中有木工、有碾粉工，也有麵包師。還有製桶工、蠟燭匠、釀酒師、泥水匠、製繩師、揉皮師與裁縫匠。

他們全都是從巴里・陶德的口中聽說伏薩里翁的狀況，於是決定來到這裡。支付旅費與指派護衛的是帕魯薩姆王居爾南特。當然也給了那些人通行證。

也就是說，他們算是居爾南特送給巴爾特的禮物。

巴爾特對現況感到安心之後，終於準備踏上他的旅途。

踏上解開魔獸（基傑露）與精靈之謎，以及了解被稱為惡靈之王的存在是什麼人物的旅途。

首先造訪盧具拉・迪安德的聚落。

接下來拜訪捷閔族的勇士伊耶米特。

然後再拜訪葛爾喀斯特族的安格達魯。

接下來打算拜訪瑪努諾女王。

這會是一段漫長的旅行。

一開始只打算與葛斯單獨上路，但哥頓說他也想去。哥頓還表示應該帶上塔朗卡與克因特。由於亨里丹與邦茲連都有同樣的看法，於是巴爾特也打算帶上兩人。

另外，一位名為卡菈的少女也想跟去。

這位少女是在去年年底時來到伏薩里翁。雖然不知道她出身為何，不過根據其長相、用字遣詞與行為舉止，在在顯示出她出身於貴族之家。而且她還是騎馬來到伏薩里翁。

卡菈的行為從一開始就很奇特。

當她初次見到巴爾特時，卡菈就猛盯著巴爾特的手臂看，看著他戴在手臂上的「雅娜的手環」。雖然她很快就移開了視線，但此人明顯對手環充滿興趣。

——呵呵，究竟在打什麼主意呢。不過與其把她留在伏薩里翁，帶她一同上路可能會比較好吧。

巴爾特這麼想著，准許了卡菈的請求。

在出發的前一晚，卡繆拉端出的料理是百菇鍋。

來到邊境地區的卡繆拉喜孜孜地到處尋找食材。這裡簡直是一座食材的寶庫。

眼前陳列著超過十種的菇類。

有著輕飄飄皺褶的菇。

緊緊縮著，就像一支迷你圓木的菇。

又圓又小，宛如某種寶石的菇。

頂著大菌傘的菇。

彷彿纏著絲線的菇。

鮮紅色的菇。

有如尖銳利劍的菇。

模樣形形色色。

據說卡繆拉為了尋找美味的菇類，有時吃到肚子痛，有時還差點死掉。為什麼如此具有挑戰者精神呢？

不過話說回來，這是巴爾特第一次看到這麼多種菇類。

只見卡繆拉靈巧地將菇類放入鍋子裡加熱。

「這道料理的關鍵是將水溫維持在幾乎沸騰的狀態。」

將煮好的菇類搭配特製的味噌（伍涅露）放入口中。

好吃。烹煮程度恰到好處。

鍋子裡還留著深色的湯汁。

「以多種菇類煮出的這鍋高湯可以賦予肉類不可思議的鮮味。」

如此說著的卡繆拉拿出摩茲斯的肉。

那是一種隨處可見的小型野豬，肉味柔和，火烤或水煮都很好吃。

卡繆拉準備了大量摩茲斯的薄肉片。

「還請各位自行將肉片放入鍋中煮過後再行享用。只要稍微放進水中一下就足夠了。」

拿起肉片浸入菇高湯裡。待肉片的顏色從淺紅色變成白色後立刻撈起來。首先不沾伍涅露或其他佐料吃吃看。

「喔喔！」

這是未曾體驗過的味道。沒想到摩茲斯的肉竟然能變成這樣的滋味。

肉中有一股味道。那種味道與其說層次感，不如說是特殊的氣味，嚐起來頗為美味。

雖然那股味道既非苦也非澀，但與甘甜或清爽也相去甚遠。

若要仔細形容，可說是一種彷彿從浮渣轉變而來的鮮美之味。

那股味道與摩茲斯的柔和肉味形成絕妙的搭配，產生出深厚的鮮美滋味。

如果要做更深入的形容，可說是每嚐一口都能體會到體內毒素排出的感覺。

這道料理很可能也有益健康吧。

只要更改菇的種類與比例，就能享受無限的變化。

竟然能用這種隨處都可採收的食材，製作出如此令人愉悅又深奧的料理，卡繆拉果然是一位極為罕見的廚師呢。

就在這時，我突然注意到。

這道料理是在任何一座森林都能嚐到的料理。

他是為了讓巴爾特在旅行途中能享受料理，才故意製作這道料理以供作參考。

——卡繆拉這傢伙真可惡。

2

大陸曆四千兩百七十八年三月，巴爾特再次踏上旅程。

這時巴爾特六十六歲，哥頓四十六歲，塔朗卡十八歲，克因特十六歲，卡菈十八歲。葛斯雖然已五十七歲，肉體的年齡卻只有二十歲後半而已。

一行人從伏薩里翁朝東南方出發，翻過山脈。如此一來不但能靠近盧貝拉・迪安德族居住的「霧之谷」，還能近距離眺望「大障壁（吉安·杜沙·羅）」。

站在陡峭的山脊上瞭望大障壁時，誰都不免被其雄壯的威容所感動。而且若仔細觀察，可以發現「大障壁」的前方，是一個宛如將山脈挖走一大塊所形成的谷地。簡直就像有人把從山上挖走的土重新堆起來，製作出大障壁似的。

那道巨大的牆壁後面有著什麼樣的東西呢？

巴爾特過去從沒想過這個問題，如今的他卻對此好奇不已。

3

在距離「大障壁」很近的一條山脊稍微往南下山的地點，有一座村子。

當眾人向村民要求在該地過夜，大家就被帶到據說是領主家的某間破屋子。雖然那棟房子很樸素，不過在這種邊境的偏遠地區不但有村子，還有領主這點比較讓人吃驚。

一行人被帶進領主的寢室。

巴爾特對從床上起身的那位青年有印象。

「這不是奧薩閣下嗎！」

「嗨，巴爾特閣下。沒想到我們真的又見面了。真是讓人開心呢。真抱歉我剛好身體有點不適，只能用這副模樣和您見面。我已經改了名字，現在叫坦佩爾愛德．加里。」

坦佩爾愛德從床上起身，那張略顯削瘦的臉龐上露出笑容。他現在應該是十九歲，態度卻十分穩重，看起來彷彿有二十四、五歲。

七年前，巴爾特、哥頓與朱露察卡將盧具拉．迪安德族的毛烏拉送回霧之谷的途中，曾經經過樹沙村。他們借用毛烏拉的神奇力量替還是少年的奧薩假裝已經死亡。如此一來便平穩地將領主的寶座讓給他的弟弟。而奧薩則和堅持與他同行的騎士葛洛克斯．勒荷拉斯一同踏上旅程。

與巴爾特等人道別之後，奧薩來到這座亞吉斯村。

據他所說，在幫忙打倒野獸，又接受村莊經營的諮詢後，便受眾人之託成為領主。

「坦佩爾愛德閣下，要不要請藥師幫您看診？」

「哈哈，在這種地方沒有什麼藥師啦。」

「嗯，卡菈。妳去看看坦佩爾愛德閣下的狀況吧。」

巴爾特請卡菈診視坦佩爾愛德的病情。在這段旅程中，他得知了卡菈擁有作為藥師的相關知識。

「內臟開始敗壞了。不過說也奇怪。這種狀況簡直就像不斷在攝入毒藥似的。」

塔朗卡詢問坦佩爾愛德：

「坦佩爾愛德閣下。可以麻煩告訴我您昨天一整天都吃了些什麼東西嗎？」

「早上起來喝水。然後吃早餐。之後就是吃晚餐。此外，白天與傍晚都有喝茶。」

「早餐與晚餐都是一次做幾人份呢？還是說坦佩爾愛德閣下的餐點是分別製作的？」

「有八個人左右會在這個家用餐，每次的餐點都是一次製作八人份。」

「這樣啊，卡菈。」

「什麼事？」

「假設這種狀況是毒藥造成，如果飲水被下毒，能讓人無法察覺到嗎？」

「要看是用什麼樣的毒藥。不過一定有異味，應該會感覺不對勁才對。」

「那麼茶就很可疑了。」

茶在這個村莊是高級品，據說坦佩爾愛德會以茶代藥，每天都喝茶。

那種茶是以專用的容器沖泡，只有坦佩爾愛德能飲用。而這段時間，泡茶的工作都是由某位男子負責。

隔天，村子起了一陣大騷動。早上出門狩獵的哥頓、葛斯、克因特獵到了一頭斑紋鹿（撒路艾吉耶吉耶）與一頭大赤熊（丹沙羅羅伐）。他們前一天也獵到幾頭小型的野獸。整個村子的男人們幾乎全員出動以肢解如此大量的獵物。

巴爾特、塔朗卡與卡菈並沒有參與這場騷動，而是待在坦佩爾愛德的房間裡。卡菈仔細地檢視坦佩爾愛德假裝喝完茶後剩下的茶。

「有庫里吉巴毒草的氣味與味道。不會錯。」

「您的茶每次都是同一個人泡的吧？」

「沒有錯，塔朗卡閣下。是一位叫金葛的男子。這名男子原本是侍奉我所出生的肯道爾家。因為行為不檢點而被逐出榭沙村，流落到這個村子。他知道我還活著的時候相當驚訝。那已是兩個月前的事了。從此之後他就改為侍奉我，負責照顧我的生活起居。」

巴爾特喚來騎士葛洛克斯，對其告知坦佩爾愛德的身體不適是毒藥造成，以及毒藥是加在金葛所泡的茶之中的事。

「叫金葛過來。」

金葛來了。他渾身都在顫抖。

坦佩爾愛德毫不客氣直接問道：

「金葛。在這裡的卡菈閣下是藥師。她說我的身體不適是毒藥造成。還說茶裡面被放入名為庫里吉巴的毒草。是你下的毒嗎？」

金葛當場渾身癱軟哭了出來，並且坦承罪行。

他因為行為不檢而被逐出肯道爾家的說法是謊言。

在奧薩離家的第七年，奧薩的母親終於知道了。距離「大障壁」不遠處有個亞吉斯村，該座村莊領主的真實身分正是她那理應過世的長子奧薩。於是奧薩的母親給了金葛裝有乾燥庫里吉巴根的毒藥袋，命令他到亞吉斯村，讓奧薩一點一點喝下這種毒藥。顧及到肯道爾家對他長久以來的恩情，金葛不得不聽從這道命令。

「這樣啊，金葛。真抱歉讓你這麼痛苦。先退下休息吧。你可以回榭沙村，不過這種情況應該也很難回去吧。你就一如往常繼續侍奉我。毒藥的事別對其他人說。」

讓金葛退下後，坦佩爾愛德閉上眼睛沉思了一段時間，接著弓起身體嚎啕大哭：

「喔喔、喔喔！喔喔喔！母親大人、母親大人。就算您不肯愛我，我仍然愛著您。我多麼想孝順您。所以才會決定裝死離開家裡，將家主的位子讓給弟弟菲利卡。然而您卻知道了我仍然在世。您的內心到底有多麼疑神疑鬼呢，竟然對我派出刺客。讓您做出殺害孩子這件事，顯示我是多麼惡劣的不孝之人。啊啊、啊啊，母親大人！如果我是孤身一人，被殺也就算了。然而我是這個村莊的領主。為了守護這座村莊人民的安全與幸福，非得活下去不可。母親大人、母親大人，請原諒不孝的孩兒吧。」

——大事不妙！

坦佩爾愛德此刻決定殺死他的母親。千萬不能讓這位青年那麼做。

「坦佩爾愛德閣下。」

年輕的領主抬起頭，筆直地凝視巴爾特的眼睛。

「您不願被令堂憎恨，因此裝死捨棄了故鄉。那份情操實在偉大。但是您應該前往更遙遠的地點才對。榭沙村離這裡看似遙遠，以距離來說，頂多只有四十刻里。是一不小心就會讓傳聞傳過去的距離，這是您的失誤。」

「嗯嗯，也許正是如此。那麼，巴爾特閣下，我該怎麼做才好呢？」

「你就移居到更遙遠的地點吧。」

「這點辦不到。這座村莊有六十個人。在邊境的偏遠地區很難找到能讓這樣人數的人們生活的地方。」

巴爾特告訴他關於伏薩里翁的事。在東部邊境的北方邊緣建立起了一座新城市。那裡有著寬廣豐饒又安全的土地，可以在該地取得食物與鹽，布料或農具。

「在大伏薩的山腳下啊。葛洛克斯，你怎麼看？」

「在下覺得那個建議聽起來很不錯。不管怎麼說，已經不可能在這個地方繼續生活了。待在這裡只會眼睜睜看著自己逐漸走向滅亡。讓我們問問之前的村莊領導者的意見吧。」

葛洛克斯喚來三位村民。

「領主大人，騎士葛洛克斯大人。我們不懂這麼複雜的事。只是若非兩位來到此地，我們早就死光了。如果兩位認為應該移居，我們也樂意遵從。但只在意一件事。假如到時候將由坦佩爾愛德大人以外的人成為領主，那麼我們就不願意過去。領主非得是坦佩爾愛德大人不可。」

坦佩爾愛德對此面露難色。這個要求太困難了。

不過巴爾特說了：

「那麼你們就移居到伏薩里翁附近，重新建立亞吉斯村吧。伏薩里翁會與亞吉斯進行交流，援助你們。」

聽到這個提議，連坦佩爾愛德也大吃一驚。畢竟聽到這麼好的事，會產生懷疑也是人之常情。不過，他沉思一會之後，走下床對巴爾特深深地行了一禮。他相信巴爾特。騎士葛洛克斯與村民代表也跟著向巴爾特行禮。

他們將沿著哈貝爾大道往西走，從席馬耶出發前往伏薩里翁。

巴爾特負責繪製地圖，以及寫信給朱露察卡與多里亞德莎。

接下來即將進行長途移動的準備。需要大量馬車，也需要食物儲備。

出發的日子大約在兩個月以後，移動也需要花費差不多相同的日數吧。

這是一場艱困的旅行，但也是一場充滿希望的旅途。

4

「巴爾特大人，您正在賞月嗎？」

「呵呵，塔朗卡。你有什麼話想說吧？」

「巴爾特大人。您讓坦佩爾愛德大人到伏薩里翁旁邊做鄰居，到底有什麼用意呢？」

巴爾特背對著塔朗卡，默默不語。

塔朗卡繼續說道：

「坦佩爾愛德大人不是一般人，他的愛情之深令人驚訝。甚至還做好為了領主的職務犧牲那份深厚愛情的覺悟。而且他明明是之後來到這座村莊，受人請託才成為領主。我從來沒聽說過有這種事。他簡直是一位應該被稱為英雄豪傑的人物。讓那樣的人物住到伏薩里翁附近，還讓他繼續保有領主之位。老實說我無法理解您為何認可這種事。」

「讓坦佩爾愛德大人過去又會怎麼樣呢？」

「那不是很明顯嗎？像那樣了不起的人物，想必會使伏薩里翁的人民被其品德吸引而投奔於他。不能讓一塊大地上升起兩顆太陽啊。」

「你認為朱露察卡與多里亞德莎比坦佩爾愛德大人差勁嗎？」

「我不擔心那種事。問題會出現在朱露察卡大人與多里亞德莎大人過世之後。坦佩爾愛德大人遠比兩位都還要年輕。」

——呵呵呵，有意思。塔朗卡這個人真有意思。

巴爾特望著森林。

邊境的偏遠之地籠罩在深邃的黑暗之中。重重山巒被夜晚的霧氣籠罩，山腳下無邊無際的緩坡交互相疊，占滿整片視野。那是一個充滿狂野生命的未知世界。

「我說，塔朗卡啊。邊境是一處陰暗之地。你不覺得若要照亮這片陰暗，兩道光比起一道更好嗎？只守住一道光固然很好。但是兩道光能一邊切磋琢磨，一邊發展成更加強烈的光芒。如此一來就更好了。你不這麼認為嗎？」

沉默了一會之後，塔朗卡說道：

「但是在奧路卡札特家的繼承者之中，又有誰的資質能凌駕於坦佩爾愛德大人呢？」

那是身為臣子之人不能輕易說出口的話。

巴爾特回過頭去，望著塔朗卡的眼睛。

「如果沒有，就鍛鍊一位出來吧。」

塔朗卡睜大眼睛。他的臉上浮現出喜悅、困惑與決心。

塔朗卡對巴爾特行了一禮之後回去宿舍。

有意思，塔朗卡這個人確實很有意思。

那位少年能看到三十年後、四十年後的未來。

那雙眼中浮現的喜悅，代表他接受了巴爾特所說的「鍛鍊一位出來吧」的那句話。

巴爾特命令他站上負責鍛鍊出一位稱職主子的位置。而獲得這項命令的喜悅正表現在他的臉上。

隨後表現出的困惑表情，代表他懷疑自己是否有能夠鍛鍊那號人物的能力。不能說他擁有足夠的能力。現在的塔朗卡既無知識，也無力量，更無經驗。

下一個出現的決心表情，代表他發誓先鍛鍊自己。為了完成被賦予的使命，必須先從鍛鍊自己開始。塔朗卡就是下定了這樣的決心。

巴爾特臉上浮現笑容。

邊境是一處陰暗之地。

然而其未來充滿光明。

5

一行人終於進入霧之谷。

一開始他們打算從北側進去，卻沒能成功。繞來繞去還是和七年前一樣從西側進去。而且在進入山谷後同樣立刻被茂盛叢林的陰影與久久不散的霧氣擾亂了方向感。在經過一番苦戰之後，好不容易才進入山谷裡，隨後眾人遭遇了盧具拉・迪安德族的迎接。

「人類啊，你們來做什麼？」

「我前來求取精靈(姆立克)的真實。」

「你們能進入這座谷地，代表已經與此地締結緣分。你們與這座谷地有何關係？」

「七年前，我護送少年毛烏拉與精靈小穗來到此地。如果毛烏拉與他的父親還在，我想見他們。」

「我就是毛烏拉的父親。這樣啊，你是那個時候的人類。這麼一說，你擁有一把特殊的劍呢。」

毛烏拉的父親似乎認不出巴爾特。這也沒辦法，畢竟巴爾特同樣認不出毛烏拉的父親。雙方種族的差異太大了。

「毛烏拉的父親啊。我用這把劍從兩百隻魔獸的身上解放精靈。也知道魔獸是什麼樣的生物。世界上存在操縱精靈，創造魔獸的人物。我知道那號人物的真實身分，並且希望阻止他繼續產生多餘的魔獸。」

「毛烏拉已經成為『扎根於大地者』，他只能見你一個人。其他人請在此等待。」

於是巴爾特便在霧氣之中踏入深邃的谷地。

他們在路途中住了一晚。

不久後，叢林的模樣變了。之前還是各種樹木交雜生長，到了這裡卻只剩下一種樹。

延伸到頭上的枝葉縫隙間，隨處可以看到朦朧的亮光。

似乎還能聽到宛如低語般的聲音。

嘻嘻的輕笑聲在腦中迴盪。

——那些光，該不會是精靈吧？

穿過無數重霧氣形成的帷幕後，眼前突然出現好幾棵巨樹。

毛烏拉的父親在一棵巨樹的前面停下腳步。

『人類巴爾特。』

『你來了呢。』

巴爾特的腦中響起某個聲音。那是毛烏拉的聲音。

『我原本就有股預感。』

『一定能再與你見面。』

聲音聽起來是來自眼前的大樹。

一顆特別明亮的光球正飛舞在密密麻麻互相交纏的枝幹之間。

『你看。』

『小穗也很開心呢。』

毛烏拉的父親以慈愛的眼神仰望那棵茂盛的大樹。

巴爾特感到無比敬畏。

這棵大樹就是毛烏拉。

毛烏拉竟然變成了這棵大樹。

雖然他曾經聽過關於盧具拉・迪安德族的種種奇異傳聞，但眼前的景象比最為荒唐無稽的傳聞更加不可思議。

『我成為了扎根於大地者。』

『這是註定的結果。』

『盧具拉・迪安德族在出生之後沒多久，就會被帶到這裡。』

『大部分人都不會引發任何現象。』

『不過在極少數的情況下，會出現受到精靈親近的人。』

『那就是擁有高度感應力的個體。』

『我和精靈小穗締結契約。』

『與精靈締結契約之人——』

『最後將會受到這個地點的靈力吸引，化為扎根於大地者。』

『能與古老世代的「扎根於大地者」對話，能與世界對話。』

『從我能看見小穗，可以聽到它的聲音，和它成為朋友的那個時候開始——』

『就註定會變成這副模樣。』

這裡是精靈的搖籃。

在樹上一閃一滅的亮光，全都是一個一個的精靈。

巴爾特眼中溢出淚水，並任憑淚水滑落臉頰。

本來以為精靈已經滅絕殆盡，沒想到還有這麼多。太讓人開心了。

於是巴爾特開始娓娓道來。

說出被精靈附身的藥師的故事。

說出他與寄宿著神靈獸之劍的相遇。

說出他揮動古代劍，從魔獸身上解放精靈的事。

說出他在當時聽到的奇異聲音。

說出被稱為惡靈之王的存在控制瑪努諾，製造魔獸大軍襲擊人類的事。

「我想知道現在究竟發生了什麼事，以及希望防止更多的悲劇再次發生。」

當巴爾特說完之後，毛烏拉也說出自己的事。

6

很久很久以前，霧之谷曾經聚集大量精靈。

當人類找到吞食精靈的方法時，精靈們不覺得有什麼不妥。

精靈原本就會以幾百年的週期死去後轉生。儘管是轉生，因為它們仍擁有過去的記憶，所以與沒死一樣。而在死亡之前的短暫時間稍微與其他生命同化，對它們來說就像一場非常有趣的遊戲。

在剛開始的時候，與人類化為一體的精靈隨著人類的死亡一同死去，最後確實仍然會轉生回原來的模樣。

然而在那之後卻發生了奇怪的狀況。

巴爾特，精靈的數量逐漸變少。

當精靈於世界的某處誕生時，「扎根於大地者」就會得知這項消息。

可是精靈誕生的數量卻迅速銳減，最後終於幾乎不會誕生了。

當這種現象讓人納悶的時候，精靈又再次開始誕生。

不過，那些誕生的卻是瘋狂的精靈。即使得以轉生降世，也不再是原本的精靈。它們附在野獸身上，使其化為魔獸。而魔獸死後獲得解放的精靈，同樣會轉生成瘋狂的精靈。

這是讓人非常難過的事。「扎根於大地者」能聽見全世界精靈的話語。傾聽瘋狂精靈們的悲嘆與憤怒之聲，是一件非常痛苦的事。

霧之谷成了一個特殊的處所。受到「扎根於大地者」枝葉保護的精靈不會被人類吸收。不會與人類一同死去而轉生為瘋狂的精靈。這座谷地成為了精靈們的聖地。

如今還留在這裡的精靈，全都是活了很久的精靈。

但就算精靈再怎麼長壽，也有一定的壽命。

所以這座山谷的精靈開始一點一點地減少。

它們最後將會死亡殆盡吧。

到了那個時候，世界上將只剩下瘋狂的精靈。

所以，巴爾特，我有個請求。拜託你阻止精靈陷入瘋狂。

那一定是只有人類才能辦到的事。

所以唯有人類能解開那個祕密，解決那個問題。

被你解放的精靈們都曾暫時恢復理智。

我確實聽到它們的欣喜之聲，但那些聲音隨後又消失了。

太神奇了、太神奇了。那真是不可思議。

只要你揮動那把具有力量的劍，就能讓精靈從魔獸身上獲得解放。雖然持續時間短暫，精靈們仍然能恢復正常。巴爾特，那是一件了不起的事喔。

至於龍人我就不太清楚了。盧具拉・迪安德族與龍人沒有來往。

巴爾特，拜託了。

希望你拯救精靈。

7

毛烏拉身上的光球落到巴爾特的面前。

在淡紫色的光芒之中，有一位宛如嬰孩的精靈。它長著美麗的六片翅膀。

『巴爾特。』

『巴爾特。』

『祝福你。』

這樣啊，這是精靈小穗的聲音，這就是精靈小穗的相貌。

柔和的脈動傳遍全身。

苦痛逐漸離去，全身湧出活力。意識也變得更加清晰。

巴爾特得到了精靈的祝福。

第二章 哈道爾・索路厄魯斯

—柯爾柯露杜魯肉鐵板燒—

1

巴爾特與毛烏拉談完話之後，在毛烏拉父親的帶路下與一行人會合，離開霧之谷。

接著他們往正西方的方向而去。

「伯父大人，從這裡稍微往北走，不就能抵達那座瀑布嗎？今晚就在那邊紮營吧。」

由於沒有什麼需要反對的理由，巴爾特點了點頭。

於是一行人來到瀑布底下的池子邊。

當時是秋天，現在則是春天。

「這裡就是多里亞德莎大人接受葛斯大人訓練的地點吧？」

塔朗卡一邊撿拾柴火，一邊這麼說著。

巴爾特回了聲沒錯，同時納悶著塔朗卡為什麼會知道這件事。

「哥頓大人。葛斯大人進行騎士誓約的那處岩棚在哪裡呢？」

「嗯？喔喔！那個呀。就是那裡啦，你看，克因特。那邊不是有個突出的岩棚嗎？就是那裡。嘿咻，你看。就是這裡啦，這裡。」

「這樣啊，謝謝您。」

「喂喂喂，什麼多里亞德莎大人的訓練，葛斯大人的誓約。你們在說什麼啊？」

「那些事沒辦法三言兩語就說完啦。」

「之後再解釋。」

塔朗卡沒有理會卡菈的詢問。卡菈無奈之下只好開始準備餐點。

當用餐告一段落時，卡菈再次問起同樣的問題。

「告訴我你們剛才說的事吧。」

「哦，好啊。」

塔朗卡與克因特互看了一眼，最後由塔朗卡負責說明。

「這些事說來話長。妳應該知道巴爾特大人出身於大陸東部邊境，位置比這裡更南方的帕庫拉吧。距離現在八年前，巴爾特大人辭職展開了他的旅程。」

塔朗卡開始講述起來。

巴爾特與朱露察卡聯手揭發寇安德勒家的陰謀，反將其一軍的故事。

在那之後與哥頓相遇，朱露察卡也一同作伴踏上邊境之旅的故事。

他們與多里亞德莎的相遇。

葛斯的騎士誓約。

「於是多里亞德莎大人得到了邊境武術競技會的出場資格，與朱露察卡大人一同回國。巴爾特大人他們一行人在那之後繼續進行令人吃驚的冒險，在隔年的四月於洛特班城與兩人會合。多里亞德莎大人在邊境武術競技會中斬獲綜合部門的優勝。關於這件事其實還有個小故事。不過先暫且打住吧。」

卡菈瞠目結舌地聽著這些故事。

他們已經習慣這種反應了。

塔朗卡與克因特原本也對卡菈投以猜疑的眼神。

她隱藏著什麼祕密。

不過當看到卡菈在旅途中的表現，塔朗卡與克因特對待她的態度就變了。

巴爾特的看法也變了。他開始認為這個女孩子不是什麼壞人。

「哎呀哎呀，真教人吃驚。了不起。你們很熟悉伯父大人的事呢。從誰那邊聽來的啊？」

「哥頓大人。其實我們看了兩本書。一本為多里亞德莎大人所有，名字叫《邊境的老騎士冒險譚》。似乎是根據吟遊詩人對朱露察卡大人在葛立奧拉皇國皇宮前廣場上，講述故事的文字紀錄撰寫而成。亞夫勒邦大人之前帶來當伴手禮送給了多里亞德莎大人，她再讓我和克因特翻閱。另一本叫《巴爾特·羅恩卿偉績傳》。這是在帕魯薩姆王國寫成的書。前半部分是帕魯薩姆王國某貴族家的家臣在邊境武術競技會時對多里亞德莎大人、朱露察卡大人與騎士麥德路普大人所說的話的紀錄。後半部分是該貴族本人對巴爾特大人的言行紀錄。庫里祭司大人特別將他珍藏的這本書讓我們觀看。」

「這樣啊。但真是驚人的英雄譚，這種故事竟然在現實中存在。那麼故事的後續呢？」

「咦？後續？」

「對啊。你們趕快說一說那個小故事吧。在邊境武術競技會發生了什麼事？」

結果，塔朗卡便講述了一個又一個巴爾特的故事。

葛斯和多里亞德莎在邊境武術競技會上的故事。

還有巴爾特·羅恩唱出「巡禮的騎士」，讓騎士們站在一起齊聲合唱的故事。

聽了那麼多故事的卡菈仍然沒有滿足，繼續催促對方講述後續的故事。

塔朗卡也回應她的要求，繼續說下去。

巴爾特被任命為帕魯薩姆王國中軍正將之後的活躍表現。

救援可露博斯堡壘的事蹟。

與夏堤里翁解救人民的旅途。

還有率領三國聯軍，在洛特班城展開的慘烈防衛戰。

辛卡伊軍入侵中原，以及受瓦吉德・安德朗德任命的巴爾特如何擊潰這隻軍隊的過程。

騎士荀斯・伯亞臨死前精采的最後表現。

就在他受到皇王召見，進入葛立奧拉之前，卻受到瑪努諾女王的召見而離去，之後救助了包含克因特在內的五名小孩的經過。以及伏薩里翁的設立。

辛卡伊軍的再次入侵，以及他率領勇士們與物欲將軍（古利戈爾・安特拉）的決戰。

卡菈深深受到這些故事的內容所吸引。

當話題提及瑪努諾女王時，她的眼瞳閃現詭異的光芒。巴爾特沒有看漏她的這個反應。

當塔朗卡說完他的故事後，就輪到哥頓開口。

恩巴的孩子們復仇的故事。

月魚之澗的騷動。

與捷閔族勇士的相遇。

洛特班城遭到攻打時，與葛爾喀斯特族的對決。

鎮壓梅濟亞領地叛亂的始末。

聽著塔朗卡與哥頓所說的故事，巴爾特的心中有股不可思議的感受。

若是在以前，聽到這些話會讓他坐立難安。

然而到了今日，他反而感到愉快。

如果要問為什麼，那是因為他已經知道自己內心深處的某個想法——

反正自己命不長矣。不管別人怎麼說都無所謂了。

不過，講述巴爾特的故事，同時也代表著講述和他一同冒險的人們的事蹟。

翟菲特的高潔。

荀斯．伯亞的英姿。

麥德路普．葉甘的奮戰。

三兄妹的壯志。

乖辟皮甲工匠的技術。

劍匠湛達塔的人生哲學。

巴爾特認為，讓這些故事流傳下去是一件好事。

然後他思考著。

是不是該將這趟旅程的意義與目的告訴這群年輕人。

如果他先說出來，他們就能以自己的方式面對接下來遭遇的人事物。

所以巴爾特等到哥頓說完後，開口說道——

精靈與魔獸的真相。捷閔王的過去。魔劍的歷史。

葛斯・羅恩的出身，與狼人王之國滅亡的來龍去脈。

瑪努諾女王的贈禮。

操控瑪努諾，驅使大量魔獸進犯的是哪號人物。

龍人們的事。

以及他為了解開真相，與身處暗處的敵人戰鬥而展開這場旅程的打算。

當他說完這些，天已經亮了。

一行人在這處瀑布旁的水潭邊休息了一天。

當白天醒來時，只見卡菈正抱著大腿，縮著身體坐在岩棚上。

「怎麼了嗎？」

「聽到那種故事，聽了你們說的那些故事。我覺得自己想做的事實在太渺小。感覺一團亂。開始懷疑自己到底在做什麼啊。」

巴爾特凝視著瀑布落入水潭濺起的水花。過了一陣子，開口這麼說道：

「舉凡事物皆有大小之別。然而這不代表大事才重要，小事就不重要。況且，做大事的人也是一件一件仔細地做好小事。累積起來才會變成巨大的成就。」

「……嗯。」

2

一行人抵達庫拉斯庫是五月中旬的事。

他們離開伏薩里翁已經過了一個半月。

葛斯至今仍然避開進入庫拉斯庫。這也是當然。

斷絕撒爾班大公家的血脈──這是撒爾班戰役戰勝國之間的約定。而哈道爾・索路厄魯斯伯爵是以戰敗國撒爾班最後一位宰相的身分承認並立誓執行那項約定的負責人。

然而葛斯是撒爾班戰役爆發時的撒爾班大公艾尼西道魯格的雙胞胎兄弟，也是最後一位大公史瓦赫爾道魯格的伯父。一旦葛斯的存在曝光，就會陷哈道爾伯爵於不利的窘境。因此葛斯不能與哈道爾見面。

不過，經過了這麼久的時間，在物欲將軍死去，辛卡伊成為中原諸國之敵而被擊敗的現在，兩人終於得以見面。

然而那對葛斯而言是一場令人難受的會面。

哈道爾率領撒爾班的遺民，從位於中原盡頭的莫魯道斯山脈千里迢迢跨過奧巴大河，登上東部邊境的北側，開拓了庫拉斯庫這座城市。那是一條多麼艱險困難的道路呢。而葛斯明明身為「王之劍」，卻無法守住國家，也無法對那趟艱難的旅程提供任何幫助。如今庫拉斯庫已經變得豐饒富庶。葛斯選在這個時候造訪，哈道爾會用什麼樣的表情迎接他呢。

即便如此他仍然得見對方。為了讓葛斯澈底擺脫盤據於他心中紅色死亡烏鴉的幻影，這是絕對必要的。

就算在這場會面裡，葛斯將會遭到對方的辱罵也在所不惜。

3

「伯爵大人的身體不適，他表示只能在床上接見各位客人，還請見諒。」

當巴爾特與哥頓以各自的名字提出會面申請後，他們被帶到宅邸裡頭的房間。

比起上次見面時的樣子，哈道爾・索路厄魯斯伯爵看起來瘦了一圈。

伯爵從床上坐起身，對巴爾特與哥頓露出笑容。雖然他的眼窩凹陷，雙目中卻不失爽朗的神采。

當他看到第三個進入房間的葛斯時，瞳孔突然張得大大的。

「所有人都離開房間。只留下奇茲梅魯托魯。暫時不許任何人靠近這個房間。叫諾亞過來。奇茲梅魯托魯，扶我下床。」

騎士面露些微驚訝的神色，隨即協助伯爵下床。當那位騎士打算將伯爵扶到一旁的椅子上時，伯爵卻雙膝著地，對葛斯行跪拜之禮。

騎士看到伯爵的樣子，露出恍然大悟的神情。並且在伯爵的身後膝蓋跪地對葛斯行禮。

另一位騎士進入房間後也同樣對他行禮。

葛斯走到伯爵的面前。

「伯爵，辛苦你了，請原諒我。」

巴爾特細細品味著葛斯這句短短的話語之中隱含的千言萬語。

想必哥頓、塔朗卡、克因特與卡菈也和他一樣吧。

「不敢、不敢。」

搖著頭的伯爵眼中流出滾滾淚珠，落到地上。

「伍利恩托爾格大人。您、您的平安無事就是在下哈道爾唯一的希望。我已經從坎多爾艾達大人的口中聽說過您的事了。就是因為知道您安然無恙，我才能忍受失去艾尼西道魯格大人的痛苦，才能忍受將毒酒遞給史瓦赫爾道魯格大人，自己卻苟活於世的不忠之舉。因為只要您、您仍然在世，狼人王大人的血脈就不會斷絕。」

「我身上的詛咒對國家造成危害。為伯爵與人民帶來艱辛的命運。」

「不是那樣的。眾神早已安排好了。即使大公國滅亡，其正統血脈仍然不至於滅絕。您的誕生正是對未來的祝福。」

這句意料之外的恭維讓葛斯驚訝地睜大了眼睛。

「況且您、您明明置身於艱困的環境，理應處於喪失一切的絕望之中，卻仍然找出受苦的人民，幫助他們，將其送到這座城市。每當一批撒爾班的遺民抵達此地，在下哈道爾都會對身處大陸某處，奮不顧身孤獨奮鬥的您獻上感謝的祈禱。但是，啊啊。請您原諒我。小人奪走您的臣民。我對來到此地的人民說，撒爾班已經不存在了，你們都將成為新成立的庫拉斯庫之民。我對兒子、對孫子都這麼說。而且新加入這座城市的其他人民數量也很多。已經無法讓您以君王的身分進入此地了。」

「那樣就對了。那樣才好。我已捨棄過去。成為巴爾特・羅恩的養子。獲得葛斯・羅恩這個名字。我捨棄了過去的名字，也捨棄了以過去的名字所立下的誓約。」

「葛斯・羅恩！您就是那號人物嗎？我時時刻刻都在關注中原的狀況。尤其是那位怪物將軍侵略中原，卻遭到巴爾特閣下與其一行人阻止的經過。啊啊，是這樣啊。您成為了巴爾特閣下的養子。啊啊，善哉、善哉。」

「伯爵，快請起身，回到床上吧。」

「不，我還有話要說。旁邊這兩位騎士叫奇茲梅魯托魯・艾薩拉與諾亞・法克多。這兩人不是庫拉斯庫的騎士。他們是由小人所培養，並且將忠誠奉獻給狼人王血脈，也就是您的騎士。」

之後伯爵與葛斯聊了一會。葛斯告訴他自己目前以伏薩里翁為根據地，尚未娶妻生子的事。還告訴他自己目前為了某個目的正在旅行，短期內不會回伏薩里翁。於是兩位騎士帶了各自的手下前往伏薩里翁，等待葛斯的歸來。

兩位騎士的長子都是見習騎士，據說伯爵親自為兩人進行騎士就任儀式後送走了他們。

伯爵似乎還想說些什麼。只見他默默地望著葛斯的眼睛一會後，緩緩地開口：

「葛斯・羅恩大人。我有個請求。拜託您娶妻生子，留個男丁吧。」

「我知道了。」

4

眾人當天晚上受到款待。伯爵也從床上起身坐在宴席之間。

今晚的貴賓是巴爾特與哥頓，葛斯則是被視為巴爾特的兒子。

不過，葛斯也是兩度打倒物欲將軍的其中一位騎士。

庫拉斯庫乃是撒爾班公國遺民建立的城市，這座城市的大部分人都對物欲將軍抱持強烈的恨意。因此葛斯成為了他們的英雄。

那天晚上，葛斯來者不拒地接受所有人的敬酒。

當宴會結束後，前往客房時，有一群人在走道旁的庭院裡等待巴爾特。

站在最前頭的是白天時在庭院指揮布置的男子。當一行人被帶往伯爵的房間時，此人一直注視著葛斯。在那個人身旁的應該是他的妻兒吧。

除此之外還有三十多人拜倒在地上。

他們跪拜的對象是葛斯。

這些人應該就是受到葛斯拯救，得以在庫拉斯庫獲得安身之地的人民。

撒爾班公國滅亡之後，葛斯遵從大叔父坎多爾艾達的遺言，放棄了復仇，專心於磨練劍術。就在那個時候，他得知撒爾班遺民在中原各地過著形同奴隸的生活。於是葛斯將他們找出來，救助那些人。並且贈予旅費，讓他們來到庫拉斯庫。葛斯自稱是哈道爾．索路厄魯斯伯爵的手下。但實際上他並未受到伯爵的請託，那些資金是他靠自己努力工作賺取的。

受到拯救的人們都抵達庫拉斯庫，對伯爵表示感謝。不知道伯爵回答他們什麼。但那些人都察覺到真相——

有個人在十幾年的時間裡不斷找出並救助撒爾班的遺民。此人硬逼著自己孤身進行這個任務。多虧了那號人物孤獨的無私奉獻，自己才能獲救。

誰也沒有開口說話。

他們察覺到因為某些原因，不能隨便與葛斯交談。

所以只是默默不語地獻上他們的感謝。

葛斯站在原地，看著那些人好一陣子。

接著——

「祝你們健康長壽。」

留下這句話後便離開了。

隔天，巴爾特拜訪了皮革護具工匠波爾普。

波爾普一見面就脫下巴爾特的皮甲，拿去進行修護保養。

這次修護保養花了五天。結果巴爾特一行人就在領主的府邸叨擾了七天。

葛斯利用這段時間，嚴格訓練塔朗卡與克因特。

在奇茲梅魯托魯與諾亞的拜託之下，他也陪兩人的長子茨路加托爾與達利做了訓練。

巴爾特帶著哥頓光顧許多庫拉斯庫的特產餐廳。卡菈也厚著臉皮跟著兩人同行。

第二天，他們去了以前朱露察卡帶巴爾特去過的柯爾柯露杜魯料理店。當初那裡只能勉強算是攤販，現在已經成為一間氣派的餐廳了。客人不再需要自行烤肉，所有料理都是調理好之後才端上桌。

要店家端出最有人氣的料理之後，對方送上柯爾柯露杜魯腿肉的鐵板燒。眾人連著料理與布蘭濁酒，滿足地享用了一餐。

當然，最後還是以炊布蘭拌蛋汁收尾。巴爾特是多麼盼望這股味道啊。

第八天早上，穿著修護完成，宛如全新皮甲的巴爾特離開了庫拉斯庫城。

第三章　帕魯薩姆王宮防衛戰

—亞孜辣味鍋—

1

巴爾特一行人離開庫拉斯庫，朝捷閔族特查拉氏族村落的方向而去。

捷閔族是種有著猿猴樣貌的矮小亞人。即使長大成人也只有人類十二、十三歲的高度。他們居住在森林之中，對那裡的一切十分熟悉。在森林裡，人類絕對贏不了他們。

捷閔族不允許人類踏入其地盤，眾人差點遭到他們的攻擊。幸好巴爾特不斷呼喚伊耶米特的名字，讓伊耶米特終於現身。

「這不是打倒藍豹(耶魯加)靈獸的人類嗎？勇士啊，你來到此地做什麼？」

「有段時間不見了呢，伊耶米特閣下。我來詢問你的意見。五年前，在奧巴大河的西方出現八百隻以上的魔獸——以你們的說法來說就是靈獸——襲擊了人類的國度。」

「什麼！」

伊耶米特將巴爾特等人帶入小屋內。

「說吧。」

於是巴爾特便從可露博斯堡壘遭到魔獸集團襲擊的事開始講起，依序說明當時發生的狀況。接著講述了他與瑪努諾女王的對話、扎利亞告訴他的話，還有造訪霧之谷時與毛烏拉的對話。

「伊耶米特閣下。您對這件事應該知道些什麼。為什麼捷閔族會擁有『藍石（耶魯各古）』呢？」

「人類巴爾特。捷閔族信仰精靈，在『大障壁』完成時，我們的祖先向偉大之王做出請求——希望能讓我們將精靈召喚到自己手邊。這樣一來就能在精靈恢復成原本清淨的精靈時可以儘快得知這個消息。偉大之王答應了這個請求。賜予我們『藍石』與『紅石（羅羅各古）』。紅石埋藏於最不容易丟失的地點，也就是各氏族祖先的靈廟。被吸引到該地點的精靈將會在誕生之後附於野獸身上成為靈獸。清淨的精靈還活在盧具拉．迪安德族那邊，這實在是一個大好消息。我會立刻傳達給其他氏族。操控瑪努諾製造大量魔獸，而且還攻擊人類的行為實在難以容忍。但是關於龍人的情報，我們也不是很了解。如果要問有誰知道這些事，那應該是葛爾喀斯特族吧。龍人是過去君臨這片土地上的無數種族，欺壓他族、以其他種族為食。唯一幾乎能與那群傢伙站在對等地位的只有葛爾喀斯特族。那群傢伙的神奇力量對葛爾喀斯特族沒有效果。人類巴爾特啊。雖然我也想加入你的旅程，然而帶著捷閔族在人類的世界旅行勢必會引起許多麻煩。所以我會在這裡等待你的通知。假如需要我的力量，就呼喚我吧。」

聽取種種情報之後，巴爾特等人離開了捷閔族的居住地。這是一場充滿意義的會面。

「葛斯大人。那位名為伊耶米特的捷閔族戰士功夫相當高超呢。他就算走在落葉上也讓人感覺不出體重，無論是站著或坐下，動作都宛如輕柔的一陣風。」

「你注意到箭頭了嗎？」

「什麼箭頭？」

「那是用魔獸的骨頭打磨而成的。那把弓不是凡物。我沒辦法掌握他的行動。克因特，那個男人很強喔。」

2

一行人順道去了一趟月魚之淵，然而那裡的女老闆已經在五年前過世。

而且該地現在受到一位名為霍賈塔的貪心商人控制。這位商人看上的目標是托卡。

托卡是一種擁有清爽的辛辣味，嚐完後會留下暢快餘韻的辛香料。這種植物只能生長在乾淨的山裡。月魚之淵是很罕見的優質托卡生長地。

如今帕魯薩姆王國正掀起一股辛香料風潮。只要挖光月魚之澗的托卡運到帕魯薩姆，每根托卡都能變成一枚枚的金幣。這就是霍賈塔的盤算。

霍賈塔以形同詐欺的手段獲取月魚之澗的托卡採收權，他很快就開始著手採收托卡。然而其計謀沒有得逞，因為一隻擁有銀色毛皮的巨大長耳狼（巴露班）阻撓了他。

霍賈塔因此嚷嚷著：「魔獸出現了！」剛好就在這個時候，巴爾特一行人經過該地，多事的哥頓一如往常地攬下了消滅魔獸的請託。

巴爾特等人在前往山澗進行調查時遇到那隻銀狼。銀狼並不是什麼魔獸，而是一隻散發著奇異氣質的美麗野獸。

當眾人下山回到村裡時，霍賈塔已經死了。當霍賈塔打算強行採收托卡，催促傭人們出發時，銀狼忽然現身並殺死霍賈塔。接著牠看也不看其他人一眼，逕自消失於山裡。

3

一行人抵達了臨茲。

威爾納・艾比巴雷斯繼承了臨茲伯爵的位子。不過前任家主賽門還很生龍活虎。他開開心心地迎接一行人。

威爾納交給巴爾特一封居爾南特的親筆信。

「兩週前，帕魯薩姆國王陛下派遣使者來訪。將這封指名交給巴爾特大人的親筆信寄放在臨茲伯爵家。同樣的親筆信有三封，一封送到臨茲，一封交給席馬耶領主，一封則是送到伏薩里翁。」

聽起來是非常緊急的事。

親筆信中寫著居爾南特有要緊事與巴爾特商量，請他前往王都。

到底發生了什麼事呢？總之先改變預定計畫，前往帕魯薩姆。

當天晚上眾人受到賽門的款待，並且在隔天下午搭船離開。

哥頓是負責送行的那邊。他有兩年以上放著領地不管的事被賽門發現，狠狠地挨了一陣罵，只好回到梅濟亞。

賽門是哥頓母親的哥哥，也是哥頓進行騎士誓約時的引導人。他是能讓哥頓完全抬不起頭的一號人物。

船隻離開岸邊，巴爾特也對揮手道別的賽門揮手致意。

就在此時，他瞧見一位怪異的男子。那名男子直直地盯著賽門，右手伸進懷中。男子這時掏出了短刀，走向賽門。

「不妙！」

巴爾特在這個時候做出一個不可思議的舉動。他也不知道自己為什麼會那麼做。

他拔出古代劍。

接著在短刀即將刺中賽門的那個瞬間，喊出史塔玻羅斯的名字。

古代劍上便出現一顆光球，飛到位於遠處的岸邊擊中那名男子。

男子就這麼維持衝過去的姿勢癱倒在地。

男子倒下時還與賽門擦身而過，讓巴爾特心中涼了一下。幸好賽門安然地站在原地，看來他閃過去了。

船隻漸漸遠離岸邊。

賽門一邊對巴爾特猛揮手，嘴裡似乎還喊著什麼。

巴爾特呼了一口氣。看來賽門這次平安逃過一劫。

4

密斯拉子爵見到巴爾特時顯得相當開心，盛大地款待了巴爾特一行人。

隔天早上巴爾特等人準備出發時，廣場上聚集大批人潮，擠滿道路兩旁。

「這裡正在舉辦什麼活動嗎？」

「那些人都是來看您的。」

「啊？」

「六年前，您以大將軍的身分前往可露博斯堡壘，激勵我等士兵擊退了魔獸。如果沒有您，可露博斯堡壘的士兵一定會全軍覆沒。這座密斯拉城也將不知道會變成什麼樣子。不僅如此。您幫助那座堡壘的騎士們取回了驕傲，還傳授他們戰鬥的方法。而且還在五年前擊垮那群侵襲洛特班城，數量駭人的大批魔獸，拯救了我們。密斯拉的居民得知恩人造訪此城，於是紛紛趕來見您。」

「巴爾特大人。請看，大家都在對您揮手致意呢。您也對他們揮揮手吧。」

「唔、嗯。」

在卡菈的催促之下，巴爾特不禁舉起右手。人群中隨即爆出巨大的喧譁聲。

「羅恩卿。如果不嫌棄，還請您拔出『神劍史塔玻羅斯』，回應人民的歡呼吧。」

「哎呀，什麼『神劍史塔玻羅斯』嘛。」

「好了，巴爾特大人。拔出魔劍吧。快點快點。讓大家見識一下劍匠湛達塔的精湛技術嘛。來吧來吧。」

受到卡菈的熱情影響，巴爾特順勢拔出古代劍舉到頭頂。

群眾間響起了無比的歡呼聲。

巴爾特一邊回應人們的歡呼，腦中卻浮現「這個女人結婚後八成會把丈夫吃得死死的」這種不合時宜的感想。這時的巴爾特作夢也想不到，未來有一天他竟然會讓這位卡菈嫁入羅恩家。

一行人就在大批人民的目送之下，離開了密斯拉城。

5

當他們抵達王都，已是八月上旬的事了。

巴爾特被請入王宮，國王隨即召開重臣會議。

外表變得更加莊重的里希歐內爾子爵擔任會議的司儀。

「那是發生在六月二日的事。十名龍人騎乘飛龍（伊恩特．那達）出現，降落於城中。牠們詢問國王在何處。雖然騎士與士兵們將其團團包圍，但是當龍人頭上的第三隻眼發出光芒後，騎士們都不可思議地失去意識倒在地上。之後庫歐魯伯爵以國王代理人的身分與龍人進行會面。」

庫歐魯伯爵娶了溫得爾蘭特王的表姊妹為妻，據說此人在對外事務上相當活躍。

「龍人自稱伊斯特立亞的托托魯諾斯托托。伊斯特立亞正在尋找寄宿神獸的靈劍，也知道此劍正位於這個國家。並且要我方交出靈劍與其使用者。這就是對方的要求。庫歐魯伯爵詢問對方──我國擁有為數眾多的魔劍，對方要求的是哪一把。龍人回答──就是五年前大批魔獸襲擊人類國度時，擊退魔獸的那把靈劍。」

庫歐魯伯爵察覺到龍人在找的正是巴爾特．羅恩與他的魔劍，卻如此回答：

「你們的要求太過不講理，恕我方無法答應。」

龍人額頭上的眼睛隨即發出古怪的光芒。原本還威風凜凜與龍人針鋒相對的庫歐魯伯爵突然低下了頭，雙手也軟弱無力地垂在一旁。接著用缺乏抑揚頓挫的平板語氣這麼說道：

「你們尋找的是邊境騎士巴爾特．羅恩與其佩劍。羅恩卿居住於邊境的偏遠地區。他並不是與這個國家關係密切的臣子。不過，倘若是現任國王陛下一聲令下，羅恩卿應該會遵從吧。」

庫歐魯伯爵說完後就「啪」地一聲倒在地上，龍人托托魯諾斯托托留下這段話：

「這個國家的國王啊。明年的一月一日，我們會再次前來。到時候你得交出巴爾特．羅恩與那把靈劍。否則我們將摧毀這座城。」

然後龍人就離開了。

重臣們的意見分成兩派。

一派認為既然無法理解龍人的意圖，那就應該暫時聽從對方。另一派則認為為了國家的尊嚴，不應該那麼做。由於雙方無法達成共識，於是協議總之先把巴爾特找來王都。

「羅恩卿。那些傢伙的目的到底是什麼？」

「陛下，我最近從捷閔族那邊聽到關於牠們的事。人們在這片大地繁衍之前，龍人支配並壓迫所有其他種族，還把其他種族當成食物。牠們擁有強大的戰鬥力，據說只有葛爾喀斯特族能勉強與之抗衡。關於龍人的詳細情報，應該詢問葛爾喀斯特族。」

「唔、嗯。亞人知曉人們所不知道的古老歷史吧。」

「陛下。我會與葛爾喀斯特族見面。我打算先從他們的口中問出龍人的真面目。至於該怎麼對付龍人，就等之後再作協商。您看如何？」

「很好。就這麼做吧。拜託你了，巴爾特・羅恩卿。」

6

巴爾特一行人於是直接從王都前往洛特班城，再轉往索伊氏族的居住地。

洛特班城在第一次諸國戰爭時被帕魯薩姆王國轉讓給葛立奧拉皇國，由亞夫勒邦的弟弟杜賽邦擔任領主。

洛特班城對抵達該地的巴爾特等人給予盛大的歡迎。

成為貿易中繼點的洛特班城如今有了驚人的發展。由於皇國的諸侯為了獲得能在這座城做生意的許可證而提供了工匠與農民，導致居民的人數暴增。運往洛特班城的南方辛香料、茶葉、布料與各式各樣的酒類，在以皇都為首的皇國各地受到很大的重視。而葛立奧拉輸出的稀有毛皮、武器、寶石寶玉、礦石等等物品也能在南方賣到高價。

一行人離開洛特班城往東行。巴爾特的好運就像源源不絕似的，開始尋找的第三天就遇見了葛爾喀斯特的索伊氏族。雖然剛見面時雙方語言不通，差點發生戰鬥。不過就在他們連連呼喊族長安格達魯的名字之後，本人總算現身。

「恩凱特．巴爾特。你來得好。」

安格達魯一聲令下，葛爾喀斯特們就展開招待客人的準備。

安格達魯曾經對巴爾特說過，索伊氏族飼養的一種名為亞孜的獸類相當美味。亞孜是有如小型野豬的獸類。

於是葛爾喀斯特族宰殺了幾頭亞孜，暫時先運到其他地方。過了一會又運回來。大概是被拿去放在祖先的祭壇前供奉祭祀吧。一小部分的肉拿去火烤，大部分都切碎放入鍋中燉煮。

那個鍋子裡丟入了數量驚人且種類繁多的樹果，每種材料都事先乾燥過。

其中有幾種果實巴爾特也認得。那些全都是具有強烈刺激性的樹果，在中原被當成珍貴的辛香料。只用味道如此強烈的樹果燉煮，究竟會煮出什麼樣的料理呢。

葛爾喀斯特族送上奶酒。那是一種甘甜爽口的酒。酸味不重，反而可說相當清爽。由於口感太好又太過順口，讓人咕嘟咕嘟喝個不停。要說危險確實很危險。卡菈一下子就喝醉了，情緒變得有點高昂。原本還好奇這是什麼奶的酒，一問之下才知道原來是悉悠魯多奶酒。據說這是人類第一次喝到這種酒。

烤過的亞孜肉油花意外地少。不過頗有嚼勁，越嚼越美味。大量灑上的辛香料與奶酒的甘甜十分搭配。

有三十位左右的葛爾喀斯特族參與宴席。什柬克與梅利特戈也在其中。

由於安格達魯表示接受招待的客人講述自己的旅行故事是他們部族的風俗，於是巴爾特就請塔朗卡述說雙方道別之後發生的事。安格達魯則是靜靜地聽著。索伊氏族的戰士們原本還吵吵鬧鬧，最後卻完全靜下來仔細傾聽塔朗卡的話語。

不過話說回來，塔朗卡對故事的整理真是簡潔扼要。原本應該有整整兩本充滿誇張與誤解的內容，塔朗卡卻能精確地分辨其中的真偽。不僅如此，他還能對葛爾喀斯特族難以理解的用語、習慣與制度加上簡潔的解說。

當塔朗卡說完故事之後，眾人沉默了一陣子。之後，安格達魯這麼說道：

「把『恩維克亞孜』拿過來！」

對方端上以亞孜與樹果燉煮而成的料理。料理擺在有深度的盤子裡，送上時還附了湯匙。其實從剛才開始，現場就瀰漫著一股誘人的香氣。巴爾特耳朵聽著塔朗卡所說的話，內心卻是對鍋中物在意得不得了。

靠近一聞，可以嗅到更為強烈的刺激性香氣。料理的香氣竟然有如此挑逗性與誘惑力，真是新鮮的體驗。於是巴爾特拿起湯匙舀了一口放入嘴裡。

在一瞬間的圓潤口感之後，緊接而來的是奇辣無比的辛辣。

那股辣味讓人懷疑自己的舌頭是不是要融化了。

不過那股辣味沒有持續太久，很快就消失了。嘴裡只留下舒適的清爽感。

回想起來，剛才嚐到的辣味不是單純的麻辣刺激感。

不對，那的確麻麻辣辣的，但並非在嘴裡橫衝直撞，讓舌頭刺痛的強烈刺激。而是既平緩又溫和，帶著溫馨柔順感覺的微辣味道。

巴爾特忍不住又舀了一匙湯放入口中。

身體已經開始期待那股舒適的刺激，迫不急待想要嚐到那匙湯。

——啊啊！

好辣、好甜、好柔和！

好刺激、好爽快！

從來沒吃過如此不可思議的料理。

一匙又一匙。迷上這股味道的巴爾特將名為「恩維克亞孜」的幸福之湯不斷送入口中。

裡頭不只有樹果，還放入了一些切細的蔥類與根莖類蔬菜。

這時他注意到——

料理中明明放了各種味道強烈的辛香料，而且放入的量與種類還相當龐大與繁多，味道為何會如此柔和圓潤呢？

是亞孜的關係。燉煮的亞孜肉釋出的高湯吸收了大量辛香料，將那些材料融合成柔和圓潤的味道。

這種高湯成為料理鮮味的關鍵。唯有肉類高湯才具備的濃郁充實滿足感，就是這道味道強烈的湯品本質。

亞孜肉這項食材的的真正價值，在於以其煮出的湯汁。

回過神時，手上的深盤已經空了。

「巴爾特大人。用這種揉捏製成的麵包沾著湯吃，也很不錯喔。」

聽到卡菈這麼說，巴爾特才注意到放在眼前另一個盤子上的圓扁物體。

卡菈撕開圓扁物體，沾了沾「恩維克亞孜」，再咬下沾了湯汁的部分。

——失算了。沒想到竟然還有這種吃法。

——應該說，這個東西是什麼時候放在這裡的？

巴爾特放下深盤，稍微撕下一塊圓扁物體。感覺不但比一般麵包硬，還更有重量。

放入口中後，嘴裡便散發出些微的香氣。

細細咀嚼時，那種柔韌的口感帶給人安心沉穩的感覺。

如果拿這個東西沾著湯汁吃，會是什麼樣的味道呢？

巴爾特難過地望著空空如也的深盤。

有位葛爾喀斯特似乎察覺到巴爾特的想法，拿走他的深盤。並且重新幫他裝了滿滿的一盤「恩維克亞孜」。那位葛爾喀斯特是梅利特戈。

「真不好意思啊，梅利特戈閣下。」

巴爾特接過深盤，急急忙忙地撕下揉製麵包，沾了點「恩維克亞孜」就往嘴裡送。

辛辣、溫潤、口感充實。真是一道令人愉悅的料理。

以同樣的吃法嚐過三輪之後，改成以湯匙單獨品嚐「恩維克亞孜」，之後再嚼了嚼什麼都不沾的麵包。嗯。這種吃法也不錯。

差點完全忘記還有酒呢。於是又喝了口酒。

這麼做立刻讓人明白，刺激性強烈的「恩維克亞孜」與溫潤清爽的悉悠魯多奶酒簡直是天生一對。

就這樣，巴爾特一行人充分地享受葛爾喀斯特族的美食，經歷了一場人類鮮少能遇到的體驗。

隔天早上，族長安格達魯說道：

「恩凱特．巴爾特。在昨天的會談裡，我已經明白你有何要緊事了。我就對人類之王說明龍人的事吧。但我不會獨自前往，而是會帶著五十名索伊氏族的勇士前去。那群蜥蜴打破了古老的約定。葛爾喀斯特族會讓牠們遭受報應。」

挑選五十名勇士的工作由副族長什柬克負責。梅利特戈炫耀自己被選入五十人名單的行徑惹惱了什柬克，讓他被副族長打倒在地。那整張臉都被打得陷入地面。但過了一會，他卻像什麼事也沒有似的重新爬起來。

7

抵達王都的安格達魯在居爾南特與重臣的面前說明龍人的事。

「在人類（托利）出現於這片大地之前，龍人一直在蹂躪、玩弄、獵食其他所有的種族。牠們使用能操控心靈的神奇技術，半開玩笑地迫使其他種族互相爭鬥。但是那種操控心靈的神奇技術唯獨對我們葛爾喀斯特族沒有效果。另外在戰力方面，葛爾喀斯特族不會遜於龍人，因此那些傢伙不敢對我們出手。後來人類出現了，人類的偉大之王創造『大障壁』，將龍人趕到其外側。那些傢伙以不准再進入『大障壁』之內，以及不再對人類動手為條件得以生存下去。那些傢伙之所以破壞古老的約定，穿過『大障壁』對人類下手的原因、之所以想得到寄宿偉大精靈之劍的原因，很顯然就是為了獲得力量。而牠們得到力量之後要拿來做什麼，顯而易見。那就是再次支配其他種族，君臨這個世界。」

重臣會議做出了結論。

不能把巴爾特・羅恩與魔劍交給龍人。就算必須為此一戰也在所不惜。

8

時間來到一月一日。

國王直轄軍布置於城門內側的廣場，嚴陣以待。騎士兩百名、長槍兵兩百名、弓箭部隊六百名。城牆上也排排站著百名士兵，他們手中握著改良式十字弓。

五十名葛爾喀斯特族勇士則是密集地擠在廣場的一個角落。相對於騎在馬上的帕魯薩姆騎士，葛爾喀斯特們都下了悉悠魯多。

「與那群傢伙戰鬥時，雙腳踏在地面上會比較方便。」

安格達魯如此解釋。葛爾喀斯特們的手上都握著他們稱之為賈坦的單刃反曲刀。

巴爾特隨同居爾南特國王與其親信待在一個可以俯瞰廣場的小房間裡。葛斯、塔朗卡、克因特與卡菈也和他們在一起。

居爾南特身旁跟著近衛隊隊長奇傑庫・雷加。雖然他擔任這個職務已經五年了，劍術似乎可以匹敵夏堤里翁。

天空遠處出現一個個黑點，黑點越飛越近。

兩百。不對，數量可能更多。沒想到竟然有這麼大量的龍人集團來襲。

一隻飛龍靠過來，停滯在廣場的上空。

停在半空中的飛龍搧動翅膀所造成的強風幾乎要把士兵們吹得東倒西歪。

牠的體型好巨大，散發的壓迫感好強烈。雙翼該不會有三十步寬吧。

眼見僅僅一隻飛龍就散發出深不見底的壓力，巴爾特難掩從肚子裡湧出的不適感。

「人類。你們準備好獻上巴爾特・羅恩與靈劍了嗎？」

龍人以刺耳的聲音如此詢問。

「龍人啊，你們為何想獲得羅恩卿與魔劍。說說你們的理由吧！」

上軍正將西戴蒙德．艾克斯潘古拉對龍人提問。

龍人沒有回答，只是讓額頭上的第三隻眼放出光芒。

接著牠再次對西戴蒙德詢問：

「巴爾特．羅恩來到這裡了嗎？」

接著，令人難以置信的狀況發生了。

只見西戴蒙德以沒有感情的空洞聲音回答：

「巴爾特．羅恩來到這裡了。他就在那邊。」

正當西戴蒙德準備指出巴爾特的所在地時，位於其左側的夏堤里翁以電光石火之勢，驅策愛馬貝可利往右靠過去，拔劍敲在西戴蒙德戴著頭盔的側邊腦袋上。西戴蒙德隨即失去意識摔下馬。

夏堤里翁駕著貝可利狂奔直衝。經過一次短程助跑之後，貝可利做出精采的跳躍，夏堤里翁隨即朝飛龍揮出魔劍「伊雷．西切爾」。

魔劍砍中飛龍的爪子，發出宛如金屬互相撞擊的尖銳聲響，並削去其腳爪前端，看起來卻沒有造成什麼嚴重的傷害。

「想要反抗啊。真麻煩。但這是不可原諒的行為。」

龍人飛上天空，與集團會合。

接著飛龍集團開始降落。

兩百隻的飛龍之中，大部分都筆直地衝向國王軍。

約三十隻左右則是衝向布陣於左側的葛爾喀斯特族。

十字弓部隊與弓箭部隊的指揮官幾乎同時下達命令：

「放箭！」

「放箭！」

兩隻衝向國王軍的飛龍翅膀遭到十字弓與箭矢所傷，影響了其飛行路徑。

可以看到葛爾喀斯特他們跳起來砍向飛龍的翅膀。

巴爾特等人所在的房間因為衝擊而搖晃。飛行路徑被打亂的飛龍一頭撞上陽台。而陽台的旁邊就是居爾南特國王與巴爾特等人所在的房間。

坐在飛龍上的龍人被甩出去撞上牆壁。然而牠沒有死，起身甩了甩頭之後就殺了過來。

這是巴爾特第一次近距離見到龍人。

對方的體型比普通人類稍微大了一點，卻比葛爾喀斯特族還要矮小。

其身體彷彿由鋼鐵糾結而成，看起來非常強悍。

讓人印象最深刻的，是完全無法從對方身上感覺到血液的熱度。

當龍人跳進房間的那個瞬間，近衛隊長奇傑庫・雷加立刻發號施令：

「舉盾！全員突擊！」

奇傑庫與四位近衛騎士默契十足地衝上前去。

一位騎士舉著的盾被龍人的右手撞開。

一位騎士連人帶盾被龍人的尾巴掃飛。

不過一位騎士趁著這個時機舉劍插入龍人的肚子，另一位騎士重創了龍人的右腳。

奇傑庫則是將手中之劍插入行動受限制的龍人喉嚨。

雖然龍人打算將力量集中在眼睛並瞪視奇傑庫，然而牠的眼中立刻失去神采，整具身軀也喪失力氣。龍人死亡。

掛在陽台上的飛龍在掙扎時摔出陽台。

巴爾特連忙衝到陽台上確認戰況。

翅膀受傷的另一隻飛龍撞上瞭望塔頂端，乘坐飛龍的龍人遭到趕過去的長槍兵刺殺。飛龍則是恢復意識之後掃開周圍的士兵再次飛上天空。

葛爾喀斯特擊落了四隻飛龍。無論是被打下的飛龍或騎乘於其上的龍人都被他們確實地解決掉。

這時巴爾特才終於明白葛爾喀斯特族採取密集陣形的原因。

飛龍的體型過於龐大，無法一次以大量飛龍襲擊葛爾喀斯特族。而且發動攻擊時，飛龍必須降落到貼近地面的高度。只要打傷貼近地面的飛龍翅膀，將牠拉到地上，接下來就能任君料理了。那應該是葛爾喀斯特族從古代傳承至今的戰鬥方式吧。

「翅膀！對準翅膀攻擊！」

底下傳來這樣的聲音。

朝聲音的方向望去，只見從陽台摔下去的飛龍正在被騎馬的騎士們包圍剿殺。

廣場上充滿淒慘的景象。僅僅一次的攻擊就讓為數驚人的騎士與士兵遭受飛龍利爪的蹂躪，陷入無法戰鬥的狀態。

然而，人們也因此知道龍人並非無敵之身。而且飛龍的翅膀就是牠們的弱點。

飛回空中的龍人們繞了一圈再次進入攻擊位置。

第二輪攻擊要來了。

不過在第二次的情況下，十字弓部隊與弓箭部隊應該能瞄得比之前更加準確。在這場第二輪攻擊之中，能擊落多少飛龍將會成為勝負的關鍵。

就在這時，約有十隻飛龍從廣場的正上方垂直落下，停滯於半空中。

如果瞄準位於廣場正上方的龍人，箭矢就會射向王所在之處。十字弓部隊與弓箭部隊都只能乾瞪著眼注視龍人的行動。

那十隻飛龍並沒有飛向宮殿，而是朝城牆的方向移動。

就在下一秒，驚人的事發生了。

成排站在城牆上的十字弓部隊突然紛紛倒了下來。

此外，位於宮殿前廣場上的弓箭部隊也全數倒下。

巴爾特知道自己的臉上瞬間失去血色。

那是龍人以特殊能力發動的攻擊。可以封鎖敵人的對空攻擊手段。

這樣下去根本打不贏。

飛龍的爪子具有強大威力，連重裝騎士都能一擊殺死。國王軍將會毫無抵抗之力地被殘殺殆盡，讓飛龍推倒城堡吧。

過不了多久，居高臨下的飛龍展開第二輪攻勢。

飛龍們分成三隊。

約五十隻對城牆發動了攻擊。

堅固的城牆從頂端開始崩塌。

約五十隻襲擊了廣場上的國王軍。

騎士們無力迎擊，有的人被壓死，有的人遭到撕碎。

約一百隻飛龍猛力衝撞宮殿。

那陣衝擊震得石牆掉出一堆碎石塊。巴爾特等人所在的房間也出現劇烈的搖晃，家具倒落一地，部分牆壁也因此崩塌。

「陛下，請您前去避難。」

居爾南特國王在奇傑庫的引導之下前往宮殿深處避難。

接著飛龍們第三次飛上天空，重新準備發動攻擊。

不行了。

如果再受到一次攻擊，他們將會遭到毀滅性的打擊。

必須想辦法把那群傢伙拖到地面才行。

就在那時，巴爾特心中浮現出某個場景。

那是他坐船離開臨茲時的事。

當時古代劍發出光彈擊中刺客，讓刺客失去意識。這把古代劍具有那樣的力量。

巴爾特拔出古代劍。

接著，他將古代劍對準對正準備俯衝落下的龍人集團，聲嘶力竭地大吼：

「史塔玻羅————斯！」

劍身飛出無數光彈，一個又一個擊中了滑翔於空中的飛龍。

飛龍們突然失去銳氣，紛紛開始墜落。

巴爾特望著從空中落下的飛龍集團，感到一股前所未有的無力感，隨後便失去了意識。

第四章——龍人島

根莖類蔬菜丸子

1

巴爾特醒來時已是二月十八日。他睡了約一個月又兩旬的時間。

「老爺子啊。老爺子已經夠讓人吃驚了，老爺子的同伴更是驚人。告訴我，塔朗卡與克因特究竟是何許人？」

被從巴爾特魔劍飛出的光球擊中的飛龍與龍人都失去意識，紛紛墜落於地。

雖然牠們狠狠地撞上城牆外側的大地，在那個時間點卻沒有多少飛龍或龍人因此死去。牠們的結實程度著實驚人。

在恢復理智的西戴蒙德指揮下，國王軍衝出城門，湧向倒臥在地的龍人們。

就在那個時候，有人注意到了。有東西從東方的天空出現。

那是另一批飛龍。數量與先來的那批相當，也就是兩百隻戰力。

騎士們感到十分絕望。

然而後到的飛龍沒有進入攻擊狀態，只是隨意地靠近城堡。其中一隻飛龍停到宮殿陽台前方的半空中。

「我是薩撒亞族族長波波魯巴魯波波之女琪琪魯艾琪琪。這些人是薩撒亞族的叛徒。我們會帶走牠們。我們薩撒亞族並不想與人類發生爭端。」

龍人琪琪魯艾琪琪說完這些話後就準備飛走。

不過克因特高聲喝住了她。

「慢著！薩撒亞族族長之女琪琪魯艾琪琪。難道龍人會說人類的語言，卻不懂人類的禮節嗎！你們沒有自尊心與節義嗎！」

「你說龍人沒有自尊心與節義？」

「沒錯。我們遭到龍人襲擊，起身迎戰。並且將那支軍隊擊落地面，正準備給予最後一擊。這時你們卻來到這裡，聲稱準備接回那些戰敗者。想必打仗打輸了就找人來接走是你們的習慣吧。」

「我也可以把你們一個不留地全部撕碎再把夥伴帶走喔。」

「你們應該有自己的規矩、自己的限制。妳剛才不就說了，薩撒亞族不打算與人類起爭端嗎？既然不打算起爭端，那就盡到收拾善後的禮節吧。」

龍人以那雙毫無表情的恐怖蛇眼瞪著克因特。

「你想要什麼？」

這時塔朗卡向前踏出一步，以沉穩的聲音說道：

「我要你們詳細說明這一連串的事件。你們為什麼想要獲得靈劍與其使用者，又為什麼會發生同族互鬥。為什麼你們不能與人類起爭端。然後我還要再問——據說操控瑪努諾，製造大量魔獸，令其襲擊人類國度的嫌犯是龍人；又據說在辛卡伊國將軍路古爾哥亞・克斯卡斯手下使用操控人心咒術的也是龍人。對於這些問題，我想詢問你們到底知道多少內情。對於這些我方遭受的損害，我們有權利知道其來龍去脈與緣由。」

「必須有族長的許可，我才能回答那些問題。」

「那就帶我們去見族長吧。」

「這沒辦法立刻辦到。族長現在的身體狀況不好。況且我們還必須把被你們擊落的夥伴們治療後捉起來帶回去才行。」

「那就在四月一日來接我們吧。我方人數最多為十人。在這個地點碰面。帶我們去見族長，談完之後再帶回這裡。妳必須發誓完成以上的約定與不可加害於我方。」

「我發誓。你叫什麼名字？」

「伏薩里翁的塔朗卡。」

接著塔朗卡前去面見居爾南特國王，克因特則去面見西戴蒙德，向他們傳達交涉的過程，結束這場戰鬥。

不久後，龍人離去了。

葛爾喀斯特族也表示要打道回府。

居爾南特國王當晚設下宴席。

「安格達魯閣下，這次實在很感謝貴族的鼎力相助。我們帕魯薩姆王國會將索伊氏族的勇猛表現銘記於心。話說回來，你們不打算與我方一同前往龍人的棲息地嗎？」

「我們與那些傢伙無話可說。如果那些傢伙再次動手，便呼喚索伊氏族前來助陣吧。」

這段對話是從居爾南特那邊聽來的。

由於巴爾特已經清醒，於是王宮召開了重臣會議。

在會議前一天，巴爾特為塔朗卡與克因特進行就任騎士的儀式。塔朗卡為十九歲，克因特是十七歲。雖然年紀有點輕，但他們鍛鍊與經驗的密度已經達到一般的騎士訓練遠比不上的程度。

重臣會議要求塔朗卡一併出席。這是因為原本只是他國騎士隨從的塔朗卡擅自與龍人進行交涉，會議得對此問個是非對錯。

「我是伏薩里翁的奧路卡札特家的騎士，塔朗卡。昨天在巴爾特・羅恩卿的引導之下就任騎士。關於我在那個現場的行動，請容我做說明。那是與龍人之中的高層人士進行對話的唯一機會。然而國王陛下與各位重臣當時都不在現場。」

重臣們剛開始都在陽台後面的房間觀看戰況，但因為龍人太過可怕，於是他們爭先恐後地逃走了。

「另外，騎士團的高層人士都在城門外。我和克因特只是碰巧待在能善用那個唯一機會的位置。另外，我和克因特事前就從羅恩卿那邊聽到了某些內情，才會根據羅恩卿的意思採取那樣的行動。但是其目的純粹是為了確保之後的交涉能順利進行。」

說到這裡，塔朗卡暫時停下話語。他在等待聽眾消化那些話的意義。這種老練的說話方式一點也不符合他那年輕的年紀。

「接下來，我打算向各位說明我對龍人琪琪魯艾琪琪提出的要求內容。首先，我表示希望知道牠們為什麼想獲得魔劍與其使用者。我認為只要明白其原因，就能知道若將魔劍與使用者交給牠們，對大陸諸國具有什麼意義。接著我表示希望知道牠們為什麼會發生內部爭端。牠們之中很可能存在族長派與反族長派。反族長派不惜破壞古老的誓約與長年的習慣，執意出現在舞台上干涉人類世界的原因，就是揭開目前大陸所處於危機之真相的關鍵。」

塔朗卡又停頓了一段時間。

「接下來我表示，希望知道牠們為何不能與人類發生爭端。根據葛爾喀斯特族的證詞，我們知道龍人遭到古代的偉大之王驅逐至『大障壁』之外，被下了不得對人類動手的限制。但是要讓牠們持續遵守那項誓約，就不能讓牠們喪失不願毀約的理由。我認為那是守護大陸安危的關鍵之所在。於是我說，希望知道龍人在諸國戰爭的背後擔任什麼樣的角色。我認為那場戰爭的費解之處存在龍人的影子。獲得那些情報，對於維持大陸的和平乃相當重要。」

塔朗卡環顧眼前的重臣們，繼續說道：

「最後，我要求牠們在四月一日時前來迎接。我認為只要有這麼多時間，就可以在充分的協議之下把爭議處理完畢。另外還要求牠們保障迎接我方時與送我方回來時的人員安全。在那個當下，那些作法都是必要的。因為在該時間點，龍人琪琪魯艾琪琪還不知道反族長派的龍人是被什麼種類的攻擊所擊落，處於懷疑我方仍然能使用那種攻擊的狀況。而且國王軍的精銳部隊當時靠近了摔落於地上的龍人，換句話說就是對方被我方掌握人質，形成可進行有利交涉的獨一無二大好機會。而那十位代表人選當然是由各位做決定。但其中一定得包含我的師父巴爾特．羅恩卿。」

會場起了一片騷動。

「說什麼蠢話！你在想什麼啊。那些傢伙要的就是魔劍與魔劍使用者。那麼做不就形同飛蛾撲火嗎！」

「那些傢伙不是可以操控人心嗎？你去讓羅恩卿被牠們任意擺布看看，誰知道會有什麼樣的下場！」

在重臣們的怒叱聲中，巴爾特感到渾身沉浸於感動之中。

——原來如此，是這樣啊。

他原本想不透。

為什麼塔朗卡和克因特在面對被當成毀滅化身的龍人時，能表現出如此充滿自信的態度與對方來往。為什麼彷彿像事先想好似的，充滿自信地向對方提出要求。

那是因為他們確實事先就想好了。

那就是塔朗卡與克因特期待已久的瞬間。

巴爾特曾對他們說過這場旅行的目的。就是解開魔獸之謎、精靈的祕密，以及揭開幕後黑手的真面目。塔朗卡與克因特正是把巴爾特的那些願望當作自己的願望。

祕密的關鍵掌握在龍人們手上。這些年輕人認為這就是逼近龍人的好機會。認為這是對龍人拋出疑問，獲得答案的千載難逢大好良機。所以，當所有人腦中都還在思考該如何戰勝龍人時，這些年輕人想的恐怕都是該如何與龍人展開交涉。所以在那個時候，他們才能如此快速、如此精確地與龍人族長的女兒進行談判。

巴爾特注視著挺起胸膛接受斥責的塔朗卡。

這位年輕人被叫入大國巨大宮殿的深處，面對身分高貴又經驗老道的重臣集團，卻絲毫不見懼色。反而抬頭挺胸，表現出能回答任何問題的氣勢，為巴爾特而戰。巴爾特感到一股暖流從胸口深處竄出。

會議迎來令人意外的結論。

由於龍人與帕魯薩姆的戰鬥已經結束，目前的問題只剩下巴爾特與龍人的交涉。而四月一日的約定是伏薩里翁與薩撒亞族之間私下締結，此事與帕魯薩姆無關。因此前往與薩撒亞族族長會面的成員只有巴爾特．羅恩卿與其部屬。這就是重臣會議的結論。

「其實事前準備已經在老爺子還沒醒來前就處理完了。關於這件事，重臣們的結論是帕魯薩姆王國不會派出代表。剛開始我也非常驚訝，反對這項結論。因為我認為龍人對這個國家來說是一大問題。然而重臣們絲毫沒有參與這件事的意願。那是有原因的。目前這個國家的狀況越來越好。打贏諸國戰爭，鎮壓了伐各與艾吉得的叛亂。與諸國之間有著興盛的商業交流，從南部地區各國輸入的物資也出現爆發性的成長。還有多達八個新加盟國正要加入我們的通商同盟。也有很多國家與都市希望能獲得帕魯薩姆的庇護。因此我們與各地之間正在交易大量的利權。重臣之間也在擴張勢力、彼此互相較勁。如果在這個時候落後於人，未來勢必將永遠是落伍者。他們當然不會想與打贏了也無法奪取任何領地的龍人扯上關係。假如有人願意出手解決這件吃力不討好的事，那就把一切都丟給那個人處理，自己可以不用再管什麼龍人的事。雖然我覺得那種作法不對，但再仔細想想後又改變心意了。我感覺龍人掌握的祕密不能隨隨便便就散布出去。我懷疑牠們會說出什麼不得了的大祕密。所以，老爺子。等到你回來之後，只要向我一個人報告就好了。」

居爾南特國王重重地靠在椅子上，嘆了口氣。

「現在真的是個大好機會。帕魯薩姆雖是大國，但因為人口眾多，貧困者也不在少數。在小型的村子裡，必須靠販賣兒女以度過冬天的父母不在少數。即使在王都，冬天也會出現凍死或餓死之人。必須讓這個國家變得更加富庶。所以有必要發展商業，讓物資的流動更加活躍。」

只顧著眼前的利益，不肯面對龍人威脅的重臣們實在太愚蠢了——巴爾特這麼想著。

接著他轉頭一想。將這麼重要的問題交給伏薩里翁，就代表帕魯薩姆讓道給伏薩里翁。即是這棵老樹眼睜睜地將地盤交給了新樹。

巴爾特的臉上浮現得意的笑容。

現在的伏薩里翁不過是個渺小的存在。但是它在不久後將成為邊境的一大勢力。而且伏薩里翁遲早會與帕魯薩姆產生對立。到了那個時候，帕魯薩姆絕對不會站在伏薩里翁之上的地位吧。

野獸之間發生衝突時，先夾起尾巴逃走的那一方將永遠無法在對方的面前抬起頭。在這次的事件中，先不論原因為何，帕魯薩姆國的重臣們已經對塔朗卡與克因特夾起了尾巴。未來當塔朗卡成為宰相，克因特成為騎士團長的時候，帕魯薩姆國內又有什麼人能夠挺身與他們抗衡呢？

況且凡事皆有一體兩面。帕魯薩姆不派出代表，意味著他們無法干預會談。這不是一個非常重要的關鍵嗎？

據說龍人居住於「大障壁」的外側。終於能見識到「大障壁」之外的風景了。

2

巴爾特沒有浪費四月一日之前的那段時間。

他與巴里．陶德高等祭司做了商量，徵招前往伏薩里翁的移民。

首先需要的是造紙匠與墨水匠。

還需要木雕師與家具工人。也想要燒瓦師傅。還要能精鍊鐵與各類金屬的技術人員。木工的人數也還不夠。更不能漏掉玻璃工。畢竟他們現在正在探勘出產鐵、銅、錫，以及石英的礦山。

巴里．陶德非常樂意地以出身孤兒院的人們為核心，組織了多達四十人的移民團。還購置各式各樣的器材。由於巴爾特從國王那邊收到的報酬大多仍寄放於王宮之中，資金相當充裕。他還準備了十五輛馬車。

雖然隊伍有克因特跟著，但護衛的人數不夠。即使可以額外僱用傭兵，若是請了亂七八糟的傭兵，等於把人送入狼口。

解決這個困擾的是夏堤里翁。他不但大方借出騎士納茲．卡朱奈爾，還以訓練的名義派遣五位從騎士（休塔雷）跟隨。

克因特得知自己沒辦法前往龍人的根據地時顯得相當失望。

但站在巴爾特的立場，他無論如何都得避免同時失去塔朗卡與克因特兩人。況且誰適合護衛，誰適合交涉已經是很明顯的事。

巴爾特已經與雪露妮莉雅王妃和巴爾特朗特王子見過幾次面。他從來沒看過如此高貴可愛的孩子。

在這次停留於王都的期間裡，巴爾特被分配到王宮中的房間。餐點雖然都是由王宮的廚師製作，或許他們把巴爾特當成重病之人，並沒有端出什麼油膩的料理。而且還送上許多種植在土壤裡的蔬菜。老實說吃起來有點不夠過癮。不過調味倒是頗為優秀。

某天晚上的餐點，是以放了幾個色彩各異的丸子煮成的清淡燉煮料理為主菜。

那種丸子是將伯特芋、仙人蘿蔔與歐魯巴斯根磨碎後揉製成的。丸子很容易入口，還具有相當的嚼勁，咀嚼起來的口感很有趣。而且對內臟毫無負擔。讓人一下子就吃完了。

巴爾特本來還想再吃。不過以這類種植於土壤中的蔬菜做成的料理，與其說是以舌頭或嘴巴品嚐，比較像以五臟六腑進行品嚐。必須在一天後才能經由身體的狀況體會該道料理的鮮美之處。

四月一日到了。巴爾特、葛斯、塔朗卡與卡菈都完成準備。

對方按照約定前來。降落於帕魯薩姆王宮前廣場的飛龍有十隻。每隻飛龍上都乘坐著一名龍人。

巴爾特重新觀察了一下龍人。

瑪努諾女王稱呼龍人為「破蜥蜴」，但不代表龍人長得就一定像蜥蜴（那荅）。他反倒覺得對方像蝦子（凱寇亞魯）或螃蟹（依巴姆）。

頭部宛如戴著鼻子處向前突出的頭盔。額頭部位的第三隻眼睛隱隱散發亮光。

牠們全身都包覆了堅硬的甲殼。宛如穿戴著盔甲。

手腕末端連著三根看似凶惡的銳爪，以及反向位置的一根粗短指頭。

腳趾也同樣有三根，腳踝處則是突出一根短腳趾。每根趾頭既長又強韌，宛如緊緊扣住地面似的呈現彎曲形狀。那是用來捉住並絞殺獵物的趾頭。

粗長的尾巴具有與強壯戰士揮動的戰錘同等的威力。

琪琪魯艾琪琪直接走向塔朗卡。

「伏薩里翁的塔朗卡。我遵守約定前來迎接你了。」

「薩撒亞族的琪琪魯艾琪琪閣下，感謝您遠道前來。」

「那麼你們來了多少人？」

「就是這裡的四個人。」

「去程一天，回程一天，會談一天。請攜帶三天份的食物。」

「我們準備了五天份的食物。不過可否請你們分飲水給我們？」

「我們有水。看來你們準備好了呢。那就出發吧。」

在琪琪魯艾琪琪的引導之下，四人各自走向飛龍。

塔朗卡則是與琪琪魯艾琪琪共乘牠的飛龍。

四人都穿著厚重的衣物，手戴著手套。這是塔朗卡的指示，因為高空的溫度非常寒冷。

巴爾特坐上被分配到的飛龍脖子處，龍人則是坐在他後面。

接著對方在他身上套上皮帶，將巴爾特與龍人自己綁在一起。

琪琪魯艾琪琪舉起右手，以龍人的語言喊了些話。

十隻飛龍張開並揮動一下翅膀。

這十隻飛龍朝地面一蹬，振翼躍向半空中。當巴爾特感受到一股輕微的衝擊後，身體便輕飄飄地飛在空中了。

飛龍揮動翅膀，升上天空。

原本需要仰頭才能看見的宮殿尖塔，如今卻來到與眼睛相同的高度。

居爾南特正透過陽台旁的房間窗戶望向這裡。

——呵呵，他看起來很羨慕呢。

鳥會飛是理所當然的事，然而人飛在空中就不是了。巴爾特等人正體驗著自從有歷史以來，人類從未經歷過的體驗。

當他們攀到宮殿尖塔兩倍的高度時，飛龍群便向右大大地轉了個彎。

——喔喔！喔喔！

房子、人群，簡直就像玩具似的。從空中見到的景色原來是這樣。

接著飛龍飛得更高，升上可以望見整座王都的高度。

彷彿可以伸出雙手，將整座王都捧在手心裡。

飛到高處，原來就是這麼一回事。原來是如此偉大的事。

巴爾特心中百感交集，大受感動，眼淚差點溢出來。

眼下的一切，是他完全沒見過的景色。

俯視萬物，竟然能帶來如此快感。

啊啊！山丘、森林、河川、遠處的城鎮、村莊。

從高處俯瞰，就連原本朦朧的山脈看起來都無比清晰。

還可以明顯看清楚城鎮或村莊是如何連接的。

還有這個速度！

飛龍的速度越來越快。

底下的風景也宛如跳舞般不斷替換。

太愉快了，太舒爽了。

猛烈的風宛如抽打般撞在臉上，頭髮和鬍子也紛亂地擊打臉龐。

但就連這樣的感覺，都讓現在的巴爾特開心得不得了。

由於無法睜大眼睛，只能瞇著眼眺望四面八方的風景，映入眼中的仍是一片令人百看不膩的絕美景色。

前方可以看到奧巴大河。

——竟然已經來到這裡了！

巴爾特大吃一驚。飛龍的速度超乎他的想像。

——那不是……洛特班城嗎！

出現在視野的角落，隱約可見的那個小點毫無疑問就是洛特班城。

這代表飛龍並非往正東方飛行，而是稍微偏北飛。

這麼想著時馬上就到了奧巴大河上空。

十隻飛龍轉眼便通過奧巴大河，抵達大陸的東部邊境。

緊接著前方就是「大障壁」。

而他們此刻正從其上方飛過去。

腳下是一整片巨大複雜的密林。樹木又粗又大，密密麻麻地長在一起。那裡既無村落也沒有城市。在這片領域之中，魔獸想必不會憎恨襲擊人類，而是過著平穩的生活吧。密林的遼闊面積讓巴爾特感到開心不已。

繼續再飛了一段時間之後，抵達一座巨大的高山。一行人便降落在該處。

在聳立高山的頂端附近有一處開口。裡頭有著美麗的湖泊。

龍人大概是打算在這裡稍作休息吧。

由於龍人幫巴爾特解開了皮帶，於是他從飛龍身上跳下來。然而身體不聽使喚，差點頭上腳下地栽到地上。這時有人扶了他一把，是葛斯。

巴爾特正想道謝，卻發現嘴巴不能動。這才知道自己全身都已經凍僵了。

塔朗卡快速地蒐集枯木升起火堆，還煮了湯。

卡菈脫下巴爾特的手套，幫忙按摩活絡筋骨。喝過溫暖的熱湯後，他感到無比舒暢。接著巴爾特靠到火堆邊喝著熱湯，並且被眼前的景象所震攝。

眼前是清澈湛藍的湖泊。後面還有到了四月頂端仍然覆雪的群山。

湖水清晰地倒映著整片山巒。

幾抹純白的雲朵劃過碧藍清澈的天空。

那些雲朵近得彷彿伸手可及。

而眼前的湖泊也毫無遺漏地將飄浮的雲朵倒映於其中。

飛龍們將嘴湊到湖裡喝水，盪起陣陣漣漪。

漣漪讓映在水面的白色山頂也跟著搖晃起來。

好美——巴爾特這麼想著。

用完餐後，十隻飛龍再次叨擾天空。

巴爾特以打濕的布包裹溫熱的石頭，纏在肚子上。

飛了一段時間後，眼前可以看到密林的分界線。

不過，遠處的那個是什麼呢？就是閃閃發光的那個。

這時巴爾特想起扎利亞過去對他所說過的話：

「巴爾特・羅恩。你知道『大障壁』的另一頭有什麼嗎？沒錯，是一大片有魔獸棲息的森林。那你覺得森林的另一頭會有什麼呢？我想以常識很難想到會有什麼。那裡有水，鹽水。

人類的居住地被『大障壁』圍起。我們也可說這片大地浮在水面之上。」

怎麼可能！不過真的是如此。

那片讓寬廣一詞都相形見絀的藍色光輝。那些全都是水嗎？

但事實就是如此。

過了森林之後是一小段沙地，再過去就完全是水的世界。實在很難讓人相信世上存在那麼多的水。

不過這就是世界的真實樣貌，只是他們不知道罷了。

這裡是不存在魔獸也不存在人類的世界。世界竟然如此廣大。

巴爾特渾身沉浸在無法言喻的感動之中。

他甚至覺得，自己的性命就此結束也沒有關係。

巴爾特的感受就是如此強烈。

無論飛了多久時間，仍然看不到這片水世界的盡頭。不管從什麼方向望去，全都是相同的景色。

當太陽神克拉馬躲入西邊的水中時，東邊的水面上終於浮現大地。

一行人於是在那片小小大地的西側邊緣降落。

前方是海浪沖刷的沙地，後方是層層交疊的岩棚。岩棚上有流水，在岩棚深處積成一座大水池。

「在這裡待到早上。這裡有洞穴，有水源。也有草木與枯枝。」

塔朗卡對如此表示的琪琪魯艾琪琪詢問道：

「琪琪魯艾琪琪閣下，這片水上的大地就是龍人的棲息地嗎？」

「沒錯。這座島嶼（庫庫魯・里）正是龍人的國度伊斯特立亞。我們的居住地是庫庫魯・里東側到中央的位置。」

「庫庫魯・里又是什麼？」

「就是漂浮在海（尤各）上的大地。」

「所謂的尤各，是指這片廣闊的水之大地嗎？」

「水之大地，你的說法很有趣呢。但你說得沒錯。我說的明明是人類的語言，你們似乎聽不懂呢。」

「琪琪魯艾琪琪閣下，龍人也有龍人的語言吧？」

「當然了。」

「您們平時應該不會與人類交流。那麼您為什麼能如此流暢地使用人類的語言呢？」

「關於這件事，等到明天你再詢問族長吧。」

「我知道了。不好意思在您疲累的時候還如此打擾。請琪琪魯艾琪琪閣下代我向其他龍人表達慰問之意。被琪琪魯艾琪琪閣下抱住的這趟天空之旅很舒適呢。」

「……你真是個怪人。」

琪琪魯艾琪琪留下這句話後，領著夥伴飛走了。

卡菈帶著促狹的眼神望向塔朗卡。

「你該不會打算追求那個女龍人吧？」

「我沒有那個想法喔。但確實想和牠打好關係。」

——哦。

以前艾倫瑟拉曾說過這樣的話：

「巴爾特啊。唯有能打從心底希望與敵人交好的人才能成為外交官。只有能站在對方的立場，以對方的方式思考，把對手的利益當成自身利益思考的人，才能擔任外交官一職。」

原來如此，塔朗卡具有外交官的才能呢。

太陽神落入了水中，但黑暗還很遙遠。

「姊之月（蘇拉）」在天空正中央綻放光輝，「妹之月（沙里耶）」也搭著銀色馬車現身。

星神采炎則是降下了格外豐沛的眾星之光。

「吃飯吧。我去撿拾柴火，卡菈妳可以用這個鍋子盛水，準備做湯的材料嗎？」

「話說回來，塔朗卡、卡菈。這個尤各的水應該是鹽水吧？」

「咦，是這樣嗎？那剛好可以省下鹽呢。」

卡拉用鍋子盛裝尤各的水，伸手從鍋裡舀起來嚐了嚐。

「嗚噁噁噁噁噁噁噁。好鹹，太死鹹了。而且該怎麼說呢，總之很難喝。不行。這種水不能拿來做湯。」

她這麼說著，攀上岩棚改取那邊的清澈流水。

至於葛斯，他正在沙岸邊緣的岩石區看著什麼東西。接著又到海灘上東翻西找。他似乎找到了什麼。是貝類。

他撿了兩、三顆貝類回到岩石區。

過不了多久，他又離開岩石區。

這時他手中劍的尖端有什麼東西正一跳一跳的。

是魚！

葛斯注意到有魚靠到岩石附近，於是將貝殼肉丟進水裡，再以劍刺起前來吃貝肉的魚。真是高超的技術。

雖然巴爾特心中想著——將魔劍「班・伏路路」用在那種用途上真的好嗎？但反正那是他自願的，應該沒關係吧。

之後葛斯捕獲了全隊人數的魚。

海魚沒有土味，非常美味。
吃過飯後，無法好好入睡。
受到星神照耀的寬廣海洋在風神的吹拂下搖曳盪漾。
這片大海就是尤各啊。
尤各乃是古老之神的名字。是冥界之神。冥界就是黑暗本身。同時也是新生命的搖籃。死者會流到奧巴，在尤各安息。然後成為新生命出生於地上。人們自古以來便如此認為。
後來，「死者的魂魄將聚集至靈峰伏薩，再被招入眾神的庭院」這種信仰開始增強。另外還出現了名為帕塔拉波沙的黑暗之神，掌管黑暗之物、駭人之物與妖異之物。而生命的誕生則被視為豐饒之神何蘭的神能。於是尤各的權能遭到剝奪，淪為只會不斷喝下奧巴河水的神明，受到人們淡忘。
但是，尤各就在這裡。
祂和太古時代一樣，擁抱並看顧著人類的世界。

3

一行人用完早餐後過了一段時間，琪琪魯艾琪琪終於帶著三隻飛龍來了。

四人坐上飛龍，沿著海岸線往北飛行，接著停滯於某個地點的半空中。

「請看那邊。」

琪琪魯艾琪琪所指示的方位上有一座島嶼。

那是一座很小很小的島。由淺紅色的岩石構成，島上一棵樹也沒有。

巴爾特等人詢問：「那到底是什麼？」然而對方並沒有回答這個疑問，一行人接著繼續移動。

接下來他們飛向伊斯特立亞的中央地區。

島嶼中央是一座巨大岩山，其中央有個裂口。

該處破裂的山壁上開了許多洞穴。

洞穴中飛出乘坐飛龍的龍人。也就是說那些洞穴是龍人的家。

一行人進入山壁最上面的洞穴之中。

當他們一進入洞窟，就看到有位巨大的龍人在裡頭。

他坐在圓柱型的岩石上。右手邊有個以岩石鑿成的桌子，桌上擺著似乎是木頭製的巨大杯子。旁邊還有個雕著精美紋路的銀壺。

「人類們。老夫就是薩撒亞族的族長波波魯巴魯波波。歡迎你們的到來。名為塔朗卡的人類是哪一位？」

「我就是伏薩里翁的塔朗卡，薩撒亞族族長波波魯巴魯波波閣下。十分感謝您的歡迎。麻煩請先告訴我們。您的同伴為什麼想要獲得靈劍與它的使用者呢？」

「你們知道靈劍是什麼樣的東西嗎？」

「聽說那是寄宿太古時代神靈獸的武器。是一種根據劍與使用者的配合程度，可以發揮出驚人力量的武器。」

「嗯。你們似乎把那股驚人的力量當成存在於劍本身之中。但是你們錯了。靈劍的真正價值在於當成鑰匙使用。」

「鑰匙？」

「沒錯。你們知道『第一位人類』的事嗎？」

「是指季揚國王吧。我知道人類是來自星辰的彼端。」

「咱們龍人原本君臨於這片土地的所有種族之上。其他部族的興盛與滅亡都取決於咱們的一念之間。咱們懲罰犯下罪行者，獎賞立功者。對於特別強大者、特別美麗者，則給予進入咱們的體內成為咱們一部分的榮譽。原本一切的生活都過得井然有序。」

所謂進入體內成為其一部分，就是被龍人吃掉吧？那種宛如家畜的生活，其他的種族怎麼想都不會過得開心。

「這時人類出現了。剛開始出現的只有一位。『第一位人類』是個非常有趣的玩具。咱們把『第一位人類』逼入困境，迫使站在他那邊的人背叛。然而『第一位人類』並沒有因此喪氣，而是將所有在咱們支配之下的種族團結起來。對咱們伸出反抗的利牙。」

波波魯巴魯波波從岩桌上拿起木杯，喝口裡頭的東西。

「不久之後，人類一個接著一個出現。那些傢伙會飛在空中，對咱們揮舞火焰之槍。咱們原本已經做好滅族的覺悟，卻沒有滅亡。人類之間開始互相戰鬥。不久後，由『第一位人類』所率領的陣營獲得了勝利。」

琪琪魯艾琪琪動也不動地聽著這段故事。

「經過很長一段時間之後，我們降落到平地上。人類已經失去過去的強大力量。咱們集合起人類，建立一座都市。讓那些被集合起來的人類只會侍奉咱們，腦中沒有其他念頭。接著建立一批強悍的軍隊。為的是讓人類彼此殘殺。」

波波魯巴魯波波再喝了一口木杯中的物體。

「咱們以該批軍隊攻擊其他人類。那是一項失敗之舉。『第一位人類』仍然活著。老夫的都市被炸飛了。『第一位人類』對咱們提出了條件，只要咱們遵守就不會遭到消滅。那就是離開大陸移住到這座島。不准再降落到人類居住之處。還有看守『囚禁之島』。」

「什麼是『囚禁之島』？」

回答塔朗卡問題的不是族長，而是他的女兒。

「你們今天早上在來到這裡的途中應該看過了吧。就是位於這個島嶼北邊的小島。」

「那裡囚禁著什麼？」

「咱們也不知道，只是接受了那道命令。由於那座島上封印著罪人，誰也不敢接近那座島。過了幾十年後，咱們理所當然地認為被封印在那座島上的人類都死光了。即使如此，咱們仍然遵守約定，沒有靠近那座島嶼。然而有兩位祖先打破了禁忌。那就是伍魯杜盧與艾其多魯其耶兩人。」

「伍魯杜盧是能操縱人心的咒術師吧？」

「伍魯杜盧與艾其多魯其耶降落在島上。然而被封印在該處的存在仍然活著。那不是什麼人類，是咱們從未見過，恐怖又強大的存在。『那個』立即控制了伍魯杜盧與艾其多魯其耶的心靈，賜予其可怕的力量。兩人變得不再會老化，還能使用強大的咒術。那兩人成為『那個』的爪牙為其工作。『那個』的力量逐漸強大。不久後，『那個』成為了咱們的『主人』。」

聽到這番話，巴爾特等人瞬間擺出警戒的姿勢。

「別擔心。他現在睡著了。所以老夫才能把你們招來此地。」

「睡著了？」

「沒錯。『主人』醒著約二十年後，就會沉睡約十年或十五年的時間。六年前，『主人』

就進入睡眠，並且留下『找到你了』這句話。幾年內他都不會醒來吧。」

巴爾特想起一件事，於是詢問波波魯巴魯波波：

「『帕塔拉波沙曆』就是您們的『主人』清醒與沉睡的週期嗎？」

「哦，你知道這個很少見的詞呢。沒錯。那是發源自咱們龍人的詞彙。在『帕塔拉波沙曆』裡，『主人』從醒來，入睡後再清醒的時間被稱為一晚。」

若是他醒著二十年，然後睡十或十五年，一晚就相當於三十年或三十五年。瑪努諾的女王說她用「帕塔拉波沙曆」的兩晚製造魔獸。代表她花了六十年或七十年的時間進行準備。

「那麼，您們的『主人』就是黑暗之神帕塔拉波沙嗎？」

「『主人』從古時候就與人類世界有所牽扯。接觸『主人』存在的人類都稱呼『主人』為帕塔拉波沙。接下來，你應該想問咱們為何想獲得靈劍與其使用者吧。『主人』一直在尋找『第一位人類』遺留下來的某個物體。而可以呼喚出該物體，讓人能自由操縱該物體的關鍵就是靈劍。」

「為什麼那個叫『主人』的傢伙想要『第一位人類』的遺產呢？」

聽到塔朗卡這個問題，龍人組長露出駭人的眼神。

「你問為什麼？當然是為了摧毀啊。除此之外還有其他可能嗎？」

「為什麼他那麼想摧毀那個物體？」

「因為那是能毀滅『主人』的唯一力量。」

「咦。這麼說來，那個遺產是武器囉？」

「可以確定的是它具有毀滅『主人』的力量。」

「您怎麼知道？」

「因為除此之外，沒有讓『主人』發了瘋似的不斷尋找遺產的理由。」

這個論點太奇怪了，波波魯巴魯波波還隱瞞了什麼。

「那個遺產在哪裡，又是什麼樣子？」

「我不知道遺產在哪裡，也不知道那是什麼樣的東西。『主人』完全不告訴咱們詳情。但是老夫知道中繼器的所在地，就在伏薩裡頭。」

「在伏薩裡頭？」

「沒錯。使用位於伏薩深處的中繼器，透過靈劍下令，就能呼喚出遺產。叛亂者們打算取得遺產的力量，消滅『主人』。因為這是最後的機會。」

「龍人憎恨『主人』嗎？」

「怎麼可能不恨？那傢伙操控並支配咱們。那傢伙看不順眼的人都被無情地殺死。如今『第一位人類』已死，咱們明明可以過著自由的生活，『主人』卻直到現在仍然將咱們束縛在這座島嶼。」

「您講這些話沒問題嗎？」

「『主人』打從一開始就知道咱們恨他。因為他擁有讀取咱們心裡話，看穿那些話是真心或謊言的力量。」

此時巴爾特再次提出疑問：

「您說的『最後的機會』是什麼意思？」

波波魯巴魯波波看也不看巴爾特一眼，直接回答道：

「『第一位人類』在人類的世界留下各式各樣幫助他人找到遺產的線索。你們知道嗎？人類的語言就是『第一位人類』所創造的。『第一位人類』研究了這片大地上各種族的語言，做出過去只存在一種語言的結論。於是他從各種族的語言中抽出共通的要素，以此創造出全新的語言。」

巴爾特仔細想了想，確實如此。無論是葛爾喀斯特族的語言或捷閔族的語言，仔細一聽經常都會讓人感覺似曾相似。

「『主人』強迫咱們學會人類的語言。我們成為『主人』的手腳，幫助他搜尋遺產的行蹤。人類之中也出現了協助者，其中擔任最重要角色的是路古爾哥亞·克斯卡斯。不久後艾其多魯其耶在伏薩裡找到中繼器。人類路古爾哥亞搜索靈劍與其使用者，艾其多魯其耶控制其心靈。用來呼喚出遺產的手段都湊齊了。然而他們沒有成功呼喚出遺產。非常奇怪。但不管怎麼說，因為知道了人類路古爾哥亞能派上用場，於是『主人』賦予他力量，借給他伍魯杜盧，甚至給他『紅石』。『第一位人類』埋藏在『大障壁』外側的『紅石』被咱們挖出來。你知道什麼是紅石嗎？」

「我知道。」

「經過多次失敗之後，咱們終於搞清楚了。若是受到咒力的控制，使用者的心靈就會被『汙染』。心靈被『汙染』的使用者即使用了靈劍也無法呼喚出遺產。而且使用者的心靈被『汙染』後，連靈劍也會被『汙染』，再也呼喚不出遺產。整整六把靈劍就這樣失去力量。『主人』於是耐心地等待第七把靈劍與使用者相遇，發揮出其真正力量的那一天到來。」

「什麼？」

「艾其多魯其耶之所以控制瑪努諾女王，並派出魔獸侵略人類國度，是因為他抱有期待——最後的靈劍使用者即將現身，對魔獸發揮其力量。而當魔獸開始進攻之後，靈劍與其使用者真的出現了。即將進入睡眠期的『主人』觀看完此事的經過後就進入沉眠，他現在想必正作著愉快的美夢吧。『主人』這次不會再失敗。而對於不樂見他成功的人而言，現在就是最後的機會。」

「如果殺死巴爾特・羅恩，這個最後的機會就消失了。而且若是控制巴爾特・羅恩的心靈，那個叫『主人』的傢伙便永遠無法再獲得遺產。您們不可能沒考慮過這些手段吧？」

「當然考慮過。但假如殺了巴爾特・羅恩，『主人』的報復想必很可怕。更別說萬一讓最後的靈劍遭到『汙染』，咱們一定會被徹底消滅。」

族長果然在說謊。族長說「主人」尋找季揚國王遺產的目的是為了摧毀遺產。然而他又說「主人」不容許龍人「汙染」最後的古代劍。這兩句話自相矛盾。因為只要「汙染」古代劍，就再也沒有任何人能呼喚出季揚國王遺產的力量了。他的話中有蹊蹺。

「您有想過在『主人』沉睡時殺了他嗎？」

「以前有想過，試過。然而咱們找不到『主人』身在何處。『主人』藏身於島嶼深處，無論怎麼找就是找不到。『主人』的懲罰很嚴厲。包含當時的族長在內，咱們有半數人被殺了。而且在那個時候，『主人』還對咱們下了無法靠近『囚禁之島』的詛咒。」

「您說不知道那個遺產的形狀顏色與大小。可是仍然在找它。不知道形狀色彩或大小的東西怎麼可能找得到？」

「由於那很明顯是人為製造的物體，據說只要看到就知道了。」

「波波魯巴魯波波閣下。據說呼喚出遺產的機關位於伏薩。可是要如何到達那個地方？那個機關又該如何使用？」

波波魯巴魯波波將木杯中的飲料一飲而盡。然後瞥了巴爾特一眼。雖然只有一瞬間，牠的視線確實停在古代劍上，然後立刻移開。

這個龍人注意到了啊。注意到巴爾特的身分與掛在他腰際的那把劍是什麼。雖然牠注意到了，卻還是裝成不知道的模樣。

「要去那裡有兩條路可走。一條是從位於伏薩山腰的門進入。只要從空中飛過去，即可輕易到達該處。但是這扇門完全處於『主人』的控制下。這次『主人』在進入沉睡之前，關上了那扇門。另一條路是從風穴上去。被稱為『試煉洞窟』。那裡有著『第一位人類』配置的『敵人』。打倒所有『敵人』之後就可以抵達中繼器。那是一顆飄浮在空中的金色球體，只要解放靈劍的力量對那顆球進行呼喚，就能引導出遺產的力量。」

「那麼，那些叛亂者們已經成功闖過試煉洞窟了吧？然後牠們企圖把巴爾特・羅恩帶去那裡。」

「牠們沒有闖關成功，連挑戰都沒辦法。入口處寫有但書，明記進入者必須是三人以上六名以下。然而無論挑選哪六位勇士，通往裡頭的門就是不開。也就是說我們龍人連挑戰的資格都沒有。」

「叛亂者都是些什麼樣的人？」

「叛亂者是無法忍受這種現狀受到『主人』使喚的人。托托魯諾斯托托希望透過這個最後的機會，用盡一切方法消滅『主人』。當牠前往帕魯薩姆王國命令對方交出靈劍與其使用者時，我沒注意到牠的行動。但是當牠準備回收靈劍與使用者時，我再也不能當做沒看到。」

於是我審問留在這裡的叛亂者。才知道托托魯諾斯托托曾七度挑戰試煉洞窟卻都失敗，以及牠在氣急敗壞之下準備帶著靈劍與其使用者再次挑戰試煉洞窟的事。我已經逮捕托托魯諾斯托托，貶牠的位階，罰其閉門思過。」

也就是說，波波魯巴魯波波沒有真的要懲罰托托魯諾斯托托的意思。這不過是牠忌憚帕塔拉波沙而做的處置。想想也是。雄心萬丈的托托魯諾斯托托乃是足以領導下一代龍人的貴重人才。不可能就這麼殺了。

然而這樣一來，族長波波魯巴魯波波的目的到底是什麼呢？

塔朗卡欲言又止地看著巴爾特，彷彿以眼神詢問自己是否可以繼續提問。然而巴爾特感到不太對勁。

——對啊！

不能讓波波魯巴魯波波繼續說下去了。

但是，他還有一個疑問。

「為什麼精靈發瘋了，那又是從什麼時候開始的？」

「什麼？哦，你說精靈啊。你問它們為什麼發瘋了？老夫不知道。咱們對精靈或是被精靈附身的野獸毫無半點興趣。」

「那麼會談結束了。琪琪魯艾琪琪閣下，請帶我們回去吧。」

「明白了。我先暫時把各位送回昨天那個地點，等到明天早上再啟程。」

於是巴爾特等人被飛龍載回沙灘。

4

「巴爾特大人。我還有很多問題想問耶。」

「不能讓族長再說下去了。尤其是關於試煉洞窟的事。」

「我不明白。試煉洞窟的相關知識不就是我們所尋找的東西嗎？況且在那之中還藏有打倒怪物的方法吧？」

「沒有錯。而族長波波魯巴魯波波就是要我們找出那個方法。」

「啊？」

「你動腦想一想吧。龍人明明把人類當成螻蟻不如的生物，族長為什麼還把我們招來這座島嶼，又為什麼如此誠懇地回答我們的問題？那就是為了告訴我們試煉洞窟的事，要我們解開其中的謎團啊。然而牠不能說得太明顯，因為會觸犯禁忌。」

「禁忌……對了……那個叫『主人』的傢伙一定不樂見在他沉睡時有人突破試煉洞窟。

所以對知曉試煉洞窟情報的龍人族長施加了什麼限制，以防族長派人前往試煉洞窟。」

「沒有錯。如果剛才你揚言我們將前往試煉洞窟，會發生什麼事呢？」

「族長有可能把我們殺光呢。所以在我多嘴前，巴爾特大人才會結束那場會談啊。」

「沒有錯。」

他們非得前往那個叫試煉洞窟的地方不可。

那裡八成有陷阱。

族長波波魯巴魯波波所說的話不全然是事實，牠還暗藏了某種企圖。

然而就算如此，巴爾特他們仍然知道了該去什麼地方，又該調查什麼事。

況且我方手上也握有祕密王牌，那就是「精靈附身者」藥師札利亞。

札利亞的智慧與神奇力量將會引導巴爾特。

——等著瞧吧，龍人族長。

巴爾特對這場全新的冒險感到胸中熱血沸騰。

第五章 試煉洞窟

青卷菜的葉子粉

1

被送回帕魯薩姆王宮的巴爾特向居爾南特國王做了報告之後，便趕忙回到伏薩里翁。

克因特與移民團還沒抵達。

雖然巴爾特很想立刻前往樹海，但還有好幾件事等著他處理。

首先是騎士奇茲梅魯托魯與騎士諾亞的人事安排。兩人帶著家人與部下，在去年八月底來到伏薩里翁。

騎士奇茲梅魯托魯的長子茨路加托爾二十二歲，次子杭加多祿為十九歲。

另外，騎士諾亞的長子達利二十歲，次子果阿為十七歲。

哈道爾．索路厄魯斯伯爵為杭加多祿與達利兩人進行了騎士宣誓。

他們想把劍奉獻給葛斯，但是葛斯命令他們把劍奉獻給巴爾特。巴爾特以羅恩家家長的名義接受了獻劍。如此一來，在巴爾特死後，四人所獻的劍就會為葛斯所有。

除了騎士奇茲梅魯托魯與騎士諾亞，兩人的長子騎士茨路加托爾與騎士達利也開始侍奉羅恩家。而其次子杭加多祿與果阿繼續騎士的訓練，也同樣成為奉羅恩家為主人的騎士。身為伏薩里翁領主的奧路卡札特家則是支付符合這項人事安排的財物給羅恩家。

另外，今年原本預計會有五位年輕人開始接受騎士訓練，不過又選了五人準備在明年進行騎士訓練。他們將會侍奉奧路卡札特家。

搞定這個問題之後，又有其他的問題等著處理。

坦佩爾愛德等一行人在去年九月初的時候抵達伏薩里翁。

看過巴爾特信件的多里亞德莎沒有輕待巴爾特所招攬的這批人。

她讓這群人建造臨時小屋住下來，請他們協助農活。並且以小麥與鹽支付他們報酬。只要事先存夠小麥與鹽，無論在哪裡建村都不用擔心了。

由於巴爾特已經回到伏薩里翁，於是眾人開始商量亞吉斯村的建造地點。

經過各種研議，地點就選在距離約五刻里的西邊河川的西側。亞吉斯村將會從這個地點向西發展。

就在處理這些事時，克因特率領的移民團抵達了。可不能把這些人的到來當作沒看到。

處理完大小事之後，巴爾特終於帶著葛斯、塔朗卡、克因特與扎利亞前往風穴。

卡菈一臉理所當然似的跟來。不知道為什麼連騎士納茲也來了。

瑪努諾女王這次不再拒絕巴爾特等人。

『你要挑戰風穴嗎？』

「是的。」

女王命令一位手下帶領巴爾特等人前往風穴。

一行人進入風穴。裡頭的空氣相當寒冷。天花板上垂下鐘乳石，地面則長著岩柱。巴爾特等人冒著吹過洞穴的冷風踏步前進。入口處雖然明亮，但越往裡頭就越黑暗。他們便拿著火把前進。

前方出現朦朧的光芒。

裡面有六個以白輝石削切的台座，向上的那面打磨得光滑如鏡，寬度足以讓一個身材高大的人坐上去。台座的後面是死路。盡頭的石牆上嵌著打磨得十分平滑的石板。

石板上刻著古老的文字，巴爾特看不懂，但扎利亞看得懂。

「上面寫著：『挑戰試煉洞窟之人啊，汝等人數必須在三人以上，同時不得多於六名。在台座上等待。然後走入深處，再個別進入競技場。如此一來敵人就會在汝等面前現身。只要汝等擊敗所有敵人，將能獲得巨大的獎賞。』」

扎利亞盯著石板，開口如此說道：

「關鍵在於『三人以上（托利）』與『多於六名（達魯伐）』吧。後面那句的『六名』毫無疑問指的是人數。問題在於開頭那句『三人以上』呢。卡菈，妳有頭緒嗎？」

卡菈成為了扎利亞的助手，差不多等於是她的弟子。

「咦？我想想喔。唔……啊，對了！『托利』這個詞在計算人數的時候會使用，但原本不就是『人類』的意思嗎？所以龍人才會失敗嘛。唯有讓三名以上的人類，最多六人的隊伍坐上台座，機關才會啟動吧？」

「呵呵。那麼就來試試看吧。各位，坐上台座吧。」

於是巴爾特、葛斯、塔朗卡、克因特、卡菈、納茲坐上台座。

他們等了一會，卻什麼事也沒發生。

「猜錯了啊。那又是什麼意思呢？托利、托利……」

「卡菈，托利這個詞確實是用來指稱人類，然而那是最近的事。古時候人類以外的種族全都稱為托利。證據就是龍人叫『那答・托利』，也就是蜥蜴人。葛爾喀斯特被稱為『里耶・托利』，也就是綠人。瑪努諾被稱為『歐魯塔・托利』，水之人的意思。如此一來，代表什麼意思呢？」

「嗯——人類、亞人、人。所有種族都是『托利』……啊，老婆婆。難道說『三人以上』指的是三個種族以上嗎？」

「那就是正確答案吧。必須湊齊包含三個種族以上最多六人的隊伍，就是先決條件。那個條件與季揚國王盼望許許多多的種族攜手合作的理念一致。巴爾特，我們下次再來吧。你認識很多亞人，應該有辦法吧？」

最強的六人。他們將決定世界的命運。

巴爾特閉上眼睛，在心中想像著那六個人的樣子。接著他張開眼睛說道：

「葛斯，帶安格達魯過來。碰頭地點就選在伏薩里翁。」

葛斯點了點頭。

「塔朗卡，你去梅濟亞領地。帶哥頓・察爾克斯過來。請他一併帶著大型戰錘與重型鎧甲過來。」

「好的。」

「克因特，你接下來要去特查拉氏族的居住地。以我的名義與勇者伊耶米特見面，向他說明緣由後將他帶來。」

「遵命。」

「還有一個人是我。」

聽到扎利亞的這句話，克因特、塔朗卡、卡菈與納茲都提出異議。

「不行啦！老婆婆，劍術方面我在行。」

「判斷力、防禦力與耐久力是我比較厲害。」

「我、我比較年輕喔！」

「要比經驗與戰鬥技巧，我不會輸。」

扎利亞對四人冷笑了一聲：

「哼，你們什麼都不懂呢。妳過來。」

扎利亞把卡菈拉過去，挽起她的左手袖子。

手臂上有著卡菈在通過樹海時沒閃過歐尼姆茨德的攻擊，被灼傷的發紅潰爛傷痕。

扎利亞以右手掌蓋在傷痕上，閉起眼睛低誦某種咒語。

扎利亞的手掌綻放出些微紅光。

卡菈的傷痕轉眼間就痊癒，肌膚恢復成原本的模樣。

「呼。雖然這很累人，沒辦法做太多次就是了。這樣你們懂了吧，年輕人。第六個名額需要的是魔術師。無論什麼樣的傷勢都能瞬間治好的治療魔術師才能派上用場。」

「這這這、這、這是！治療的祕術？竟然不用聖具與儀式就能做到。而且效果好強大。對了，是精靈啊。那是進入老婆婆體內的精靈之力吧？」

一行人暫時先回到伏薩里翁。

不久後，安格達魯、伊耶米特、哥頓都到了。

伊耶米特住到畢內老先生的家，他們似乎有很多話想聊。

原本以為安格達魯會帶夥伴前來，結果只有他一個人。

「這是一場祕密的冒險吧。我的戰功會留在恩凱特．托利．巴爾特的心中。」

卡繆拉用他的料理招待了那些人，讓眾人養精蓄銳。

接著他們進行模擬戰鬥，研究在洞窟裡的進退方針與攻防手段。

接著在大陸曆四千兩百七十九年八月二十五日。他們來到了風穴的洞口。

此時巴爾特為六十七歲，哥頓四十七歲。

2

「拿去，這是療傷藥。如果受了割裂傷或擦傷，就算是小傷也要立刻把藥抹上去。請儘量減輕老婆婆的負擔喔。」

卡菈將藥交給葛斯，一邊叮嚀他。

「那麼，我們進入風穴了。」

巴爾特、哥頓、葛斯、安格達魯、伊耶米特，以及扎利亞進入了風穴。

克因特、卡菈、納茲、哥頓的僕人，以及一位瑪努諾守候在外面。

「很難說會不會在抵達對面之後立刻遭到敵人攻擊。大家要先做好心理準備喔。」

聽到扎利亞的話，眾人點了點頭。接著他們各自坐上石頭台座。

石頭台座發出綠色光芒。光芒越來越強，形成光柱。

當光芒消退之後，巴爾特便置身於和剛才截然不同的地點。

此地頂部相當高。天花板隱入黑暗中，讓人看不見。

廣場的後方有個洞窟，洞窟中充滿黃色的光芒。

巴爾特命令安格達魯熄滅火把。現在暫時用不到火把。

「可以稍微等一下嗎？以我現在這副模樣只會拖累你們。讓我先改變一下形體。」

扎利亞說完後便閉上眼睛誦唸咒語。那垂老的身體冒出了水蒸氣般的霧氣，她的外貌開始變得搖曳不定。

不久後，那裡出現一位美麗的年輕女子。

她的頭髮又長又黑。細長的眼睛散發堅強的意志。肌膚白皙，嘴唇朱紅。

她的鼻梁高挺。寬鬆的衣服底下有著充滿彈性的胸部與臀部。

是那個女人——過去扎利亞焚燒惡魔果實時的模樣。

「人類這種生物還真是厲害呢。」

伊耶米特這麼說著。

六人依照伊耶米特、葛斯、哥頓、安格達魯、扎利亞、巴爾特的順序往前進。

「有什麼東西過來了。大概有六個。」

伊耶米特的話讓所有人進入警戒狀態。前方隨即響起了沉悶的滾動聲，不久後對手終於現身。

是岩石。六顆表面凹凸不平充滿突起的紅黑色圓石滾了過來。

六顆石球在伊耶米特與葛斯的面前如握起的拳頭張開似的「啪」地一聲打開。石球伸出具有多重關節的八隻銳利爪子，朝伊耶米特與葛斯發動襲擊。

葛斯以魔劍砍過去。令人吃驚的是即使用上魔劍「班．伏路路」，也砍不斷那些爪子。不過還是能稍微抵消敵人的力道。

伊耶米特以魔獸的骨劍戳向張開爪子的中心點。由於敵人張開爪子後的大小足以包覆體型嬌小的伊耶米特全身，這道攻擊乍看之下是招險棋。但因為伊耶米特的攻擊速度與移動速度超出常識，因此他在攻擊時顯得十分游刃有餘。

「哥頓上前！伊耶米特、葛斯退後！安格達魯掩護哥頓！」

哥頓．察爾克斯向前移動，掄起巨大的戰錘砸向中間的敵人。敵人的軀體被整個砸爛。

伊耶米特從哥頓的右邊，葛斯從左邊與他擦身而過退到後方。同時各有一個敵人追著他們衝了過來。

哥頓對穿過他兩側的敵人看也不看一眼，而是面對緊接著直逼而來的三個敵人。

他首先砸爛大大地張開爪子，從正中央飛撲而來的敵人。

兩側的兩個敵人伸出爪子刺向哥頓，不過被堅硬的金屬鎧甲擋住了。

哥頓不慌不忙地砸爛右側的敵人。

左側的敵人纏住哥頓的左腳。

哥頓將戰錘換個拿法，以柄的部分捅進敵人身體的縫隙，手一扭就把敵人從自己的身上撬開。

當敵人再次撲上來時，他配合其動作，重新握好戰錘往下一砸。

清脆的聲音響起，敵人被砸爛了。

穿過哥頓右側的敵人被安格達魯以彎刀刺入那充滿黏液的嘴。

葛斯則是正在對付穿過左側的敵人。

哥頓朝正在與安格達魯戰鬥的敵人砸下戰錘。

接著葛斯也解決掉他的敵人。

「久等啦，葛斯。」

葛斯微微頷首，將魔劍收回劍鞘中。

一行人繼續往前進。

走了很長一段路後，他們來到一處寬廣的空間。

在巨大的圓形房間正中央，有個直徑約兩百步的圓形台座。

台座前有塊發著紅光的石板。

「上面寫著『汝等派一人進入競技場』。」

「哦，伯父大人。這裡就由我去試探一下吧。」

哥頓等巴爾特點頭後便走上前。

就在哥頓的腳踏上樓梯的第一階時。

房間裡響起宛如同時擊打上百面鼓所產生的巨響。只見圓形台座火花四濺，遠處出現了某個人物。

雷電造型的頭盔裝飾。

絢爛的黃金鎧甲。

以裝飾繩綁起的戰靴。

厚實的體格與宛如以岩石組成的身軀。

霸氣十足，充滿鬥志的雙目。

雙手各自握著一把雖然長度短，卻很有重量感的戰錘。戰錘上劈里啪啦地迸出電光。

那個人物的身高恐怕有二十步，也就是哥頓的十倍高。

「……雷、雷神伯爾・勃！」

札利亞不禁低聲說道。

沒錯。

那位巨人的長相與出現在神話裡的雷神伯爾・勃一模一樣。

巴爾特吃驚地瞪大了眼睛。

這裡就是那樣的地方嗎？站在那裡的是神嗎？只要那傢伙擁有那副外貌，與雷神的幾分之一力量，即使集合六人之力也遠遠無法企及。

哥頓無視感到擔心的巴爾特，神色自若地走上階梯。當他走完階梯雙腳踏入競技場時，哥頓的腳下立刻升起光柱。

當光芒退去之後，站在那裡的是化為巨人的哥頓・察爾克斯。此時哥頓的身高與他面對的雷神伯爾・勃差不多。

哥頓一下子就接受了這種異常的狀況。

「哇哈哈哈，啊——真是愉快、愉快————！」

他一邊大笑，一邊衝向敵人。

咚——咚——

化為參天巨人的哥頓在短短八步內就讓雷神進入他的攻擊距離。

雙手舉起巨大化的戰鎚，朝雷神的左肩猛砸下去。

哥頓的一擊具有全盛時期的巴爾特也無法擋住的威力。

更別說他還化為了巨人，那一擊即使是天神也承受不住吧。

然而雷神卻輕易地顛覆巴爾特的預測。

只見祂隨意地抬起左手，手中的戰鎚就擋住了哥頓的攻擊。驚人的巨響響起，數道雷電飛迸亂竄。

太可怕了，雷神竟然用一隻手就撐住哥頓的攻擊。

接著祂以右手的戰鎚轟向哥頓的左腹。

雷電四濺，猛烈的碎裂聲響起。

哥頓的鎧甲嚴重凹陷，受到了損傷。現場瀰漫著焦臭的味道。

哥頓沒有露出慌張的神色。他再次雙手舉起戰鎚，以更勝第一擊的威力砸向雷神。

不過這記猛擊還是被雷神左手的戰鎚擋住了。

接著雷神右手的戰鎚又一次地敲向哥頓的左腹。

哥頓的鎧甲出現裂痕。他的身體應該也受到相當程度的傷害。

然而哥頓卻毫不在乎地三度舉起巨大的戰鎚。

雷神露出憤怒的表情。

雷神右手的戰錘彷彿回應著那股怒氣，綻放出金色的光芒。

據說雷神伯爾．勃是太陽神克拉馬的叔叔。平時祂都待在太陽神的身後，靜靜在一旁看顧太陽神眾兒女的活躍。然而當祂發怒時，就會發揮出一擊崩山裂地的力量。伯爾．勃乃是眾神之中最強大的一尊神。

而那位雷神憤怒的一擊如今第三度擊中哥頓的左腹。

鎧甲的裂痕變得更大，雷神的戰錘打中了哥頓的肉體。

然而哥頓穩穩踏在地上的雙腳卻絲毫不見動搖。

他那高高舉起的戰錘以凌駕於第一擊與第二擊之上的氣勢揮向雷神。

雷神雖然舉起左手的戰錘阻擋，卻擋不住其威力，哥頓使出渾身解數的攻擊直接砸中雷神的頭部。

那一刻彷彿時間靜止了。

不久後，只見雷神腳步踉蹌，仰頭倒下。

某處傳來三聲鐘響。

競技場發出眩目的亮光，雷神與哥頓的身影隨即消失。

不對，並非如此。哥頓．察爾克斯恢復成原本的體型，膝蓋著地跪在競技場上。

扎利亞立刻三步併作兩步爬上階梯衝進競技場，跑到哥頓旁邊。

哥頓口吐鮮血，腹部也有嚴重的出血。

「脫掉他的鎧甲！」

巴爾特與葛斯遵照扎利亞的指示，脫下哥頓上半身的鎧甲。

扎利亞伸出右手觸碰身上剩下鎖子甲，躺在地上的哥頓胸部中央，左手則是觸碰受傷的左腹，低喃起咒語。

過了一會，扎利亞的雙手都亮起紅光。

她繼續唸誦著咒語。

哥頓停止吐血，痛苦的表情也逐漸和緩。

她繼續唸誦著咒語。

傷口終於治好了。

然而皮膚表面的裂傷與燒傷的痕跡沒有完全痊癒，仍舊留在身上。

「讓我稍微休息一下。」

扎利亞說完話，便當場躺下。

而哥頓．察爾克斯則是倏地站起身。

「鎧甲壞了啊。沒辦法，只能穿回還完好的部分。」

過了一會，扎利亞也起身了。

「久等了，接下來得走過那道門吧？」

競技場的後方開了一個剛才還不存在的洞穴。

應該是因為哥頓戰勝了雷神，那個洞才會打開吧。也就是說，如果沒打贏對手就不能繼續前進。

一行人重新排好隊伍，進入那個洞穴。

3

這次的洞窟則是發著綠光。

「有什麼東西來了。敵人數量非常龐大。」

伊耶米特這麼說道，於是所有人進入戰鬥狀態嚴陣以待。

前方有什麼東西過來了，那群東西正亂糟糟地湧上來。

來了，來了。

不久後，敵人終於出現在彎彎曲曲的洞窟裡。

那是手掌大的駭人生物。

牠們的身體側面長著無數短短的觸手，藉由扭動、蠕動觸手的方式前進。又因為受到綠光的照射，身體顏色看起來十分刺眼。

葛斯一劍砍向靠過來的敵人。

隨後敵人就被立刻劈成兩半，稍微抽搐一下便停止了動作。

伊耶米特也以骨劍刺死敵人。

就在大家看到敵人沒什麼威脅性而鬆口氣時，那個現象發生了。

外型有如壓扁肉丸子的噁心敵人突然停止前進，顫抖幾下後便瞬間滲入地底消失。

——但是牠們還在。那群傢伙還躲藏在某個地方。是哪裡？

答案立刻揭曉。

安格達魯突然回過頭，以寬刃的彎刀刀身朝扎利亞頭頂上橫向一掃。

啪嗒一聲，差點落到扎利亞頭上的肉丸子被拍爛，整顆飛了出去。

巴爾特不禁抬頭望向洞窟的天花板。消失的肉丸子紛紛滲出壁面。

肉丸子們如水滴般從一行人的頭上掉下來。

安格達魯的身上已經黏了好幾十顆肉丸子。

那些肉丸子從附著處分泌出詭異的液體，並開始溶解安格達魯強韌的身體。不過安格達魯不慌不忙地把肉丸子剝離身體，砸到牆壁上。撞上牆壁的肉丸子就這麼被砸死。然而牠們死後飛濺的體液之中也含有溶解液。

哥頓的身體也黏了肉丸子。貼在頭盔與鎧甲上的肉丸子無法造成傷害，只能任由哥頓扯下來丟在地板上踩扁。然而溶解液卻從縫隙滲入露在外頭的鎖子甲，發出滋滋聲灼燒哥頓的肉體。

葛斯和伊耶米特則是閃過落下的肉丸子，直接在空中劈開敵人。

當葛斯與伊耶米特解決掉所有朝他們落下的肉丸子後，便轉頭支援哥頓與安格達魯。他們花不了多少時間就殺光所有肉丸子。

安格達魯全身到處遭到溶解，狀況相當嚴重。

這還是多虧葛爾喀斯特族的堅韌外皮才只有這種程度的傷勢。如果是未穿戴鎧甲的人類遭遇同樣的情況，小命恐怕就不保了。

扎利亞讓安格達魯在洞窟裡躺下，對他進行治療。

安格達魯的傷勢痊癒了。

雖然不能說是完好如初，皮膚表面仍然留著被腐蝕的疤痕。

之後扎利亞也對哥頓進行治療。

「哦哦！太厲害了。扎利亞婆婆，謝謝妳啦。」

「我現在不是婆婆，叫我姊姊。」

「扎利亞啊，妳的能力真厲害。成為『精靈附身者』的人就能獲得治療的能力啊。」

「會獲得什麼樣的能力似乎因人而異。應該是因為我是優秀的藥師與咒術師，才會得到這樣的能力吧。」

眼前再次出現競技場。

「上面寫『派出一名尚未踏入競技場之人』。」

巴爾特看了看葛斯，葛斯點頭後走上通往競技場的階梯。

巨聲響起，四周陷入比擬無月之夜的黑暗，競技場變成了一片草原。

有東西立在競技場的另一側。

當眼睛習慣黑暗之後，就能清楚看到那個東西的樣子。

是人，一位年輕男子。他渾身赤裸，一絲不掛。

好俊美的男子啊。

那苗條的身軀上沒有任何贅肉。整張臉光滑沒有鬍鬚。剃短的頭髮。連慵懶地垂著的雙手指尖都十分柔嫩優美。

房間亮了起來。男子的身影已不見。

取而代之出現在那裡的是一隻巨大的狼。

扎利亞再次低聲點出對方的身分。

「半神半獸的英雄，斯卡拉……」

斯卡拉是一名人類男子，由於長得太過美麗而受到月神沙里耶的示愛。

但因為斯卡拉已經有戀人，拒絕了月神的示愛。盛怒的沙里耶將其變成醜陋的野獸。唯有在沙里耶支配天空的夜晚時分，野獸才能恢復成男子的模樣。

沙里耶完全將男子據為己有。

但有人對此事感到不悅。就是愛慕沙里耶的獸神多古。祂好幾次差點殺死男子。

於是沙里耶從拉動太陽神克拉馬火焰戰車的八隻狼之中偷走最強壯的一隻。並且殺死那隻狼，讓男子穿上狼的毛皮、喝下狼血、吃下狼肉。得到炎狼靈力的男子變得十分強壯，讓獸神多古無法靠近。

然而太陽神克拉馬發現了男子身上穿著被偷走的狼毛皮。克拉馬對男子下了死亡詛咒，告訴他：「你必須在指定期限前成功完成七項冒險，否則就會死。」而男子就在成功完成七項冒險後成為人民的英雄，獲得強大的力量。

夜晚是俊美男子，白天是不死不敗的強壯之狼。那就是半神半獸的英雄斯卡拉。

葛斯與狼同時向前衝出去。

他們的速度相當驚人。雙方轉眼間就在競技場中央對彼此發動攻擊。

葛斯一邊閃躲狼爪，同時以綻放鮮紅光芒的魔劍朝狼的脖子一抹。

魔劍「班・伏路路」確實擊中了狼的脖子，卻砍不下去。

『具有炎狼靈力的毛皮乃是刀槍不入。』

巴爾特想起神話的其中一段。

狼張嘴咬向葛斯的喉頭。

儘管葛斯避開了攻擊，狼牙仍然撕裂他的肩膀。

接著雙方展開高速的攻防。

葛斯一面閃躲狼的攻擊，一面揮砍狼身上的各個部位。然而葛斯的攻擊沒有效果，全數被堅韌的毛皮彈開。相對之下，狼的攻擊逐漸地增加葛斯的傷痕。

不久後，葛斯已經渾身是血。

被草絆住的葛斯腳步一陣踉蹌。

狼沒有放過這個破綻，利牙咬上葛斯的喉頭。

然而那只是錯覺，實際卻是魔劍「班・伏路路」從狼的喉嚨深深地刺了進去。葛斯腳步不穩的動作是誘敵之計。

即使毛皮能刀槍不入，嘴巴裡就不是那樣了。魔劍應該穿過喉嚨，捅進內臟了吧。嘴裡插著「班・伏路路」的狼從口中噴出鮮血。

然而狼的生命力沒那麼容易就被奪去。即使處於那種狀態，狼仍繼續以爪子攻擊葛斯。

只見葛斯毫不畏懼地握著劍越插越深。

狼發出駭人的呻吟，不斷地掙扎著。

最後狼終於停下動作，恢復成人類的模樣倒在地上。

三聲鐘響後，競技場恢復成原本的岩石台座，後方打開一個新的洞窟。

扎利亞為葛斯進行急救。皮甲已經變得破破爛爛，那美麗的軀體也是遍體鱗傷。但是葛斯的眼中沒有任何畏縮。

一行人繼續往前走。

4

這次的洞窟充滿藍色的光芒。

狀似小型盾蛙（洛瓦格爾）的敵人襲擊而來。

其身體只有人類的臉那麼大，卻長著異常巨大的腳，可以使出超高的跳躍。牠張開的大嘴能吐出又長又銳利的舌頭，被刺中的人身體會陷入麻痺。多達百隻的那種敵人一口氣衝了過來。

哥頓首先遭到麻痺。接下來扎利亞也麻痺了。之後是巴爾特、安格達魯。連葛斯都遭到毒手。可能是因為他還沒從上一場戰鬥的傷勢中完全恢復，最後還是沒能躲過敵人的攻擊。

支撐到最後的伊耶米特打倒了敵人，勉強獲得勝利。

扎利亞靠自己脫離麻痺狀態，治好所有人。

再稍微走一段路後，巴爾特決定用餐休息。

卡繆拉準備了乾糧。是肉乾、硬麵包與乾果。不知道試煉洞窟的冒險得花費幾天，若是缺乏食物與飲水，人就活不下去。除了那些食物外，所有人還拿到艾格魯索西亞的葉子粉。

這種葉子粉重量輕體積小，不占行李空間。只要加點水就能吃。具有很高的營養價值，也能大幅改善身體的狀況。是卡繆拉的得意之作。

巴爾特很快就使用了這種葉子粉。這場洞窟冒險很可能不會持續太多天。如果真的拖那麼久，自己的體力也會吃不消。所以他決定多少先增強一點體力。

葉子粉嚐起來頗為美味。讓疲勞的身體重拾精力。

一行人稍作休息之後，繼續向前走。

巴爾特覺得有點古怪。是關於出現在洞窟裡的敵人與競技場敵人的事。

出現在競技場的兩位敵人全都是強敵，但是與他們的戰鬥都在堂堂正正的狀況進行，也十分激勵人心。然而出現在洞窟裡的敵人卻給人陰險邪惡的感覺。與那些敵人戰鬥也絲毫不會讓人感到喜悅。

這兩者的差距到底具有什麼意義呢？

抵達下一個競技場了。

「『派出一名尚未踏入競技場之人。』和剛才一樣呢。我說，巴爾特。這次可以讓我上場嗎？我剛好有個想法。」

巴爾特原本沒有打算讓扎利亞參與戰鬥，所以這個要求讓他吃了一驚。他一邊想著扎利亞有什麼盤算，一邊點了點頭。

這次的競技場變成了沼地。是一塊沼澤與包圍在外，高度及人的草地。

但是沒看到敵人的身影。

扎利亞仰頭望向空中。

敵人就在那裡。

是女人。

那是一位身著薄衫，栗色長髮隨風飛舞，臉上帶著微笑的美麗女子。

吹動女子衣服與頭髮的風是從哪裡來的呢？

是女子自身。朝四面八方恣意吹拂的狂風是源自女子身上。

風神索西艾拉。

有時是溫柔的成長守護者，有時是無情的破壞女神。索西艾拉對精疲力竭的人刮起的風能帶走那個人的辛酸記憶，讓人遺忘痛苦。祂擁有撕裂萬物的靈力，其身體卻不會被砍傷或刺傷。

那位索西艾拉就飄浮在虛空之中。面對這樣的對手，到底該如何戰鬥呢？

扎利亞走到沼地的水畔，將手杖插在地上。

女神輕輕吹了一口氣。

那道吐息化為風之刃吹向扎利亞的左臂肩頭。

扎利亞的左手臂瞬間從肩膀處被砍斷，「啪」地一聲掉在地上。

扎利亞以右手拾起左手，將其按回被砍斷的位置，低聲喃喃唸起某種咒語。

原本被砍下的左手臂就這麼連回身上恢復原樣。

扎利亞繼續閉著眼睛低喃咒語。

手杖開始綻放紅色的光輝，連扎利亞自己也發出溫和的光芒。

女神再次吹了口氣。

風之刃逼近扎利亞的脖子。

然而風之刃卻撞上手杖，偏到另一個方向。

女神露出有點吃驚的表情，再吹了口氣。結果風之刃又被手杖撞開。

女神臉上的笑容消失了。

扎利亞仍然繼續低喃著咒語。

女神張開雙臂，做出搧風的動作。

左袖出現五道風刃，右袖出現五道風刃，衝向扎利亞。

十道風刃全都被手杖撞開，但其中幾道仍然稍微劃破扎利亞的雙臂。飛偏的風刃砍平了四周的草地。

扎利亞依舊繼續唸著咒語。

女神伸出雙手，十指撐開，十根指頭上接連不斷地射出風刃。

即便那些風刃幾乎都被手杖彈開，還是有幾道割傷了扎利亞的身體。

扎利亞的臉上與身體已是鮮血淋漓。但是她仍然繼續閉著眼睛低喃咒語。

手杖終於支撐不住。杖身發出「啪啦」的聲音，斷裂飛散。

女神停止放出風刃，臉上嫣然一笑。

然後祂將伸出的雙手交疊在一起。

來了。最後一擊要來了。

就在這時，扎利亞突然雙目圓睜大喊一聲。

隨後扎利亞的身邊出現旋風，剛才被女神的攻擊砍下的草在空中畫出螺旋的形狀。草漩渦以猛烈的力道延伸到空中，襲向女神的位置。

扎利亞從懷裡取出兩個物體，並將物體互相敲擊。

她敲出火星。火星點燃形成漩渦的草，烈火頃刻間就包圍了女神。

可燃的草屑不過是媒介而已。扎利亞以其為火種，引發規模超出幾千倍的火焰。

慘叫聲響徹四方。

地獄之火瞬間熄滅了，然而虛空中已不復見女神的身影。

三次的鐘聲響起。

「果然如此。」

「果然什麼？」

「哥頓對上伯爾．勃，葛斯對上斯卡拉，而我對上索西艾拉。各自對上的不都是與自己相稱的對手嗎？沒錯，相稱過頭了。這個競技場的敵人似乎會變成與我方匹配的樣子呢。」

「匹配的樣子？」

「是的。這個競技場並非一開始就決定派出什麼樣的敵人。而是根據進場的對手現場決定適合對方的敵人。不過話說回來，竟然連續挑了三位神明當我方的對手。而且還都是大神級的神明。競技場對我們的評價特別高呢。」

經過長時間的休息後，扎利亞終於起身。

她沒有幫自己治療。雖然血止住了，臉上的傷痕卻都還在。

下一個洞窟是紫色的，出現的敵人看似具有鳥喙的蝙蝠。

葛斯與伊耶米特展現出驚人的優秀視力與攻擊速度，將蝙蝠全數擊落。但是哥頓與安格達魯挨了幾次攻擊。

這兩個人明明身強體壯，卻立刻倒在地上渾身抽搐。

是毒。而且是非常猛烈的劇毒。

扎利亞發揮精靈之力治癒了兩人。

誰都看得出扎莉亞已經消耗了大量的精力。

下一個挑戰競技場的是伊耶米特。

當伊耶米特登上競技場後，台座上就出現一座長著小小的林木，宛如玩具的森林。

把視線朝偶然瞥見的活動物體投去，能看到一隻手掌大小的迷你野獸。那隻野獸猿猴般的臉上紋著奇異的花紋，右手持槍，左手拿著棍棒。

進入競技場的伊耶米特也一樣縮小了。

說到左手持槍，右手持棍棒，臉上有花紋的神，當屬森林之神烏巴努．多多。然而烏巴努．多多應該是人類外型的神才對。此時出現在眾人眼前的神卻長著一副捷閔族的模樣。這到底是怎麼回事呢？

巴爾特想起在龍人島上從族長波波魯巴魯波波那邊聽到的話：

「人類的語言就是『第一位人類』所創造的。『第一位人類』研究了這片大地上各種族的語言，做出過去只存在一種語言的結論。於是他從各種族的語言中抽出共通的要素，以此創造出全新的語言。」

稱呼事物之名時，就是在使用某種語言。而眾神之名也在語言的範疇之中。

假設語言是「原始人族」所有，那麼眾神原本不也屬於「原始人族」嗎？而現在的人類將那個語言占為己有時，也就一併把眾神占為己有。所以與「原始人族」對決時，眾神便恢復了原本的樣貌。或許就是這麼一回事吧。

伊耶米特朝敵人胸口射了一箭，然而完全沒有造成傷害。

敵人的動作速度快得驚人，以長槍與棍棒發動攻擊。敵人的招式太多了，讓伊耶米特無機可趁。

不久後，伊耶米特躲入森林之中。

森林之神四處尋找伊耶米特的行蹤。然而不管祂怎麼找，就是找不到。當敵人陷入焦躁時，伊耶米特從後面的樹叢跳了出來。

他一手舉弓，一手搭箭。

伊耶米特將箭矢抵在森林之神的脖子正後方，放開了弦。

箭矢從森林之神的喉頭穿出來。

三次的鐘響宣告伊耶米特的勝利。

下一個洞窟是粉紅色。

出現的敵人是扭著身體游在空中，像魚又像蛇的怪物。

這是一種讓人傷腦筋的敵人。不管用劍砍或用戰錘敲打，牠都會滑溜地躲開。

然而對方的鋸狀利齒卻能囓咬我方的身體，而且還能鑽進鎧甲裡咬人。

雖然葛斯與伊耶米特有辦法閃避攻擊，並未因此受害，但是哥頓與巴爾特，以及扎利亞卻吃了不少苦頭。

打贏這場戰鬥的關鍵在於安格達魯的堅硬表皮。就算是飛天魚也沒辦法輕易地咬穿安格達魯那種有如鎧甲的皮膚。而且牠們咬上來的瞬間就打得中。

於是安格達魯成了誘餌。葛斯與伊耶米特則是負責砍死咬住安格達魯的飛天魚。這是只要找到對付的竅門就沒什麼好怕的敵人。只不過在找出辦法之前我方仍受到嚴重的損害。

扎利亞對巴爾特與哥頓使用了治療的能力。

隨後扎利亞就站不起身了。巴爾特提議稍作休息，扎利亞卻說最好趕快繼續走。結果就由安格達魯扛著扎利亞前進。

登上下一個競技場的是安格達魯。

當他踏上階梯時，地面升起光芒，現場爆出巨大的聲響，敵人現身了。

那是一尊具有雄壯體格的神。祂的右手握著巨大的彎刀，左手拿著厚重的圓盾。

那尊神的雙手非常長。祂的臉上與赤裸身體的花紋根本就是葛爾喀斯特族。

只不過祂的雙腳是由岩石構成，身上也不斷落下沙子。

「那是大地之神肯恰．里吧。」

沒錯，就是肯恰．里。但是為什麼祂是葛爾喀斯特族的模樣呢？

果然眾神原本都屬於「原始人族」所有。只不過與人類相遇的神都變成了人類之神。但是人類或許也有從原本的世界帶來的神也說不定。

大地之神的體型比安格達魯還要巨大、看起來年輕有活力。

大地之神以圓盾擊打安格達魯的胸口。安格達魯稍微晃了一下身體後便站穩腳步。

大地之神迅速揮出右手，從斜上方往下一砍。

安格達魯稍微將上半身往左傾，以匱坦彈開了彎刀。

大地之神的臉上浮現略微驚訝的神色，然後祂揚起嘴角一笑。

突然間，大地之神展開猛攻。

祂一邊以左手的盾牌牽制安格達魯的行動，一邊以自由自在的動作持彎刀發動攻勢。從上方、下方、右側、左側，攻擊方式千變萬化。安格達魯則是打落了對方所有的攻擊。

巴爾特瞠目結舌地看著這場攻防戰。

技術太高超了，而且他的身體好柔軟。

安格達魯乍看之下動作粗魯，實際上卻擁有細膩無比的戰鬥技術。

雙方不斷進行令人喘不過氣的攻防。安格達魯則是持續採取守勢。

大地之神對這場沒完沒了的攻防感到相當不耐煩，於是高高舉起劍，準備對安格達魯施展必殺的一擊。

就在這個時候，安格達魯首次發動攻勢。雙手握住原本僅以右手握持的匱坦，猛力揮向大地之神。

大地之神的一擊砍進安格達魯的左肩。

安格達魯以雙手使出的斬擊劈開圓盾，擊中大地之神的臉。

大地之神的臉上嵌著匱坦，提起嘴角露出笑容。

接著便倒下消失了。

三聲鐘響宣告了安格達魯的勝利。

扎利亞衝上前去，將手放在安格達魯的肩膀上。流血止住了，傷口卻沒有完全治好。

結束治療後，用盡力氣的扎利亞昏了過去。

眾人等扎利亞恢復意識後前往下一個洞窟。

下一個洞窟亮著茶色的光芒。

正當大家一邊納悶怎麼沒碰到敵人一邊走進下一個競技場房間時，就遭到了襲擊。

這次的敵人是相當麻煩的對手。

敵人有如長了翅膀的蜈蚣。牠們在高處飛行盤旋，撒下毒粉。

所有人立刻躲回洞窟裡，由伊耶米特以弓箭擊落飛在空中的敵人。

但也因為如此，伊耶米特吸入大量毒粉。

雖然靠扎利亞的治療保住伊耶米特的性命，扎利亞自己卻倒下了。

一行人在第六個競技場前第二次用餐與照料扎莉亞。儘管說照料，也只是餵她喝水，讓她服用藥草與葉子粉。除此之外只能讓她休息觀望狀況。

不久後扎利亞醒來了。

接下來終於要輪到巴爾特上場。

雖然不知道會出現什麼樣的對手，但那應該是適合與年老力衰的騎士對決的對手。

當巴爾特踏上競技場的階梯時，場地爆出巨響與閃光，敵人出現了。

看到那個敵人，巴爾特頓時說不出話來。

5

雄壯的身軀，刻有大地印章的白銀鎧甲。

又長又厚重的巨型直劍。右腳的戰靴是黑色，左腳的戰靴是白色。

左手拿著刻有太陽印章的盾牌，腳下跨著性情暴烈的黑馬。

戰神馬達．威里。

立於無數武神頂點的大神。

從那靜止不動的雄姿所散發的威嚴，具有令人無法想像的震撼力。

這個對手的層級與巴爾特過去遭遇的所有敵人都相差甚多。

——喂，這有問題吧。不管怎麼想，出現這種對手都太奇怪了。雙方的實力根本不對等。

怎麼偏偏找戰神來對付我這把老骨頭。

回頭一看，只見哥頓、葛斯、安格達魯與伊耶米特全都露出高興的表情。

——哎呀，你們也不用對我的不幸那麼開心吧。

他轉頭望回武神。

——仔細想想，鮮少有騎士能得到與這種程度的敵人交手的幸運。那是值得我賭上一切挑戰而粉身碎骨的對手。自己在焦急什麼呢？我是因為想到打倒這個敵人繼續前進之後還有事情該做而焦急。然而就算繼續前進，也不知道到底還能再獲得什麼東西。有什麼事比打一場暢快的戰鬥並且光榮赴死更有價值嗎？

這個時候，巴爾特終於明白為什麼大家都露出欣喜的表情了。

因為大家也是如此。他們各自都遇到一生中的勁敵，打了一場暢快的戰鬥。他們不是因為打贏戰鬥而開心。而是因為經歷了極致的戰鬥而開心。

所以他們為巴爾特獻上祝福，恭喜他能遇到最頂尖的敵人。

——如果活不下去，不如就慷慨赴死吧。但是我要在這最後的瞬間使出人生中最精采的招式。

巴爾特先是注視戰神。然後再注視戰神騎乘的黑色巨馬。

那正是神馬歐魯朵斯坦。

戰神馬達．威里是森林之神烏巴努．多多與其妻伊沙．露沙的兒子。年少時的名字是奇朵。少年奇朵具有超越雷神伯爾．勃的力量，因此他帶著「大地之劍」出外旅行。

他在旅行途中遇到一位特別強大的敵人，沼澤神安莫。

經歷一場殊死之戰後，少年奇朵獲勝了。沼澤神稱讚其不屈的精神，將自己的愛馬贈予少年。

那就是神馬歐魯朵斯坦。

有種說法是歐魯朵斯坦是沼澤神本人變成的。

在那之後，少年奇朵將歐魯朵斯坦當成自己的愛馬，繼續展開冒險。

歐魯朵斯坦多次拯救陷入險境的少年奇朵。

最後奇朵擊敗五尊大神，加入武神的行列。

他甚至還率領眾神打贏與魔神們的大戰，成為戰神馬達・威里。

神馬歐魯朵斯坦從頭到尾一直輔助他戰鬥。

看到跨在愛馬上的戰神，巴爾特突然感到一陣寂寞。

戰神與愛馬在一起，巴爾特卻是孤身一人。

下一刻，他對自己說：「不對，不是那樣的。」

他有波爾普灌注靈魂打造的皮甲，還有古代劍。古代劍之中有愛朵菈的祈禱，有史塔玻羅斯的靈魂，有湛達塔的工藝。

巴爾特拔出古代劍，高聲喊道：

「史塔玻羅斯啊，來我身邊吧！」

不可思議的事情發生了。

古代劍上散發出明亮的青綠色光粒。

光粒流到地上越積越多，不久後集合成一個形體。

是史塔玻羅斯。

年輕時代身強體健的史塔玻羅斯就站在那裡。

看到已經死去的史塔玻羅斯出現在此，巴爾特並沒有感到不可思議。

這裡是什麼地方？

不就是眾神居所大伏薩深處的祕藏之地嗎？可以說世界上沒有其他地方擁有如此濃厚的眾神恩寵。如果沒有發生什麼不可思議的事，那才是不可思議。

古代劍散發出的青綠色光芒接著包住巴爾特的身體，被皮甲吸了進去。肌肉逐漸取回力量，彷彿年輕時的無敵肉體在此復活了。

巴爾特跨上史塔玻羅斯。

競技場的另一端，跨坐於黑馬上的戰神正靜靜地等待。

——神馬歐魯朵斯坦算什麼東西。我可是有名馬史塔玻羅斯呢！

巴爾特高高舉起古代劍，發出戰吼。

獲得古代劍恩寵而復甦的身體變得緊繃。

精心鍛鍊的武藝回到身上。現在正是巴爾特一生之中最佳的狀態。

競技場另一端的戰神渾身爆發鬥氣。

戰神與老騎士同時策馬急馳。

轉眼間雙方便抵達彼此的面前。

由於戰神體型比巴爾特大，神馬也比史塔玻羅斯巨大，所以戰神的臉位於高過巴爾特兩個頭的位置。

戰神將左手的盾牌舉到面前的左上方，右手的劍則是即將從右斜上方劈下。

在這個瞬間，史塔玻羅斯展現出奇蹟似的加速度。

多虧這點，巴爾特才能鑽過戰神揮劍的範圍，衝進自己的攻擊距離。

他以左手腕抵擋戰神緊追而來的劍。那個位置裝了魔獸的骨頭。

持盾騎士揮出強力攻擊時，一定會從右上方出招。因為左手有盾，無法揮劍。

但是巴爾特的左手沒有拿盾。

戰神的左半邊身體藏在盾牌後面，不過右半身沒有被擋住。

巴爾特以古代劍朝戰神防守空虛的臉上砍過去。

兩匹馬彼此在一瞬之間擦身而過，馬腳緩下步伐後轉過身。

裝在左手的魔獸骨頭全都被砍斷了。

自己在那底下的骨頭大概也沒辦法安然無恙。不是斷了就是出現裂痕。

另一方面，戰神右側頭部的狀況也十分淒慘。頭盔凹陷裂開，底下的頭蓋骨也被打出了個洞，流出紅色的鮮血。

「真是精采。」

戰神露出笑容，喃喃地說了這麼一句話。

轉眼間，戰神身體發出有如冰塊碎裂的聲音，化為光粒四散消失。

鐘聲響了三次。

巴爾特從史塔玻羅斯的身上下來，輕撫牠的脖子。

史塔玻羅斯則是舔著巴爾特的整張臉，那個觸感令人懷念。

「史塔玻羅斯啊。你做得很好。謝謝了。」

史塔玻羅斯的身形逐漸變得透明，隨後逐漸溶解在空氣之中。

最後史塔玻羅斯留下一個微小的嘶聲，消失在虛空中。

「史塔玻羅斯啊，謝謝你了。」

夥伴們聚集到巴爾特的身邊。

扎利亞被安格達魯抱在懷中，打算將手掌伸向巴爾特。

巴爾特以右手溫柔地包住扎利亞的手。

「可以了。戰鬥已經結束。休息吧。」

「這樣啊。」

扎利亞說完後，於是閉上眼。

競技場的後方打開了六個入口。

「我先進去看看。」

伊耶米特走進最右邊的入口。入口隨即消失了。

「哎呀，嗯嗯嗯。也就是說每個人都得進入不同的入口嗎？還挺有意思的嘛。那麼下一個換我去吧。」

哥頓走進從右邊數來的第二個入口，入口消失了。

葛斯走進第三個入口。

安格達魯輕輕地讓扎利亞躺在地板上，消失在第四個入口之中。

扎利亞虛弱地張開眼睛。

「你去吧，巴爾特·羅恩。那個洞穴裡有你尋求的東西。我休息一下後就會跟上。」

「感謝妳的照顧，謝謝。」

巴爾特通過了第五個入口。

他突然來到一處明亮的場所。那是一個空間不大，白得讓人感覺輕飄飄的正四方形奇妙小房間。

剛才走進入口的人也都是各自抵達同樣的地方嗎？

但是扎利亞沒有通過那個入口。

以扎利亞的年齡，她應該在很久以前就死了。之所以能活到現在，是多虧了附在她身上的精靈。而扎利亞耗盡了那個精靈的力量。她體內的精靈已經虛弱不堪，幾乎就要消失。一旦精靈消失，扎利亞也就沒命了。

雖然在半路上察覺到這點，但已經無法回頭了。

扎利亞是做出澈底的覺悟之後才參加這場冒險，發揮她的力量。

巴爾特閉上眼睛，祈求藥師扎利亞能獲得安息。

之後他走向門握住手把，但不管是推或拉，又或是往橫向施力，那扇門都文風不動。即使待在原地等了一段時間，仍然什麼事都沒發生。

巴爾特用力敲了好幾次門，不過也沒有任何反應。

——哎呀，真奇怪呢。把人送到這裡卻置之不理，這到底是怎麼回事？

正當巴爾特這麼想的時候，他的身體被一陣光包住，隨後便置身於另一個地點。

6

「為何你不會作夢？根據掌管者的說法，進去入夢房的任何人都會開始作夢才對啊。」

對他開口的是一名穿著白衣，整顆頭剃得光溜溜的男子。

那裡是一個寬廣的房間。牆壁與地板全都十分平整光滑。牆壁邊擺著成排的奇異機器，同樣穿著白衣剃成光頭的男子們正忙著觀看機器或觸摸機器。

「掌管者是誰？」

「就是主人與最高負責人的意思。總而言之，恭喜你闖關成功。我叫斯特西魯，是這裡的技術主任。既然你就算置身於入夢房也不會作夢，那就沒辦法了。我帶你參觀這裡。」

巴爾特雖然還想發問，這時牆邊的男子們接連高喊：

「二號，失去意識！他倒在地上。感情仍然保持平靜的狀態。」

「一號，失去意識！同樣保持平靜的感情倒在地上。」

「四號，失去意識！倒地，感情，平靜。」

「三號！失去意識。倒地！口中流出鮮血！」

巴爾特衝了過去。

自稱斯特西魯的男子也跟著跑過去。

牆壁上貼著有如巨大畫框的物體，畫框裡顯現著一張圖畫。

——葛斯？為什麼他倒在地上？而且那些血是什麼？

斯特西魯高聲大喊：

「醫護組！立刻派三人前往三號入夢房。一名過關者似乎咬斷自己的舌頭。請前往回收並進行急救！怎麼會這樣，好不容易有過關者啊。」

——咬舌自盡？為什麼葛斯要自殺？

旁邊的畫框顯現著安格達魯。

另一個畫框顯現著伊耶米特。

也有顯現哥頓的畫框。

所有人都像睡著似的躺著。

顯現葛斯的畫框裡出現三名男子。他們身穿白衣，頭頂白帽，臉上戴著白色的面罩。男子們將葛斯抱上附有車輪的一張床，把人運走了。

「這是怎麼回事？那些圖畫是什麼東西？葛斯發生什麼事了？」

「我不知道。根據掌管者的說法，這應該不會造成生命危險才對。」

「那個掌管者到底是誰啊！」

就在這時，天花板上發出一陣刺耳的沙沙聲。

「斯特西魯。請將巴爾特．羅恩先生帶到我這裡。」

「好的，掌管者。巴爾特．羅恩先生就是您吧。」

「沒錯。」

「請往這裡走。」

巴爾特於是跟在斯特西魯的後面。

斯特西魯在一扇巨大的門扉前停下腳步。

「請進。」

門扉悄然無聲地往旁邊滑動開啟，巴爾特踏入房間。

裡頭有許多奇怪的機器，還擺著氣派的家具。

房間的最後面有張巨大的椅子，上頭坐著一位龍人。

那是一位看起來老得誇張的巨大龍人。

「歡迎，人類巴爾特。當那個使用奇異力量的人類叫出你的名字時，我就知道你是巴爾特．羅恩了。我原本就覺得這個名字有點熟悉，但因為沒想到靈劍使用者竟然會親自來到這個地方，所以遲遲沒有注意到你的身分。我看了在競技場的戰鬥，只覺得你是個能使用特殊能力的人物，原來那就是靈劍的力量啊。如果知道你就是那位靈劍使用者巴爾特，我就不會在迴廊派出敵人了。不管怎麼說，你們都非得與競技場的敵人戰鬥不可。那個不在我們的控制範圍之內。總之，你們打得很精采。我會給予『試煉洞窟』的過關者獎賞。武器、藥物、知識。你想要什麼呢？」

「你對葛斯和其他人做了什麼，龍人艾其多魯其耶？」

「哦，你知道我啊。是從伍魯杜盧那邊聽說的，還是從人類路古爾哥亞那邊聽說的？不對，都不是吧。你去過龍人島，與族長見面了吧？」

艾其多魯其耶是獲得「主人」授予力量的兩位龍人之一。另一位龍人伍魯杜盧已經在葛立奧拉皇國的皇宮被殺死。剩下的就是這位艾其多魯其耶。

是這傢伙啊。龍人艾其多魯其耶就是龍人族長的王牌。

族長波波魯巴魯波波知道艾其多魯其耶是試煉洞窟的掌管者，待在這個伏薩的深處。又或者他是經過推測後確認了這點。

對於巴爾特而言，能否進入與闖過試煉洞窟，是一場成功率很低的賭博。

但是對龍人而言，那是一場毫無危險性，又有著巨大回饋的賭博。如果巴爾特等人成功闖過試煉洞窟，具有特殊力量的龍人艾其多魯其耶也會在前方等著他們，將成功的果實完全據為己有。

「『主人』將我丟進這裡，把出入口關上。這種事情是第一次。他為了避免我見到你，才把我關在這裡吧。你卻主動來到這裡，而我竟然想對你施加幻影。真是太愚蠢了。如果讓你的心靈遭到『汙染』，一切就完蛋了。不過你的心靈沒有遭受『汙染』。告訴我，你是怎麼防止受到幻影影響的？」

「你對我的夥伴們做了什麼？」

「沒什麼，只是讓他們作了個夢，夢到被最信賴的人攻擊。脫離夢境後他們心中將留下憎恨與憤怒，導致彼此信賴的人互相殘殺。我想那一定是個令人愉快的畫面。然而事情卻沒有變成那樣。所有人都保持平靜的情緒失去意識。他們大概都讓自己在夢中任人宰殺吧。由於有個人內心的抵抗太過強烈，所以我換了個作法。不由分說地控制其身體，逼迫他砍死信賴的對象。結果他竟然企圖自盡。真是莫名其妙的傢伙。」

好卑劣，好惡毒。這隻「破蜥蜴」僅僅為了讓過關者自相殘殺以取悅自己，就讓一行人作惡夢。

哥頓、安格達魯與伊耶米特最信賴的人是誰呢？該不會是巴爾特吧。

雖然不知道其他人如何，但說到葛斯最為信賴的人，想必就是巴爾特。

葛斯在手腳受到他人操縱的情況下差點砍死巴爾特。此時葛斯毫不猶豫地咬斷自己的舌頭。他認為與其殺害巴爾特，不如自我了斷。

那個男人實在是……

然而葛斯．羅恩正是這樣的一名男子。

「好了，儘管這時很想要你回答我的問題，不過答案就是『雅娜的手環』吧。你竟然得到了那種東西。但也因此得救。巴爾特．羅恩。跟我過來。」

龍人艾其多魯其耶說完後就離開了房間。巴爾特也跟在後面。

艾其多魯其耶走在巨大無比的金屬迴廊之中。

龍人連頭也沒回。牠很相信巴爾特一定會跟過來。

走了沒多久，艾其多魯其耶就停下腳步。

只見牠喃喃唸了句某種奇異咒語般的話語，牆壁的一部分就上下分開了。

房間的正中央飄浮著金色的光球。

「那顆發光的球就是中繼裝置。我要你拿靈劍對著那顆球進行呼喚。」

「『第一位人類』的遺產有多大，長什麼樣子，又在哪裡？」

「我不知道它的形狀大小與位置。連『主人』也不知它在什麼地方。所以才需要靈劍。靈劍之中封入被稱為神靈獸的東西。遺產登錄了七隻神靈獸的精神波長。只要靈劍使用者透過中繼裝置下命令，遺產就會過來。」

「你明明不知道遺產外型大小，卻對它知之甚詳呢。」

「我是從『主人』那邊問出來的。花了幾百年的時間，一點一點套出情報。」

「你說只要拿這把劍對著光球，喊出『過來』的命令，遺產就會來到這裡吧？」

「沒錯。族長應該有對你說過吧。那把劍是能呼喚遺產，對其下達命令的鑰匙。好了，呼喚它吧。」

「只要把它喚來此地，會讓你也能使用遺產嗎？」

「唔？啊，族長沒有說嗎？遺產接受命令時……會以靈劍持有者為優先。在你死亡之前都可以自由運用遺產。不過當你呼喚出遺產之後記得要先殺掉『主人』。等到你死後，遺產就會歸我們龍人所有。」

艾其多魯其耶這時洩漏了一個非常重要的情報。

遺產會以靈劍持有者的命令為優先。這句話的意思就是，就算未持有古代劍的人站在遺產前也可以使用遺產。既然如此，當巴爾特呼喚出遺產之後，龍人艾其多魯其耶只要殺了他就好。如此一來遺產就會成為龍人牠們所有。又或是搶走「雅娜的手環」再控制巴爾特的心智也行。

但就算如此，艾其多魯其耶的所作所為還是令人費解。

照理來說，艾其多魯其耶應該想欺騙巴爾特才對。然而牠卻毫無自覺又滿不在乎地坦承讓巴爾特的夥伴作惡夢，企圖害他們自相殘殺的行徑。還想也不想就透漏沒有古代劍的人也可以使用遺產這件事。

不過牠們或許就是這樣的生物也說不定。

對於龍人而言，其他的種族不過是奴隸或食物。同時牠們又單方面地被「主人」要求服從。這位龍人只知道這樣的關係，腦中沒有交涉或談判的概念。

「怎麼了，巴爾特・羅恩？趕快呼喚出遺產啊。」

「那個什麼遺產，真的有打倒那個叫『主人』的傢伙的力量嗎？」

「你應該聽過一擊就消滅麥珠奴貝克之都的『克拉馬的憤怒之箭』吧？那就是遺產。」

——「克拉馬的憤怒之箭」！

古時候，太陽神克拉馬在準備與魔神進行最後之戰時，靠著許多神明的幫助製造出名為「克拉馬的憤怒之箭」的武器。那是一種從星辰的彼端喚來光芒，將整個魔神居住的大地澈底摧毀的可怕武器。

但因為預言之神奧朵預言了一旦使用「克拉馬的憤怒之箭」，眾神也會遭到毀滅，以及眾神那一方出現馬達・威里這位強大的夥伴，最後眾神沒有使用「克拉馬的憤怒之箭」，便將其收入武器庫深處。

那個「克拉馬的憤怒之箭」曾經有被使用過。

當太陽神之妻，嫉妒心很重的索娜得知克拉馬與美麗的尼磊有染時，祂在盛怒之下拿出「克拉馬的憤怒之箭」。索娜對尼磊居住的大地射出「克拉馬的憤怒之箭」。不過在射出的瞬間，克拉馬改變了武器的方向。朝著天空飛去的「克拉馬的憤怒之箭」消失在群星之中。

據說尼磊以變成醜陋的蛇為條件，平息了索娜的怒火。

但那是神話故事。在真正的歷史之中，季揚國王用來摧毀龍人都城時使用的武器就是「克拉馬的憤怒之箭」。

「麥珠奴貝克是我們讓人類建造的都城。然而『第一位人類』卻一擊就讓麥珠奴貝克灰飛煙滅。過了很久以後，『主人』對『哇扎卡大盆地』進行調查，得知那是由什麼東西所造成的。『主人』顯得異常興奮，命令我們展開搜索。據說那是一個比城市還巨大的鐵塊。然而不管我們在大陸上怎麼找，都找不到那樣的東西。既然它具有一擊消滅麥珠奴貝克的力量，也就能夠輕鬆將『主人』與『囚禁之島』一同炸毀。我就是期盼得到那個遺產的力量並摧毀『主人』，才會忍辱偷生至今。好了，呼喚出遺產吧！」

這裡距離「囚禁之島」非常遙遠。即使將遺產呼喚到此地，不具翅膀的巴爾特也拿「囚禁之島」的怪物沒有辦法。

這也就是說，龍人絲毫沒有將遺產的強大力量交給人類的意思。龍人艾其多魯其耶打算在巴爾特呼喚出遺產之後立刻殺了他。

「你是怎麼把斯特西魯閣下與其他在這裡工作的人類帶過來的？」

「那不是人類，是機械人偶。自從我找到這裡，根據『主人』的指示登錄成為掌管者後，它們這三百年來一直不斷活動。它們是由『第一位人類』所製作，可以不間斷地持續活動兩千年左右的時間。」

——那竟然是機械人偶！怎麼看都像活生生的人類啊。

就算如此，既然牠在這裡當了三百年的掌管者，想必也一定知道挑戰者的資格條件。艾其多魯其耶卻沒有把這件事告知族長。牠恐怕作夢也沒想到有那種必要性吧。

——那就是你們失敗的原因。

巴爾特靜靜地拔出古代劍。

「史塔玻羅斯啊。」

古代劍回應了巴爾特的呼喚，劍身包覆在青綠色的螢光之中。

「喔喔！那就是靈劍之力啊。唔唔唔唔，竟然是這麼厲害的東西！」

巴爾特對著飄浮在半空中的光球伸直手臂。

「呼喚吧！呼喚吧！將遺產呼喚到這裡吧！」

龍人艾其多魯其耶激動地如此命令，彷彿認為巴爾特有那麼做的理由。牠毫無防備地將側臉對著巴爾特，筆直地注視光球。

這也是沒辦法的事。畢竟牠長久以來的期望如今即將實現。

巴爾特想起龍人族長所說的話：

「艾其多魯其耶之所以控制瑪努諾女王，並派出魔獸侵略人類國度，是因為他抱有期待——最後的靈劍使用者即將現身，對魔獸發揮其力量。」

——就是這傢伙嘛！這個艾其多魯其耶正是派遣大批魔獸襲擊洛特班城的幕後黑手啊。

巴爾特高高舉起古代劍，接著在劈下劍刃的同時將身體往右旋轉。螢光沒入艾其多魯其耶的腋下，在那巨大的身軀之中一路向上竄。接著自下往上劈過牠的臉，從頭頂衝出。

艾其多魯其耶轉過頭來，露出難以理解的表情俯視巴爾特。

艾其多魯其耶的身上出現光之裂痕。

接著裂痕迸出了光芒。

艾其多魯其耶的身體宛如爆炸似的流洩出五顏六色的亮光。接著亮光朝四面八方竄去後直接消失了。

巴爾特看到了。那每一道光都有著臉、手腳與翅膀。

那是精靈。

艾其多魯其耶吞食了幾十、幾百隻的精靈。那就是牠長久的壽命與足以控制瑪努諾女王之咒力的祕密。

精靈飛走之後，艾其多魯其耶就像一具空殼似的空洞。

牠的身體從裂痕脫落，發出有如鐵塊撞擊岩石的聲音。

其他的部位也搖搖晃晃地逐一散落。

散落一地的遺體發出「啪啦啪啦」的聲音，潰散成粉狀，最後只留下一塊塊的沙子。

「確認掌管者死亡。確認掌管者死亡。即將還原設施設定。即將還原設施設定。排除負責人員以外之人員。排除負責人員以外之人員。」

巴爾特的意識突然中斷了。

7

「巴爾特大人！巴爾特大人！」

在克因特一次又一次的呼喚之後，巴爾特勉強睜開了眼。

這裡是風穴。他們在風穴的底座前面。

哥頓在這裡。葛斯在這裡。安格達魯在這裡。伊耶米特在這裡。還有扎利亞也在這裡。

巴爾特站起身，走到扎利亞的身邊。

她恢復成了老藥師的模樣，但是氣色不算差，全身上下都有經過治療的痕跡。

——是斯特西魯做的吧。

斯特西魯以某種不可思議的方法將生命力灌注到失去精靈之力的扎利亞體內。

這麼說來，巴爾特自己的左手也幾乎不痛了。仔細一看，手上纏著高級的布料，並且以奇異的帶子固定。真是了不起的醫療技術。

——哥頓、安格達魯、伊耶米特、葛斯，所有人都接受治療。太感謝他們了。

「葛、葛斯！你、你咬斷自己的舌頭！你怎麼做了那麼過分的事！」

卡菈靠在葛斯的胸前哭喊。

葛斯也不能把卡菈推開，只好伸手環住卡菈，溫柔地摟著她。

我就不打擾他們了。

難道即使以斯特西魯他們的醫術，也沒辦法將葛斯咬斷的舌頭恢復原狀嗎？還是說只要經過一段時間，他失去的舌頭就能恢復原狀呢？

藥師扎利亞醒了。

「哎，巴爾特。我們又見面啦。」

「嗯。」

巴爾特詢問哥頓、安格達魯與伊耶米特。

「你們和我分開之後各自都遇到了什麼事呀？」

根據他們的說法，哥頓、安格達魯與伊耶米特被移到陌生的房間裡，並且遭到襲擊。襲擊者是巴爾特。他們當時被砍死，醒來之後便置身於此。葛斯也微微點了點頭。代表他也遇到同樣的狀況。

巴爾特對他們述說自己的遭遇。

一陣沉默之後，克因特開口說道：

「巴爾特大人。巴爾特大人在帕魯薩姆王國與葛立奧拉皇國這兩個大國之中擁有很高的聲望，兩國也欠巴爾特大人很大的人情。您不妨請兩國派人尋找『克拉馬的憤怒之箭』。眼下邪神帕塔拉波沙正處於沉睡之中。應該趁著這段時間，找出『克拉馬的憤怒之箭』打倒邪神才對。」

巴爾特有一瞬間認為這是個好方法，但轉念一想之後，他知道不能那麼做。因為那會讓整個大陸的人都知道「克拉馬的憤怒之箭」的存在。

這將導致留下禍根。一定會有人以慘烈的手段使用那種武器。

況且就算找到「克拉馬的憤怒之箭」，他也不知道怎麼去「囚禁之島」。

「最好儘量別讓其他人知道『克拉馬的憤怒之箭』的消息。我也不會委託大國尋找它。可以麻煩你們對這件事澈底保密嗎？」

安格達魯用力地點了點頭。

「那麼，當你準備與帕塔拉波沙戰鬥的時候再來找我吧。」

「我也是。」

伊耶米特也如此說道。

之後一行人便踏上歸途。

瑪努諾女王贈送了多到兩隻手也捧不完的寶石。

對於瑪努諾女王而言，龍人艾其多魯其耶是恨之入骨的仇敵。因此打倒牠的巴爾特獲得了瑪努諾女王的無盡感謝。

巴爾特將寶石分送給眾人。

一行人回到伏薩里翁。

回到伏薩里翁的隔天晚上，廚師在晚餐時送上濃湯。那是以艾格魯索西亞為材料煮成的白色濃湯。

湯是冷的。在溫暖的房間裡享用熱騰騰的肉之後，冷湯嚐起來格外美味。聽說這種白湯是用牛奶（莫爾羅格布依由）與沙菠做成的。在卡繆拉的巧手之下，連邊境地帶的粗野食材都能變成難以言喻的優雅滋味。

這道湯的味道好是好，不過他究竟是怎麼冷卻的呢？

原來卡繆拉動用大量人力挖掘地下室，打造一座以石牆圍繞的冷藏室。然後再利用東邊山上的洞窟當成冰室儲藏冬季的冰。並且定期將冰塊運送到冷藏室存放。真是太奢侈了。

不過這是多里亞德莎所下的命令。

「卡繆拉，在伏薩里翁創造出無論接待哪一國的來訪使節都不會丟臉，不對，是能讓他們瞠目結舌大為讚嘆的飲食文化吧。不必拘泥於往例，盡你所能在食材、調理手段、擺盤、上菜方法的各方面追求極致。讓伏薩里翁成為創造與輸出全新傳統的地方。要花多少錢都無所謂。」

伏薩里翁此刻正逐漸達到飲食文化的頂點。

「伏薩里翁這個地方的東西很好吃。」

安格達魯與伊耶米特留下這句話後便離去了。

巴爾特命令塔朗卡在送安格達魯回家之後，向居爾南特國王報告事情的經過。

伊耶米特則是在克因特的陪同下回家。

騎士納茲也回到帕魯薩姆王國。

哥頓先讓侍從回去後，在伏薩里翁待了兩個月左右，最後依依不捨地回去梅濟亞領地。

這是巴爾特最後一次看到哥頓。

第一章 冒牌貨

—剛茲套餐—

1

試煉洞窟的冒險對年邁的巴爾特造成巨大的負擔。回到伏薩里翁之後，渾身無力的他感到頭暈想吐，接著就臥床不起。

藥師扎利亞也在回到伏薩里翁後便像死了似的陷入昏睡，過了一週才醒來。之後她把照顧病患的工作都交給卡菈，自己經常在艾格魯索西亞田邊發呆一整天。

扎利亞家的旁邊就是畢內老先生的家。畢內老先生與弟子兼養子托利卡，以及一位女傭人居住在此。另外有六名弟子每天上門。不過指導弟子的工作由托利卡負責。畢內老先生則是慈祥地在旁邊望著托利卡的活躍表現。

這位畢內老先生在一年接近尾聲的十月二十二日時過世。據說他在過世的前一天仍然在照顧病人，晚餐也有好好地吃。然而早上過去一看時，他已經死了。

新年過去後的三月四日，藥師扎利亞還等不及春天到來就逝世了。

她本來表示等到自己恢復精力後就會治好葛斯的舌頭，到頭來卻沒有實現。

眾人根據其遺囑，將她葬在可以看到整個伏薩里翁的山丘上。

負責搬運遺體的克因特、塞德、優格爾、努巴與米雅可以說是她的孫輩，而領在前頭的朱露察卡也是。

「妳所留下的艾格魯索西亞將會繼續守護人們，帶給大家富饒的生活。」

唸誦完聖句的祭司用這段話向扎利亞的靈魂獻上感謝。

扎利亞過世一個月後的四月四日，朱露察卡與多里亞德莎的長女誕生了。

小名希露琪，正式名稱為希露琪耶瓦露西林。

希露琪的誕生撫慰了因為兩名長者的逝去而陷入消沉的伏薩里翁民心。

巴爾特的身體狀況在扎利亞死後更加惡化了。

從這個時候開始，每當他處於半夢半醒間，就會聽到彷彿在呼喚他的聲音。

『巴爾特．羅恩。』

『巴爾特．羅恩。』

是誰在呼喚他呢？難道黑暗之神帕塔拉波沙醒來了嗎？不對，應該不是如此。帕塔拉波沙大概也處於半夢半醒之間，在夢裡呼喚著巴爾特吧。那個聲音聽起來就是如此模糊不清。

當秋天到來，涼風吹起時，巴爾特終於可以起身了。

穿上衣服後，整件衣服顯得鬆垮垮的。

到了十月，身體狀況恢復到可以揮劍了。

十月五日，對騎士奇茲梅魯托魯的次子杭加多祿進行就任騎士的儀式。

當天晚上的慶祝會上，巴爾特久違地喝了酒。

新年過去了。這年是四千兩百八十一年。

距離試煉洞窟的冒險已經過去兩年，巴爾特六十九歲。

如今城市的中心建起巨大的領主府邸。

領主的府邸由好幾棟房子構成。還建置了穀物倉庫、木材倉庫、礦物倉庫等設施。

巴爾特隨意地拜訪了廚房。

卡繆拉活力十足地勤奮工作，一點也看不出上了年紀的樣子。他手下的廚師與傭人也是一直忙來忙去。

先不提其他人，其中有兩位吸引了巴爾特的注意。他們不只舉止優雅，看起來還是年紀不小的廚師。

「他們是法伐連家與佛特雷斯家派來接受訓練的廚師。」

亞夫勒邦來探望外甥時品嚐了卡繆拉的料理，對其大感佩服。他希望引進那些料理到自己家，於是與佛特雷斯家一同派來廚師學習。

「那些人已經具備高超的技術，教起來沒什麼成就感啊。而且又不能把他們留在這裡太久，實在沒意思。我打算最近請他們回去。下次對方要派人來接受訓練時，我要他們派最少能待十年的年輕廚師過來。」

巴爾特聞言大笑。

進入三月後的某天，卡菈來找巴爾特。

她也不表明來意，扭扭捏捏了半天，最後才終於這麼說道：

「那個啊，我和葛斯結婚了。」

說完這句話，卡菈就像逃跑似的離開了。

巴爾特花了好一段時間才理解那句話的意思。

「她說的是真的嗎？」

他回過頭詢問，只見葛斯默默地點了點頭。

婚禮辦在三月二十日。

「妳是怎麼讓那根大木頭上鉤的呀？」

「嗯？哎呀，回想一下嘛。哈道爾．索路厄魯斯伯爵不是說過，要葛斯娶妻生個男孩子嗎？而且葛斯也答應了。所以我就對葛斯說，自己可以為他生小孩。」

真是有夠直截了當。

但是她做得很好。娶妻生子是件好事。雖然那也會為人帶來煩惱與爭執，不全然是幸福的事。不過我希望能讓葛斯嚐遍人生的滋味。善與他人來往，喜怒哀樂皆形於色的卡菈與葛斯看起來就是天造地設的一對。

坦佩爾愛德每個月都會前來拜訪伏薩里翁的領主府邸一次。

「哎呀，我還真是拿到一塊好地呢。雖然之後的規畫都還是夢想，但我將來預計讓城鎮朝西邊拓展，最後沿著奧巴大河建立港口。」

就算建了港口，又能和什麼地方進行交易呢？河的對岸可是一片沙漠啊。

「我要建造大型帆船與臨茲和波德利亞進行交易。大量輸入再大量賣出。我們打算以交易立國。」

他的夢想很大膽。不過夢想這種東西就是越大膽越好。

四千兩百八十二年四月，朱露察卡與多里亞德莎的次子托利魯誕生了。正式名稱是托利魯艾斯拉西林。

就在這年，除了領主居住的市鎮區域以外，伏薩里翁分割成塔特斯、摩魯斯、荀古斯、耶加魯斯、荷利艾斯五個村莊。

在五個村莊中，羅恩家獲得了耶加魯斯的收稅權。

巴爾特任命騎士奇茲梅魯托魯為羅恩家的總管。

是年十月，騎士諾亞的次子果阿．法克多接受就任騎士的儀式。

時間來到四千兩百八十三年，又到了四千兩百八十四年。

巴爾特七十二歲了。

他已經完全恢復健康，本來還打定主意展開最後的旅行。無奈就在這一年，摩魯斯村發生了醜聞。該地的村長被人發現盜用大量財產。這起事件與其說是惡意，應該說是村長缺乏管理能力而導致。

畢竟伏薩里翁雖然位處邊境，各村的人口卻足以匹敵大型城市。而且規模還不斷在擴張當中。以鄉下村長的管理模式，難免無法應付。

於是奧路卡札特家拿出積蓄，勉強度過難關。

為了避免重蹈覆轍，有必要安置可靠的統治者。因此奧路卡札特對過去只有設置村長的村莊也派遣騎士成為地方官。

這年，巴爾特未能展開旅程。

新年過去，時間來到四千兩百八十五年。距離試煉洞窟的冒險已經六年了。巴爾特七十三歲。他的身體變得削瘦，頭髮已是雪白一片。

在這段時間裡，巴爾特一直在思考著。

思考帕塔拉波沙的事。

畢竟他把那位神祇選為守護神。

之所以選擇帕塔拉波沙作為守護神，是因為這位神沒有多少人信奉，大部分的神官根本不知道其教義。也就是說他不必花心力聽神官嘮嘮叨叨地講解教義。

不過在另一方面，巴爾特內心還暗藏一個其他的想法。

巴爾特在反抗騎士的教條——騎士應當宣揚真實、善良與正義，應當懲罰以竊盜為生之人與虛偽不實之人。

這樣啊，騎士必須以活得高尚為目標。然而生活在現實之中，就必須置身於汙穢不堪的環境裡。騎士自己不可能與汙穢無緣。

巴爾特在內心深處祈禱著。希望自己不是成為高高在上制裁他人的騎士，而是成為可以包容必須為惡才能存活之人的軟弱，從中開創為善之路的騎士。

所以他才會選擇黑暗之神帕塔拉波沙為守護神。

帕塔拉波沙乃是萬惡之神。

祂會以黑暗的帷幕溫柔地包容沾滿罪惡的汙穢人類。生活方式完全獲得認可的人類就能在安詳的夜晚中入眠。帕塔拉波沙連對罪人也能一視平等地賜予安寧。

被巴爾特當成守護神的帕塔拉波沙就是這樣的神祇。既然如此，此刻即將在「囚禁之島」

甦醒的那個怪物就不是帕塔拉波沙神。至少不是巴爾特視為守護神的帕塔拉波沙。

那麼，在「囚禁之島」上的怪物是何方神聖呢？

那是為了一己私慾，踐踏所有生命、奴役所有生命的傢伙。

是為了找出一把魔劍，控制瑪努諾製造出八百隻魔獸，摧毀無辜的托萊依，害勇士們在洛特班城負傷喪命的傢伙。

巴爾特會在不遠的將來面對那個殘忍無道的怪物。只要那個強大的怪物期望如此，那就是無可避免的未來。

然而，如今巴爾特的身心都變鈍了。以目前的情況無法面對那個敵人。

——該旅行啦。得出外旅行才行。

巴爾特這次終於下定決心。

為了準備那場可能是生涯最後的冒險，與怪物進行對決，他必須展開旅行，找回自己完整的狀態。

2

大陸曆四千兩百八十五年四月，巴爾特帶著葛斯與塞德出發了。

他本來只想帶葛斯走，不過多里亞德莎強力勸說他帶上塞德。塞德今年十九歲，即將就任騎士。據多里亞德莎所說，她希望給塞德與巴爾特旅行這個難能可貴的機會，當成最後的訓練。

目的地是帕魯薩姆王國的王都。

去瞧瞧王子巴爾特朗特的成長狀況吧。他也應該有弟弟或妹妹了。

對此時的巴爾特而言，連皮甲都太過沉重。因此他只穿著輕便的服裝，攜帶古代劍與「雅娜的手環」就上路了。

現在連野營都讓巴爾特感到痛苦。如果不睡在柔軟的床鋪上，巴爾特就無法睡得安穩。當他好不容易入睡時，凌晨的寒風又會讓他因關節痛而醒來。感到難堪的巴爾特嘆了口氣。

在難以入睡的夜晚，他又聽到那個呼喚「巴爾特・羅恩」的聲音。這不是錯覺，聲音似乎比以前更加清晰。

就算住在附有食堂（剛茲）的旅店，還是會有問題。那就是料理不好吃。

現在的巴爾特等人位於雅德巴爾奇大領主領地的一個名為寇柯奇的城市。今天的晚餐是湯、麵包、摩茲斯燉肉與葡萄酒。首先這道濃湯就很難喝。話說這真的是湯嗎？湯面漂浮著曬乾的蔬菜，但整道湯毫無鮮味。難喝得讓人懷疑店家是不是拿發臭的水加熱後灑點鹽就端上桌了。

這個麵包也讓人懷疑是否真的用小麥做的。整塊麵包乾巴巴的，彷彿咬下去就會散掉。無奈之下只能試著沾點湯，沒想到麵包就這麼溶化在湯裡。還在容器底部堆成令人倒胃口的白色沉澱物。將那坨白色黏糊的東西送到嘴裡之後，馬上讓人想吐出來。

至於摩茲斯燉肉更是讓人佩服，到底要怎麼做才能把這道料理做得如此單調乏味呢。難吃得若不是因為發過誓，巴爾特一定會把這道料理剩下來。

巴爾特在立下騎士誓約的時候，曾經宣言他會遵守「食德」這項德目。期許自己無論在什麼地方，品嚐什麼樣的食物都不會浪費，能細細進行品嚐。雖然曾因為被騎士前輩調侃是「貪吃鬼騎士」，所以他鮮少提及宣示遵守的德目，不過巴爾特仍然遵守誓言，從不浪費端上桌的料理。這個誓言讓他現在悔恨不已。但這也是因為自己已經習慣了卡繆拉的料理。

——卡繆拉這傢伙真可惡。

在內心感到難堪不已的巴爾特身後，有個削瘦的男子正在對剛茲的客人們講述巴爾特．羅恩於名為米梅的村莊趕走盜賊的故事。觀眾們對故事報以熱烈的反應。

「請各位觀眾聽我說。你們可千萬別吃驚，其實巴爾特．羅恩卿今晚蒞臨了這間店！」

巴爾特一瞬間以為對方知道自己的長相。不過被削瘦男子介紹為巴爾特．羅恩卿的人，是一位與他有點像又不太像的胖男人。此人身上是帶著劍沒錯。皮甲上還配戴金光閃閃的裝飾，但一看就知道那是沒什麼防護能力的廉價品。

不過客人們仍然聽著一件又一件巴爾特的英勇事蹟，那對胖瘦男子則是不斷接受眾人餽贈的料理與酒。令人吃驚的是，雖然兩人經常說錯名稱，他們講述的巴爾特旅行故事卻大致符合事實。

當天深夜，事情出現了意外的發展。

據說巴爾特的冒牌貨被邀請至領主府邸，但因為之後領主就死了，於是他被依殺人的罪嫌逮捕。

巴爾特決定暫時待在這個城鎮，觀察事情的發展。

塞德展現出優越的情報收集能力。

事件發生後的隔天早上，他對很晚才開始吃早餐的巴爾特進行首次報告。

「代理領主宣布準備請隔壁領地的領主，對巴爾特·羅恩卿進行公開審判。代理領主是死去領主的妻子胞弟。領主的妻子已經過世。領主有一位年紀差距很大的兒子，目前正在庫拉斯庫進行騎士訓練。傳聞他很可能將在明年回來這裡。」

所謂的公開審判，是處理重要案件時，為了讓人民都能知道判決的正確性而在群眾面前公開進行的審判。在多數情況下，那些審判都會辦得像一場戲劇，讓人民信服於為政者的判斷。目的是藉由對惡毒罪人的嚴厲制裁以紓解人民的不滿。換句話說就是一種娛樂。

晚餐時間時，剛茲開始流傳這起事件的謠言。

「聽說巴爾特大人殺了領主耶。」

「畢竟最近這裡加稅加得太誇張了嘛。大概就是那麼一回事吧。老騎士大人找領主大人談判，要求他降稅之類的。」

「是啊是啊。然後惱羞成怒的領主出手攻擊卻反而被殺死。感覺很有可能喔。」

有個男子失落地獨自待在角落，就是講述巴爾特英勇故事的那名削瘦男子。

「打起精神吧。我請你喝一杯。」

「我、我到底該怎麼辦才好？」

「別想太多啦，總之喝就對了。」

男子喝著巴爾特倒的酒。或許是因為他的內心很不安，只見他一杯接著一杯，很快就爛醉如泥了。

「這樣根本聊不下去。喂，你！明天再來這裡，知道了嗎？」

「好、好的。」

塞德直到深夜才回來。

「這個城鎮原本似乎景氣很好，上頭的施政恰到好處，是個適合居住的地方。然而從幾年前開始，領主突然開始徵收彷彿臨時想到的稅。之後領主的評價就變得這麼差了。只是奇怪的稅目開始增加，是在代理領主掌握實權之後的事。公開審判將在三天後領主府邸前的廣場舉行。」

隔天，巴爾特聽取了削瘦男子的故事。

削瘦男子與扮演巴爾特的男子在臨茲認識。兩人都很尊敬傳聞中的巴爾特·羅恩卿，因此雙方意氣十分相投。他們在臨茲到處打聽巴爾特的事蹟之後，還去了一趟梅濟亞領地，聽哥頓·察爾克斯述說巴爾特的事。

有天他們在投宿的剛茲乘著醉意講述起巴爾特的冒險故事。客人們都聽得很開心，兩人不只被招待了料理與酒，還拿到一點錢。

兩人於是發現，這可以當成一門生意。

由於胖男子稍微有一點騎士血統，於是就負責扮演巴爾特講述故事。在那個時間點，他並非冒充本人，而是扮演巴爾特·羅恩這個角色。

兩人也去了特厄里姆領地，在那裡講故事。

在庫拉斯庫時，他們為了演出而在鎧甲上做了裝飾。

接著他們來到寇柯奇，自稱是巴爾特本人。因為他們覺得這麼做更能取悅客人。卻沒想到竟然會導致意料之外的悲劇。

「這一定是天譴吧。早知道就不應該冒充他人。」

「是啊，你們要是早點停止假扮他人就好囉。」

塞德回來了。

「主人，我打聽到一件有趣的事。」

他之所以稱呼主人，是為了避免喊出巴爾特的名字。

「負責確認領主死亡的是這座城鎮的藥師。但那位藥師似乎曾私下透漏，造成致命傷的傷口大小與羅恩卿佩劍的尺寸不合。還有，領主府邸的僕人之中，當天晚上照顧代理領主的女孩從隔天開始就在沒有聯絡的情況下沒去上工了。」

隔天，巴爾特派塞德前往接觸藥師與那個女孩。

結果得到的情報已經足以推理出事件的真相。

巴爾特給了葛斯某個命令。

然後在那天晚上，巴爾特對那個說故事的消瘦男子問道：

「你有沒有興趣來場一生一次的說故事表演？」

3

「我以正義與真實之神洋艾洛的名義在此宣布！在這場公開審判中，不容許任何謊言與隱瞞。違背誓言者將會遭到伯爾‧勃的天打雷劈！好了，那麼就在魯馬納的領主歐魯達卿的見證之下開始審理案件。首位證人請上前。」

「我是在領主大人府邸擔任管家的亞維斯。那是四天前的事。領主大人與代理領主大人正在喝酒。就在那個時候，傳來了巴爾特‧羅恩卿今晚蒞臨這個城鎮的消息。領主大人非常高興，立刻派人請他過來。巴爾特大人抵達後，雙方相談甚歡。之後領主大人的房間裡傳出巨大聲響，我前往房間查看，就看到領主大人與巴爾特大人各自持劍倒在地上。代理領主大人也在現場，他命令我請藥師過去。」

「嗯。我做個補充。由於當時領主大人與巴爾特大人的酒席持續很久，於是我就先告退休息。後來卻聽到起爭執的聲音，所以披了高烏趕過去。剛好看到領主大人流著血倒在地上。而巴爾特大人右手握著沾滿血的劍。我看到事情不對，於是拿花瓶從後面打昏巴爾特大人。這時管家剛好抵達現場，於是我命令他把藥師找過來。之後的事請藥師提供證詞。」

「好、好的。我是藥師埃西斯。當我趕到現場進行診察的時候，領主大人已經斷氣了。死因應該是心臟被刺傷。而巴爾特大人雖然昏過去，但沒有性命危險。」

「藥師埃西斯。領主大人的手上握著劍嗎？」

「是、是的。」

「那把劍上有血跡嗎？」

「不。沒有血跡。」

「巴爾特大人的手中握著劍吧。那把劍上有血跡嗎？」

「劍的前端沾著血。但是……」

「可以了。根據以上的證詞，可以認定殺害領主大人的就是這名自稱巴爾特・羅恩卿的男子。那麼我們就來聽一聽當事人的辯解吧。拿掉他的口枷。」

「我……我……我沒有殺人。我和領主大人聊天聊到一半，突然腦袋被打了一下後昏過去。醒來時才發現自己的手上被塞了一把劍，而領主大人已經死了。」

「不對，就是你殺的。聽好了，是我打你的頭。當時領主大人已經倒在地上。」

「你、你說謊。」

「我說謊？你這傢伙才是滿口謊言。那麼我問你。自稱巴爾特・羅恩的男子啊，在你就任騎士的時候，你的導師是誰？當時你以哪一位神祇的名義立誓？又對什麼對象獻上忠誠？說啊！如果你是巴爾特・羅恩，那就回答這些問題吧。」

「這、這……」

「答不出來。冒牌貨。我看你八成就是因為假身分遭到看穿才會心生殺機吧。好了！根據以上的審理過程，殺害領主大人的犯人身分已經真相大白。不過今天這場公開審判的目的不只是為了這件事。問題在於領主的位子往後該怎麼辦。前領主的公子正在庫拉斯庫進行騎士訓練。他無法中斷那個騎士訓練。所以我認為最好就由在下擔任臨時的領主。當然，當前領主的公子成為騎士回到此地，並且累積一定經驗之後，我就會將領主之位交給他。關於這點，我希望能在這座城鎮的人民面前，得到隔壁領地的領主歐魯達卿的認可！」

原來如此，他就是打著這種算盤才進行公開審判啊。

這場審判根本是個笑話。

身為案件當事人的代理領主竟然主持審理還做出裁決。他把這場審判變得對自己有利。聚集於此的絕大多數人民一定都對審判的內容感到懷疑。但若是有誰表達不滿或批評，很可能會落得悲慘的下場吧。

代理領主如今即將成為真正的領主。只要居住在這座城市，誰也逃不出他的魔掌。恣意使用權力，邊境的獨立領地當權者所主持的審判就是這樣。

但如果這麼做，為政者就會失去民眾的信任。失去民眾信任的城市會漸漸腐敗。想必這個男人根本不在意走上那樣的未來吧。

「歐魯達卿，請問您有異議嗎？」

「……不，沒有。」

隔壁領地的領主以有些低沉的聲音回答。

「那麼我向前來觀看的各位詢問！請反對這項判決的人提出意見吧！」

沒有人出聲。

「沒有嗎，那麼……」

「我反對！」

說故事的男子舉起手，發出差點要破音的高亢嗓音。

「你是誰啊。看起來不是這個城市的人吧。那就沒有對裁決表示意見的資格——」

「我有！公開審判這種事，不就是讓天下百姓來評論事情的是非對錯嗎？就算只是路過的旅行者，也有談論正義的資格！這可是以真實之神的名義所辦的審判啊！」

這個開頭挺不錯。

「再說了，你剛才問的是什麼爛問題。巴爾特大人的導師不就是帕庫拉的艾倫瑟拉・德魯西亞大人嗎？至於他起誓的對象，那當然是帕塔拉波沙神啦。而奉獻忠誠的對象，喔喔喔喔！提起巴爾特・羅恩卿，會讓人想到『人民的騎士（可爾德葛西・古耶拉）』這個稱號。所以他奉獻忠誠的對象就是人民嘛。這些可說是連三歲小孩都知道的事。他只是突然被這麼一問，太過錯愕才會答不出來。話說到底，就算那位大人是冒牌貨，又能代表他殺了領主嗎？」

當男子開始發言之後，膽子似乎就大了起來，連腳也不抖了。

「喂，請各位想一想！你們不覺得這場審判很奇怪嗎？首先，最重要的證人都還沒被傳喚耶！」

「什麼？最重要的證人？誰啊？」

「小姑娘，出來吧！」

躲在巴爾特背後的少女站了出來。

看到少女的代理領主眼睛瞪大。

「這位小姑娘是領主府邸的僕人。小姑娘，那天晚上發生了什麼，說給大家聽聽吧。」

「那、那個。我是在領主大人府邸當下人的柯莉露。那天晚上府裡發生大騷動，藥師大人也來了。等到藥師大人離開後，代理領主大人就回房了。當他脫掉高烏時，底下的衣服上沾……沾滿了血。那個，他把那件沾滿血的衣服交給我，要我把衣服祕密處理掉。還說這件事一定得保密。如果我說出去，他會殺、殺掉我。之後代理領主大人從懷裡拿出短刀，收進桌子的抽屜裡。」

「妳說得很好，小姑娘。接下來我們還得聽聽另一位的說法。藥師！」

「什麼事？」

「藥師，您剛才似乎還有話想說。巴爾特大人的劍有什麼問題呢？」

「嗯。以那樣的傷口而言，巴爾特大人的劍尺寸太大了。那是更細的劍造成的傷口。」

「這樣啊。您說的劍，粗細程度是否差不多是這樣？」

說故事的男子從懷裡取出一把短劍，將劍從鞘中拔了出來。

「嗯。若是那種粗細程度，那就合理了。」

「感謝您，藥師。好了，各位！你們知道這把短劍原本放在哪裡嗎？聽了可別驚訝，就是在代理領主大人的桌子裡找到的！」

巴爾特心想：這時候最好有人質問他，為什麼你手上有代理領主大人桌子裡的東西。然而在此見證審判的群眾似乎都已不在意那些細節。順帶一提，偷出短劍的人是葛斯。

「你……你這傢伙！該不會想指控我是犯人吧！我有何必要殺害領主大人，殺害我的姊夫呢！」

「這個問題問得很好。現在就請最後一位證人登場吧，帶上來！」

說故事的男子氣勢十足地拍了兩次手。

葛斯揭開站在自己前面的男子頭巾。

男子被葛斯邊推邊往前走。

他大概曾被葛斯狠狠教訓了一頓，看起來非常聽話。

只見代理領主的臉變得一片蒼白。

「你、你是——」

「這位是徵稅官閣下。代理領主大人私自挪用了稅金。為了填補財政缺口，他勾結徵稅官，巧立名目擅自徵收莫須有的稅。然而明年領主的公子即將成為騎士回到此地成為領主。到時候該怎麼辦呢？他所做的壞事都將曝光。於是他心想，乾脆讓自己成為領主就好了。」

「代、代理領主大人。已經完蛋了。帳冊被扣押了。」

「可、可惡。衛士隊！把這個可疑的傢伙捉起來。不、不對，殺了他！」

二十名衛士之中，有一半人遵從代理領主的命令。

說故事男子剛才的氣勢瞬間就不見了。他發出「噫」的哀號，兩手抱頭縮成一團。

不過何必擔心呢。我方可是有葛斯・羅恩在場啊。

直衝而來的衛士們手中的劍全都被葛斯以迅雷不急掩耳的速度打掉了。

目睹瞬間解決掉十名衛士的神速，以及用劍打掉劍這種前所未見、神乎其技的劍術，所有人都驚訝地發不出聲音。

打破沉默的是一位年長衛士的聲音。那應該是衛士長吧。

「把代理領主閣下捉起來。」

兩名衛士聽從命令擒住代理領主。

代理領主哀號了一陣子，馬上安分下來。

衛士長向隔壁領地的領主低下頭。

「歐魯達卿，我是衛士長岡庫魯多・楊。很抱歉讓您看到這麼難堪的場面。我將立刻聯絡庫拉斯庫。關於這起事件，應該會等到新領主上任之後，根據新領主的判斷重新審理。」

「嗯。岡庫魯多閣下。如此甚好。這樣一來我也能信服了。」

「感謝您。我們會另外準備餐點招待您。」

這時說故事的男子插了嘴：

「歐魯達卿大人！我有一事想拜託您！」

「哦，是你啊。剛才的表現很不錯喔，了不起。你想拜託什麼事？」

「是這樣的。這位小姑娘無依無靠，只能獨自討生活。但因為這次的事件，得罪了代理領主大人。這個地方應該有很多人都是看他的臉色過活。所以可否請歐魯達卿大人暫時收留這位小姑娘呢？」

「嗯！你想得真是周到。沒有問題。小女孩啊，妳在這個城市應該也有親朋好友。所以我不會一直綁著妳。但是在新領主上任，將這起事件做個了斷之前，要不要先來我這裡？岡庫魯多閣下，這樣應該沒問題吧？」

「是的。這是我方一時不察造成的問題，不好意思麻煩您了。小女孩，沒有意見吧？」

「是……是的。拜……拜託您了。」

巴爾特等人聽著雙方的對話，靜靜地離開了現場。

4

老實說這是一場荒謬的審判。既沒有證據也不合邏輯。

然而邊境的獨立領地就是能讓這種審判行得通的地方。

話說回來，若要說在大國是否就不會有為政者徇私舞弊之事，也並非如此。國家越大，越容易腐敗。

世界上真的存在所謂公平的審判嗎？

當發生誰都看得出明顯不對的事情時，難道就沒有什麼可以糾正不軌的辦法嗎？

「立法制規，要求全國上下都循規蹈矩。這或許才是公正的基礎吧。」

塞德如此喃喃說道。

第二章──私奔

─燉山鳥肉與山芋─

1

巴爾特愣住了。

眼前沒有城鎮。

雅德巴爾奇大領主領地的南半邊城鎮如今只剩下些許遺跡，其餘建築都澈底消失了。

城市被森林吞噬。

邊境的自然環境相當嚴苛。在那種地方建立與維持村莊或城市，就是在進行一場與自然的搏鬥。

即使建立起氣派的城市，也不代表戰勝了自然。沒有人知道城市會在什麼時候被叢林野獸與昆蟲吞食殆盡。

結果他們一路上只能不斷露宿野外。

巴爾特渾身的筋骨嘎吱作響，發出哀號。

被黎明的低溫凍醒的巴爾特嘆了口氣。

身體孱弱時，內心也會跟著衰弱。以現在這種狀態，他根本無法對抗帕塔拉波沙。

幾乎每天晚上都能聽到那個呼喚聲。

與怪物見面是無法避免的事。但是見了面又能怎麼樣呢。那不是能以普通方法對付的對手。巴爾特左思右想，只能做出打不贏的結論。畢竟那並非能以蠻力對抗的對手。

他感到強烈的無力感。越是思考怪物的事，就越讓人想兩手一攤躺在地上，溶入地面就此消失。

巴爾特一邊激勵喪失信心的自己，一邊繼續思考。

——不要害怕，巴爾特・羅恩。越是龐大的東西，弱點也就越大。

那個怪物的弱點是什麼呢？

那個怪物無法隨隨便便就殺害巴爾特或操縱他的心靈。那就是弱點。

怪物應該會企圖說服巴爾特。

於是他就有交涉的餘地。

但就算要交涉，該以什麼為目標呢？

情報。必須套出對方的情報。

不過由於巴爾特可能遭到殺害，他得帶人陪同才行。
該帶誰好呢，又該如何保全同行者的性命呢？
巴爾特一邊努力整理思考，一邊輕輕地搖晃月丹的背。
葛斯與塞德知道他們現在不能打擾巴爾特。
不久後，一顆顆雨珠開始落下。
雨勢越來越強，三人加上三匹馬被淋成了落湯雞。
「那裡有一間大宅子。該不會是這一帶的領主吧？去拜託對方讓我們住一晚吧。」
巴爾特很少向貴族借宿，因為他不喜歡繁文褥節。
但是被大雨淋了半天，巴爾特如今已經非常憔悴。
「不好意思！打擾了！我們是伏薩里翁的騎士巴爾特・羅恩與其同伴。這場大雨讓我們難以前進。可否向貴府借宿一晚。不好意思！打擾了！」
不久後，大門開了個小縫。門縫後的人正端著蠟燭。
是一位老人。對方穿著整齊的侍從服裝。
「你說你們之中有伏薩里翁的騎士巴爾特・羅恩卿？」
「正是。」
「不是帕庫拉的騎士巴爾特・羅恩卿嗎？」

「我的主人原本是帕庫拉的騎士。不過他現在是邊境北部伏薩里翁的奧路卡札特家的客臣。」

侍從將門敞開並說道：

「請進吧。」

侍從將三人帶上二樓。令人開心的是對方還立刻拿來熱水。

宅邸的主人是名為克魯托．艾連達斯的騎士。

換上對方提供的衣物，感到渾身清爽的巴爾特等人被帶到餐廳，對方以葡萄酒與燉煮料理招待他們。

「由於主人已準備就寢，今晚就先不接待各位。他表示會在明天再來向各位打招呼。」

當然，這是為了避免讓疲憊不堪的巴爾特等人耗費額外心力與宅邸主人應酬。

巴爾特睡得很沉。這天晚上他沒有聽到呼喚聲。

2

塞德很早就用完自己的餐點，之後便來到房間照料巴爾特。

這個家的家主派人過來，告訴他們可以再多住一晚。聽說他打算在晚餐會上向一行人打招呼。

巴爾特答應了。

宅邸那邊出席晚餐會的人，除了家主克魯托・艾連達斯之外，還有另外三人。

一位是克魯托的妻子絲勒塞埃娜。她的丈夫克魯托年事甚高，已經七十多歲了。絲勒塞埃娜卻怎麼看都還不到二十歲。

那是一位有著豔麗姿色的美女。

大大的眼睛與豐厚的嘴唇。下頷的輪廓也十分緊實。

那位女性光是坐在那裡，就能綻放出華麗的光彩。

不過，據說晚餐的主菜竟然是由領主夫人親自負責調理。

「內人可是很喜歡做菜呢。哎呀，不知道合不合幾位的胃口？」

領主夫人製作的每道料理都既美觀又美味。

而且該怎麼說，那些料理都有種親切柔和的感覺。比方說山鳥肉與山芋的燉菜。充分燉煮過的材料既軟又嫩。雖然很入味，調味卻不會太過強烈。也沒有刺激性。嚐起來輕鬆無負擔，感覺對身體很好。

儘管她的料理手腕沒有很突出，做出來的餐點味道相當不錯。是用心製作的好料理。不過領主夫人的驚人美貌與料理的落差實在令人匪夷所思。

不對，不是那樣的。

長相無法以人為控制。如果被問到該相信領主夫人的長相還是這道料理的味道，那一定是料理的味道。這道料理給人的溫柔與貼心感受正是這位夫人的本質。

不能以長相斷定他人。這位夫人毫無疑問是一位非常溫柔嫻淑的顧家之人。

與家主夫婦同席的另外兩人是侍奉艾連達斯家的騎士。

名為丹加．伍茲的騎士身材高大，看起來好逞威風。

名為榭瑪．伊達魯的騎士身材纖瘦，行為舉止相當優雅。

聽說他們知道巴爾特在帕庫拉時代的事蹟。

在克魯托的安排下，不只是葛斯，連塞德都被允許同席。塞德講述了旅程中的趣事，讓餐桌上充滿熱鬧的氣氛。

但先不提這些，巴爾特很在意某件事。那就是騎士丹加望向夫人時的眼神。那股視線中充滿了野獸緊盯獵物的灼熱渴望。

隔天早上，天氣放晴了。天空一片晴朗。

騎士丹加前來造訪。

「羅恩卿。我接下來準備對士兵做訓練。如果方便可以請您過來參觀嗎？」

於是巴爾特等人在騎士丹加的帶領下前往訓練場。

訓練場的場地相當氣派。有二十位左右的士兵正在進行訓練。

「如何，羅恩卿，光是站在旁邊看應該很無聊吧？」

巴爾特對塞德使了個眼色。

「這位年輕人即將就任騎士。還請您務必教他幾手功夫。」

騎士丹加看了葛斯一眼，露出有點遺憾的表情。看來他很想見識一下葛斯的身手呢。

「寇爾根，你來和塞德閣下比劃比劃。別看這位先生年紀輕，他可是即將就任騎士。你就別客氣，儘管出手吧。」

被稱為寇爾根的士兵年紀大約二十五歲上下。他在練習時表現很不錯。

寇爾根對塞德行禮之後便舉起了劍。雖然是練習，但形式上是對決比賽。

剛開始的時候，兩人都彷彿在試探對手。但因為遲遲不見塞德有進攻的意思，讓寇爾根忍不住了。接著就在寇爾根猛力出招時，塞德閃過攻擊，輕輕在寇爾根的胸口上打了一下。

「塞德閣下一勝！」

負責擔任裁判的年長士兵做出了判決。

第二戰時，塞德仍然看不出有主動攻擊的打算。

寇爾根壓抑不了內心的煩躁，一個箭步衝上前朝塞德的脖子猛力揮擊。

只見塞德巧妙地舉劍抵擋，將攻擊力道往旁一卸，順勢欺入對方懷中。

塞德揮出的劍精準地停在寇爾根的臉前。

「塞德閣下一勝！勝負已分！」

看來這場對決是三戰兩勝制，塞德在取得第二場勝利後宣告獲勝。

「哦。沒想到閣下年紀輕輕，戰鬥時竟然如此穩重。想必寇爾根讓您打得不夠盡興吧。真是失禮了。拉庫托！你來當塞德閣下的對手。這個人應該可以當塞德閣下不錯的對手。」

於是塞德與拉庫托展開對決。

拉庫托是一位三十歲前後，身材高大的男子。看起來就是一位身經百戰的士兵。

雖然塞德照樣對這個男人使出以逸待勞的戰術，然而對手不是輕易就上鉤的人物。雙方一點一滴拉近距離，同時揮劍試探彼此。

塞德一邊以沉著的腳步配合對手的動作移動，一邊挑開對手的劍。

重複幾次這樣的攻防之後，拉庫托突然從正面由上而下迅速一劈。他認為對方是可用蠻力擊敗的對象。

因此當塞德紮紮實實地以劍身擋住從正面發動的這記劈砍時，拉庫托臉上露出驚訝的神色。然後塞德的劍直接將拉庫托的劍朝斜向架開，再對拉庫托的頭上重重一砸。

這一擊似乎打得很重，只見拉庫托雙腿一軟跪了下去。

「塞德閣下一勝！勝負已分！」

這一擊讓裁判做出塞德獲勝的判決。

「真是讓人吃驚。原來您也會使剛劍啊。那麼接下來由多萊詹來當您的對手吧。」

一名士兵從牆角處走過來。他有著中等身材，體型與塞德差不多。不過在所有士兵中，此人具有特別醒目的氣魄。他在剛才的練習中負責指導他人，有可能是騎士丹加的心腹。

當雙方舉劍相對展開對決時，巴爾特就感覺此人不同凡響。無論是他的劍技、經驗，或是心理建設的程度，塞德都遠遠比不上。

不過在這場戰鬥裡，塞德倒是打得很不錯。

他一改前兩戰的方針，以令人眼花撩亂的步伐不斷變換左右位置，同時尋找多萊詹的破綻。當多萊詹的攻擊直撲而來時，塞德無法完全避開，而他也對多萊詹做出了反擊。

裁判好幾次都想做出判決，但後來又作罷讓比賽繼續進行下去。

雖然塞德受到的傷害明顯比較大，他仍然不屈不撓地緊咬著多萊詹不放。然而，他的腹部最後還是挨了一記猛擊。

「我認輸了！」

多萊詹接受塞德的敗北宣言，裁判也宣布多萊詹獲勝。

騎士丹加以驚訝的眼神看著塞德。

「哎呀哎呀，太讓人吃驚了。塞德閣下，您實在是了不起的人物。請原諒我有眼無珠。其實我見您的體格不怎麼樣，神情也很溫和，所以就小看您了。不過您原來是一位獵豹之子呢。哎啊，真是看了場精采的對決。您的鬥志之堅令人欽佩！」

騎士丹加大大地誇讚了塞德一番。

儘管他是一位好逞威風的騎士，看起來也是一位本性不壞的男人。

3

當巴爾特在馬廄查看馬匹的狀態時，剛好遇上匆匆跑過來的兩個人。是騎士榭瑪與領主夫人絲勒塞埃娜。

兩人身著出外旅行的打扮，牽著彼此的手。夫人還用兜帽蓋住了自己的臉。

「我們打算私奔，還請您睜隻眼閉隻眼！」

就在聽到騎士榭瑪這句話的瞬間，巴爾特的內心湧出一股筆墨難以形容的感受。

巴爾特右手握拳抵在左胸口，右膝跪下，對眼前這對觸犯禁忌的情侶深深低下頭。

「我知道了。不才願成為兩位的愛情守護騎士。請你們儘管出發吧。」

這讓騎士榭瑪與絲勒塞埃娜都楞住了。

騎士會對主人獻上自己的劍，也會對貴婦獻劍。

除此之外，騎士也會為了幫助他人實現愛情而暫時獻劍，那被稱為愛情守護騎士。當他們受到他人的戀情感動，決定不惜性命出手相助時，就會做出如此誓言。

騎士榭瑪意外地很快就做出決定。

「我接受您的誓言，實在感激不盡！」

接著他讓夫人坐上馬，自己也跨坐到夫人身後，隨即策馬衝了出去。

巴爾特回到練習場。

「哦？您回來啦。決定要活動一下流點汗了嗎？」

騎士丹加這麼說著，露出試探性的眼神。

巴爾特、葛斯與賽德就像堵住唯一的出入口般站在那裡。對方應該察覺有異了吧。

就在這時，有個人朝練習場衝過來。

「大、大事不好了！夫、夫人和騎士榭瑪．伊達魯大人一起逃走了！」

「什麼！」

騎士丹加臉色大變，正要衝出練習場。

巴爾特卻擋住去路。

「羅恩卿。請您讓開。我必須嚴懲那個混帳，把夫人帶回來才行。」

「不好意思，丹加閣下。我已經發誓成為夫人與騎士榭瑪的愛情守護騎士。在兩位逃到安全地點之前，我不能讓你通過。」

「什麼！別玩笑。您們懂什麼。這件事與您們無關吧。讓開，否則我就動手了！」

葛斯．羅恩悄然無聲地站出來。

塞德也站到可以保護巴爾特的位置。

騎士丹加咬牙切齒地瞪著葛斯。

他的手搭在劍上，眼看就要拔劍出鞘。

約二十位士兵也蓄勢待發，只要丹加一聲令下就會展開突擊。

騎士丹加吸了口氣，就在他即將發號施令的同時，巴爾特突然雙目圓睜。騎士丹加與其部下隨即像被釘在原地般動彈不得。雖然他已年老力衰，但要威懾那種程度的對手仍是輕而易舉。

銳氣受挫的騎士丹加如今動也不能動。

雙方瞪著彼此，不知道經過多少時間。

這時出入口處來了一位意料之外的人物。

「他們兩人應該已經逃走了吧。伊達魯家的領地距離這裡很近，被他們逃進那間宅子也是沒辦法的事。」

領主克魯托・艾連達斯卿的聲音聽起來相當沉穩。

4

艾連達斯卿對騎士丹加與士兵們表示，在他下達其他命令之前，先照常活動。然後將巴爾特等人邀請至交誼廳。

他一邊喝茶，一邊對巴爾特等人說明這整起事件。

榭瑪與絲勒塞埃娜彼此情投意合，雙方的家族也認可兩人的關係。

然而就在榭瑪為了騎士訓練而前往其他貴族家的時候，騎士丹加來到了艾連達斯家。那位騎士丹加對絲勒塞埃娜一見鍾情。

如果他事先與周圍的人商量一見鍾情的事就好了，然而騎士丹加卻突然到絲勒塞埃娜的家裡求婚。由於家族地位差異的緣故，對方不方便婉拒。

而且騎士丹加目前還是艾連達斯家的首席騎士，導致他的要求變得更難拒絕。

就在這時，領主克魯托做出一件讓人吃驚的事。他迎娶絲勒塞埃娜為妻。

領主搶了家臣的求婚對象，這個作法實在很粗暴。

不過他利用領主的權威迫使騎士丹加安分下來。

成為騎士回到領地的榭瑪對此相當驚訝，但事到如今他也無計可施。

然而騎士榭瑪無論如何也沒辦法放棄絲勒塞埃娜。

絲勒塞埃娜也一樣。

於是兩人在今天決定攜手逃亡。

「雖然我娶她為妻，但從來沒有把她叫進寢室。或許就是因為這點，讓騎士榭瑪下定了決心也說不定呢。」

巴爾特有些地方搞不懂。就算騎士丹加提出求婚的要求，只要說明事情原委請他撤回求婚不就好了嗎？那樣做也能減輕事後的傷害。

而且這樣下去只會讓騎士榭瑪終生背負搶奪主君之妻的罪名。為什麼要害騎士榭瑪陷入那樣的窘境呢？

艾連達斯卿給巴爾特看了一封信。

那是神官同意艾連達斯卿離婚的信件。不過信上沒有註記日期。

「只要寫上今天的日期就行了。這樣一來，騎士榭瑪就不算擄走主君的妻子。」

巴爾特越來越糊塗了。與其做這麼麻煩的事，何不早點把離婚文件交給領主夫人，順便告知騎士榭瑪呢？

——不對，那樣不行。

若是如此，騎士榭瑪不就只是接受他人的恩惠嗎？為了成就自己的愛情，可以如此被動嗎？那可以說是成就愛情嗎？

不行。不能那麼做。

如果不賭上性命表達愛意怎麼行呢？不展現出拋棄自家或主君家的覺悟怎麼行呢？正因為對方帶著那樣的念頭進行告白，絲勒塞埃娜才能讓自己委身於那樣的愛情中。如此一來才能成就這場愛情。

話說到底，假設騎士榭瑪做事果斷，應該就不會發生這起事件了。

若他沒有通過這種程度的考驗便帶走妻子，艾連達斯卿也無法信服吧。

巴爾特感到愉快無比，對這位老貴族產生了好感。

接著他突然醒悟過來。

——或許我也該那麼做才對。

當巴爾特不在領地的時候，愛朵菈決定嫁到寇安德勒家。

然而，從巴爾特回到帕庫拉到愛朵菈啟程之前，還有一段時間。

或許我該搶走愛朵菈小姐才對。

搞不好所有人的心中都期待我那麼做。

——不對，哪有可能。誰也想不到我會做出奪走愛朵菈小姐的行為。

若與愛朵菈小姐私奔，讓對自己恩重如山的德魯西亞家蒙羞，往後該怎麼繼續當騎士。

不，應該拋棄一切才對嗎？拋棄身為騎士的一切。

那不就是真正的為愛犧牲嗎？

他當時可以選擇那樣的路。人活得太過拘束都是出自自身。一個人的心有多寬廣，他的世界就能有多大。

不過話說回來，年輕時總是對事物感到迷惘。本來以為只要隨著時間過去，增廣見識之後迷惘也會跟著消失。

然而當自己的年紀真的增長，迷惘反而變得更多更深。因為他開始察覺原本認為很單純的事可以有不同的處理方式。

人生中的種種無奈讓巴爾特嘆了口氣。

5

一行人中途在庫拉斯庫落腳，這才知道哈道爾・索路厄魯斯伯爵已經死了。

聽說他是在四千兩百七十九年的十月二十三日過世。也就是說在他送走騎士奇茲梅魯托魯與騎士諾亞之後，還活了一年。

另外，他們也得知瑪朱艾斯茲領地不復存在的事。

瑪朱艾斯茲是恩賽亞卿所統治的領地。那是一個建立於群山環繞的小型平原地帶，由六個村莊包圍領主居住城鎮的地方。

沒想到那麼繁華遼闊的領地竟然在短短十年裡消失了。

據說因為領主的妻家逼迫領主引退，要讓領主的兒子當上領主。

而領主與其親信強力反對，因此引發戰爭。

雖然領主陣營付出莫大的犧牲打退妻家，妻家卻不時想發兵偷襲領主。而領主為了與之對抗，也提升了士兵人數。

這麼做需要錢。於是每年的稅賦都不斷提升。

撐不下去的人們逃離該地。

不久之後，該地的人口變得少到無法維持城市與村莊的運作，於是剩下的人也逃光了。

6

一行人穿過艾古賽拉大領主領地，經由荀薩與特厄里姆領地南下。

眾人在特厄里姆領地到三兄妹的墓碑前弔唁。

然後再進入波多摩斯大領主領地，抵達梅濟亞時已經六月上旬。

他們從伏薩里翁出發後多花了點時間，經過兩個月才到達梅濟亞。

梅濟亞領地既和平又富庶。各村莊的面積比以前更大，房屋的數量也變多了。到處都飼養著柯爾柯露杜魯。

巴爾特感到嘴角放鬆。想必哥頓今晚一定會以自豪的柯爾柯露杜魯料理招待自己吧。至於酒的方面，他毫無疑問會拿出布蘭清酒。雖然聽說他曾經多次嘗試栽種布蘭，最後失敗放棄。但是他應該每年都會從庫拉斯庫輸入布蘭酒。今晚真是讓人期待。

然而巴爾特抵達城堡之後，等著他的卻是哥頓已於去年死去的消息。

去年當地發生大型地震，引發一場山崩。當他救出幾名被活埋的領民之後，地震再次發生。哥頓為了保護村民而被岩石壓死。

這實在很符合哥頓的死法。

告訴巴爾特此事的是當上新領主的米杜爾．察爾克斯。

「凱涅閣下和尤莉嘉閣下還在嗎？」

「他們兩位也都過世了。母親是五年前去世，父親是在今年一月。兩位都是病死的。他們沒有感到痛苦，靜靜嚥下最後一口氣。」

巴爾特到墳墓前吊唁三人。

在邊境地區，只要人死亡，無論平民或貴族，遺體都會埋在山裡。然後立個簡陋的木製墓碑。這是因為人們認為應該讓人的身體回歸大地。

墓碑越快爛掉倒下越好。如果建造豪華的墓碑，人的魂魄就會被滯留在原地，無法前往眾神的庭園。

但死者若是貴族，會在宅邸內建立祭拜用的墳墓。這種墳墓不會埋葬遺體，而是埋下一部分遺物。據說祖先會來到墳墓這裡，看顧家族的繁榮。算是某種小迷信。

雖然哥頓、凱涅與尤莉嘉都死了，察爾克斯家卻發展得很繁榮。

米杜爾的妹妹蕾莉亞與已逝的翟菲特親生兒子堤格艾德結婚了。

提格艾德成為侯爵，被任命為卡瑟的執政官。蕾莉亞以正妃的身分執掌整個家，並養育孩子。

米杜爾也結婚了。那是四千兩百七十七年時的事。

對象是哈杜歐魯子爵伊斯特．哈林的么女絲席亞。她帶來的那群很會打扮，與鄉下地方毫不相稱的女僕們讓梅濟亞城變得十分光鮮亮麗。

他在七十九年生了長子，八十年生了長女，八十一年生了次子，八十二年生了次女。看起來夫婦的感情也相當融洽。

令人欣慰的是哥頓、凱涅與尤莉嘉都是在見到那些孩子們出生，對孩子們疼愛一番後才過世。

卡瑟執政官是只有深得國王信任的騎士才能獲得的地位。

另外，伊斯特．哈林是前任國王溫得爾蘭特於不受重視的時代持續庇護他的騎士，在溫得爾蘭特即位之後受到重用。目前他也是深受現任國王居爾南特信賴的諸侯。

在奧巴大河以東的地區，過去從未有過與如此有權勢的家族成為親家，締結深厚情誼的家門吧。

如今的梅濟亞城充滿活潑的氣氛，讓人感受到這裡的昌隆興盛。

巴爾特這天晚上住在梅濟亞城裡。

對於米杜爾而言，巴爾特既是自己的騎士誓約導師，也是一同旅行至庫拉斯庫的夥伴。他在旅行途中獲得巴爾特各種指導。由於這樣的過去，他在對待巴爾特時充滿深深的敬意。

不過，他對葛斯的對待有些讓人在意。

「葛斯閣下，我們家的葡萄酒味道如何？」

葛斯默默晃了晃眼前的杯子以表示他的滿意。

「您不把話說出口，我怎麼知道您的意思呢？」

「米杜爾閣下，葛斯在某場冒險時弄斷舌頭，沒辦法說話啦。」

「原、原來是這樣啊。抱歉得罪了。如果是那樣早點說嘛。」

那種事不會有人特地提出來。他應該觀察一下自己發現啊。

晚餐時對方沒有拿出柯爾柯露杜魯或布蘭清酒，而是端上甜膩的葡萄酒與硬硬的牛肉。看來米杜爾把柯爾柯露杜魯當成庶民的食物或單純的商品。而且他似乎認為布蘭酒是野蠻人喝的，葡萄酒才是貴族的飲品。

察爾克斯家有八位騎士出席。

其中四人是巴爾特陪同米杜爾前往庫拉斯庫採買柯爾柯露杜魯時的同行者。其他四人他也曾見過。每一位過去都是受到哥頓提拔，培育成米杜爾親信的青年才俊。現在他們都已經成為獨當一面的壯年騎士。

除了這八人，聽說另外還有四位騎士目前在外執行任務。

梅濟亞領地的村莊數量和之前一樣，不過人數據說是過去的兩倍。

除此之外，鄰近的兩座城鎮也各自提出希望併入梅濟亞領地的要求。預計不久之後就會讓他們加入。

「哈哈哈。我們這邊有多達十二位的騎士，光是付薪水就很不容易呢。」

但那十二位騎士都是受到哥頓的發掘，在凱涅與尤莉嘉的安排下培育養成的騎士。

而且那兩座城鎮想必也是仰慕哥頓的威德而打算加入梅濟亞領地。

換句話說，察爾克斯家今日的繁榮，是靠著哥頓、凱涅與尤莉嘉的力量所促成。

可是從米杜爾的身上感覺不到他對三人的感謝。

他對葛斯的態度也令人在意。在奪回梅濟亞城的那場戰鬥中，救出並保護米杜爾的人就是葛斯。難道他忘記那份恩情了嗎？

如果還記得，希望他能用更莊重的態度對待葛斯。這也是為了米杜爾好。

若是冷淡對待恩人，將會導致失德。若是失德，人民就會離去。若是人民離去，領地便無法維持下去。

提及身為家臣的騎士們時，他的說話方式也很讓人在意。有十二位之多的騎士，所以付薪水很不容易的這種話，不應該在本人面前說出口。

那種說法隱含「我可是付薪水的人」的傲慢態度。

但是那些錢靠收稅得來，沒有領民的辛勤工作，就沒有稅收。而為了讓那些領民能安心工作，努力奉獻犧牲的不就是身為家臣的騎士們嗎？

有句話是「運用良臣時得心懷感謝」。

不過那個說法不對。應該先心懷感謝地運用臣子，臣子才會成為良臣。

對臣子給予十份恩情，最多只能得到一份回報。也就是說，若要得到能在危難時刻願意奮不顧身為領主與領民奉獻的臣子，必須付出百份恩情才行。

現在的梅濟亞相當繁榮。領地越是繁榮，家臣就越容易對待遇與報酬感到不滿。

巴爾特突然想起那些已經消失的城鎮與村莊。

輸給邊境的嚴峻大自然時，人類的聚落將會滅亡。

但是如果人們能團結起來集合力量，堅強地活下去。那麼即使是小小的村落也不會如此輕易消失。取決滅亡與否的是人心。

當領主以錯誤的方式進行統治，陷入怠惰，沉溺於權力與富貴時，城鎮與村莊就會失去他們依靠的支柱。到了那個時候，再繁榮的城鎮也會凋零、滅亡。

梅濟亞領地此刻正處於繁華鼎盛的局面，然而在繁榮的背後，也不能否認衰敗已經開始萌芽。

7

用過晚餐後，巴爾特找機會與米杜爾私下談話。

「巴爾特大人，您還記得班其．察爾克斯嗎？」

當然記得。那是哥頓的叔父庫里多普的兒子。

「您知道班其後來回到了梅濟亞領地嗎？」

這倒是不知道。哥頓沒提過此事。

「我還以為伯父大人已經處死班其。不過令人吃驚的是伯父大人竟然饒恕了班其，還給他房子居住。而班其在伯父大人死後露出獠牙。他唆使家臣，僱用流氓引發叛亂，並且自稱真正的梅濟亞領主。我率領親信勉強擊潰反叛軍，逮住班其將他處死。不過這件事應該在伯父大人那一代就解決才對。伯父大人真是個讓人傷腦筋的爛好人呢。」

「米杜爾閣下。你的意思是哥頓饒恕班其，接受了他。是因為他是個爛好人嗎？」

「嗯，只能說是這樣吧。」

「可是啊。就算班其．察爾克斯是造反者的兒子，你們畢竟還是同宗同族。只因為對方未來有可能發起叛亂就取同族之人的性命，這樣不好吧？」

「實際上他不就發動叛亂了嗎？那傢伙就是這樣的貨色。而且他的年紀比我大，我也不好拿他怎麼辦。如果伯父大人處死他，就不會發生內亂了。」

「嗯。我也能理解你的想法。但是呢，哥頓讓班其活下來，是為了留下一種可能性。」

「什麼可能性？」

「那就是察爾克斯家族攜手合作維持領地運作的可能性。他大概認為當祖先們看到那樣的畫面時，應該會感到開心吧。」

「我不懂祖先他們怎麼想啦。但是我認為那傢伙有造反的可能性。」

「那麼，換個方式思考吧。哥頓在世的時候，班其並沒有露出敵意。輪到你這一代時，他卻展現出敵意。那不就是因為你這個領主當得比哥頓還差勁嗎？」

「這、這是因為……伯父大人是一位超乎尋常的英雄豪傑啊。」

「讓底下的人不會造反，這也是一種德業。哥頓讓班其不起歹念，為自己向上天累積了功德。」

「我不懂上天不上天的。如果以您的那種說法，伯父大人不也因為製造出班其在自己死後造反的可能性，因此失去天德嗎？」

「那有點像在強辯了。那麼我這樣問吧。班其的造反是壞事嗎？」

「當然是壞事啦！造反導致人們失去性命，田地荒廢，還造成大量財物損失！」

「但是，你和親信們也因此累積經驗，變得更加強大。君臣之間深化情誼。看到你們奮鬥的模樣，領民們也加深信賴程度。沒有錯吧？」

「那只是結果剛好如此罷了！造反叛亂這種事，不要發生最好。」

「那倒是沒錯。不發生叛亂是再好也不過。人命不是可以隨便犧牲的東西。不過啊，人無法逃離苦難。如果對哥頓留下苦難之種的行為感到憎恨，那就是搞錯了重點。」

「搞錯重點？」

「你想想看。世上有哪個父母會幫孩子撿起眼前路上的每一顆石頭？就算他們想撿，也無法事先清除孩子人生路上所有的絆腳石。而且清除那些石頭也不能說是好事。人必須在被石頭絆倒的過程中成長。從來沒有摔倒過的人怎麼可能勝任領主的職務。你要知道，就算哥頓留下來的東西對你而言是顆絆腳石，那也是為了幫助你成長。」

「……伯父大人、哥頓伯父大人是考慮得那麼深，才會留班其一條命嗎？」

「我會說你就試著當成是那麼回事吧。抱持不同的看法，可以改變一件事的意義。哥頓已去世，不在這個世界上了。老是嚷嚷著如今已不在世上的人當初若是如何，現在就能怎樣，那又有什麼意義？你必須好好做自己，成為一位強大的領主。那段往事就當成幫助你成長的經驗吧。」

「您的意思是要我把班其的事當成很好的學習機會，對此心懷感謝嗎？」

「如果某件事能讓人明顯看出是學習的機會，那就學不到什麼。真正的學習機會應該以困難、悲傷與痛苦的形式出現。當你承受那些事物，渡過難關，才會在日後回顧時發現——啊啊，那真是一次不錯的學習機會。試著感謝你的伯父為了你留下班其一命吧。向在叛亂中死去的家臣與領民低頭道歉，告訴他們是因為你自己的失德才造成叛亂吧。仔細想想要怎麼做，才不會再次發生同樣的狀況。你的世界將從此開拓出全新的道路。」

「……我還是不太理解您所說的話。但是我會思考看看……巴爾特大人果然是一位如同伯父大人描述的人物呢。」

「他說的話聽一半就好。」

「在特厄里姆領地發生的事對伯父大人而言是個重要轉折。他曾經對我如此透漏。」

「哦？」

8

哥頓伯父剛開始看到那三人時，對他們趕走盜賊的本事很佩服。

但當他聽到巴爾特大人邀他們一同用餐時似乎嚇了一跳，覺得沒必要好心到那種程度。晚餐時，巴爾特大人端出一道又一道佳餚。毫不吝惜地使用父母送給他的各種禮物。看到那幅畫面的哥頓伯父生氣了。那些食物是特別送給巴爾特大人吃的。他覺得巴爾特大人糟蹋了凱涅與尤莉嘉的美意。

一想到這裡，他的心中就對三兄妹湧出恨意。

那幾個老頭子老太婆髒兮兮的。味道臭死人。還毫不客氣地大口吃著那些佳餚。

說到底這些傢伙之所以過著貧困的生活，就是因為他們不工作。像野人一樣住在山裡，沒有正當職業，也不肯為世人工作，更沒有繳稅。如果到處都是這種傢伙，領地根本維持不下去。

他似乎懷抱那樣的想法。

正因為如此，當他得知那些人的真實身分時，才會大受衝擊。

他們不是什麼老頭子，而是年紀最大才十八歲的年輕人。

而且他們之所以躲藏在山野間，也是出於正經的原因。那就是幫助窮人的雙親被領主殘忍殺害，導致他們也有性命危險。

況且即使處於困苦的生活中，他們也沒有喪失遠大的抱負。

在經歷許多害他們看起來十分蒼老的辛勞之後，終於實現了抱負。

得知那些真相後，哥頓伯父心中浮現出希望當初能招待他們更多美食的念頭。

但是過了一段時間之後，伯父想起一點。

當時我不是什麼美食也沒有招待他們嗎？招待他們享受美食的，不就是巴爾特大人嗎？

哥頓伯父知道自己曾對他們投以輕蔑的眼神。伯父將這趟旅行當成一趟救濟民眾之旅，自己卻沒有真正地走進民眾之中。

那都是因為伯父只以那些人的外表判斷他們，將其當成沒有價值，不值得拯救與守護的人。根本沒想到那是因為受到領主的暴政壓迫，迫不得以才會變成那樣。實際上，他們才是應該受到拯救的民眾啊。

然而巴爾特大人對他們投以溫柔的眼神，招待他們食物，毫不吝惜地將自己擁有的東西分享給對方。

巴爾特大人做得到，自己卻做不到。

該怎麼做才能成為巴爾特大人那樣呢？

他似乎在瀑布的水池邊，看到葛斯大人的宣誓儀式時才找到那個答案。巴爾特大人撤除葛斯大人的舊名，給予他新的名字。用這個方式斬斷拘束葛斯大人的桎梏。

看到那個畫面，伯父領悟到了。自己做不出這種事，想不到這種作法。自己無法成為巴爾特・羅恩。

所以他放棄成為巴爾特・羅恩的想法。努力以成為哥頓・察爾克斯為目標。他做出那樣的決心。與巴爾特大人同行的旅程讓伯父開悟了。

我也是如此。雖然只和您旅行了一小段時間，那段前往庫拉斯庫的旅程不知道讓我獲得多少成長。不對，要說有所成長未免太過自大。應該說那是一段激發我的願望，讓我渴望成長的旅程。我想成為能守護人民的領主。想成為能體察臣民痛苦的領主。自己曾經在三兄妹的墓碑前發下這樣的願望。

我似乎完全忘記有這麼一回事了。

9

巴爾特從來都不知道哥頓竟然有那樣的想法。不過經他這麼一說，那種煩惱確實很有哥頓的風格。

——啊啊，哥頓！我才要羨慕你呢。羨慕那種開朗的說話方式，直率的性格。你的存在不知道提供了多少幫助。你真的是一位了不起的騎士。

「米杜爾閣下。千萬別忘掉那顆盼望守護領民的心。那顆心會成為引導你的明燈。」

米杜爾哭了。

巴爾特像對待小孩般溫柔地撫摸他的背。

「我……我、我一直很不安。自己既沒有哥頓伯父大人那種武功，也不像父親大人或母親大人那樣有才幹。不知道該怎麼恰當地治理逐漸繁榮的梅濟亞領地。只能束手無策地感到不安。但是領主又不能對他人暴露自己的軟弱，也沒有能商量的人。我、我——」

「嗯、嗯。你做得很好。」

「我做得到嗎？能成為一個好領主嗎？」

「當然可以。你已經踏出了第一步。」

隔天，當巴爾特等人準備出發時，米杜爾帶著妻兒一路把他們送到門外。

「葛斯大人，請原諒我之前的無禮。下次如果還有機會，懇請您再次來品嚐我們家的葡萄酒。」

巴爾特等人離開梅濟亞領地。

——哥頓啊，這樣就可以了吧？

天空浮現哥頓·察爾克斯的笑容。

第三章——哥頓的愛情故事

—酒漬奧丘多魯肝—

1

「哎呀，沒想到您真的來了。今晚就讓我們盡情享受吧。」

看到由衷感到高興的前臨茲伯爵賽門．艾比巴雷斯，巴爾特心中湧出一股暖流。

「上次道別時，我又被巴爾特閣下救了一命呢。就讓我鄭重向您道謝，感激不盡。」

賽門說的是七年前的事。

當前來送行的賽門差點遭到行刺的時候，巴爾特從即將離去的船上以古代劍的力量制服刺客。

「那是對我將所有事業轉手給威爾納感到不滿的親戚所派出來的刺客。由於長久以來一直放手讓他做，他已經把那個事業當成自己的了。我把整件事都交給威爾納處理，沒想到他用意外激烈的手段——與刺客做交易，以其性命的保障換取委託人的名字。並且在家族會議中公布出來。委託人是我的表兄弟，他被判處死刑。但是財產沒有被沒收，而是讓他的長子繼承。之後威爾納修改了整體事業的組織結構。不過本來就差不多有必要進行調整了。畢竟現在與過去不同，事業的範圍變得很廣泛。帕庫拉的銀與魔獸毛皮，道爾巴的木材改由我方僱用運輸業者購入。城裡也不斷新建立相當大型的加工業工廠。南方的辛香料與紡織品能進多少就能賣多少。河對岸也建起許多我們家的倉庫喔。我們還在帕魯薩姆的王都派駐交涉人，自家的馬車也在王都與波德利亞之間往來不斷。帕魯薩姆打算正式封我為伯爵，不過我拒絕了。以前雖然很憧憬正式的爵位，但如今已不想當帕魯薩姆的下屬。萬一答應了，財產八成會被那些老奸巨猾的重臣吃乾抹淨。現在光是與王都的商人們交手就已經很累人了呢！哇哈哈哈！」

雙方相談甚歡，酒也很好喝。既然對方的菜餚能滿足習慣卡繆拉料理的巴爾特舌頭，這間宅邸的大廚肯定也是個手藝精湛的行家。

不過話說回來，他們現在吃的這個是什麼啊？

外表看起來不太美觀。只是黑色的肉塊淋上黑色醬汁的料理。

然而味道卻十分醇厚！

應該是獸肉，但感覺又不太像。但要說魚肉也不對。

肉塊雖有嚼勁，卻能輕鬆咬斷。在那個瞬間，舌頭直接感受到濃郁又獨特的鮮味。就像是將食材煮出的湯汁熬煮濃縮到極限似的鮮味。

咬下的肉塊意外地能用舌頭擠碎。

肉塊沒有筋，口感一致。整塊都有同樣的味道與嚼勁。

咀嚼這塊肉時，口中不但充滿肉塊滲出的滋味，那股香氣還刺激著鼻腔。

即使嚼到最後也不會剩下沒有味道的肉渣。而是維持著高雅的味道逐漸溶化，直到最後一口都殘留著那獨特的風味，慢慢消失。

吃得出這道料理使用了某種酒。

該怎麼說呢。這是種讓人相當懷念的味道。

「巴爾特閣下，你知道那是什麼嗎？」

「不知道啊。」

「哈哈哈哈哈，那是奧丘多魯的肝臟喔。」

肝臟！

原來如此。這麼一說，難怪有那種嚼勁與舌頭上的觸感。

柯爾柯露杜魯的肝臟與牛肝都有類似的口感。

但是肝臟有著獨特的腥味，這道料理卻沒有。

「製作這道料理時，需要相當大隻，而且是又肥又有活力的奧丘多魯。畢竟瘦弱或受傷的奧丘多魯的肝臟狀況不好。而且最重要的是必須在奧丘多魯還活著的時候迅速取出肝臟。取出的肝臟會以布蘭清酒清洗。」

布蘭酒！而且還是清酒！他從哪裡獲得那種酒的？

「哥頓那傢伙好幾次拿庫拉斯庫輸入的布蘭酒過來當伴手禮，讓我澈底愛上那種酒。然後我開始跟庫拉斯庫訂貨。可惜運輸費用太高，實在無法當成商品。但是我將其作為個人興趣，買來自己收藏。不過我的廚師卻不斷想出用這種布蘭清酒製作的料理。哎呀，料理好吃是好吃，但我能喝的酒變少了。真是傷腦筋呢。」

那的確很傷腦筋。不過總而言之，看來這裡有布蘭清酒可喝。

「我想喝布蘭酒耶。」

「哇哈哈，巴爾特閣下也是布蘭酒黨啊。沒想到能在這裡遇到同好呢。我現在叫人拿過來，稍等一下。」

不久後，布蘭酒送過來了。只有一小壺而已。

「什麼？只剩這點了嗎？伊修達利那傢伙又拿去做料理了。真不要臉！我明明嚴格叮嚀他不能使用超過我允許的分量，但八成也只是白說吧。啊啊，巴爾特閣下。只剩下這些了。不過還有一罈布蘭濁酒。等一下就喝那罈吧。」

巴爾特當然沒有意見。

「好了，那麼繼續聊料理吧。迅速以布蘭清酒清洗之後，泡進醬汁裡醃漬。說起那個醬汁，是用搗碎的甲冑魚（庫西多魯丹）內臟加上等量的布蘭清酒做成。喔喔，然後呢。醬汁使用的清酒是先煮沸再冷卻。接著再將肝臟以文火慢慢加熱。等到充分加熱之後再放冷入味。第二天重複同樣的加熱冷卻手續。第三天再加熱冷卻一次。不過每次浸泡時都得用新的醬汁。這樣到第三天時，最完美的料理就完成了。我們這邊三天前捕到非常優質的奧丘多魯。本來還在想今天是最適合品嚐的時候，巴爾特閣下剛好就出現了。閣下真的很有食德呢！哇哈哈哈哈！」

那位名為伊修達利的人，應該是這個家的首席廚師吧。

雖然賽門說訂購布蘭酒是他個人的興趣，不過這能讓他在這種客人造訪的時刻端出如此特殊的料理，也是相當大的優勢。

巴爾特突然想到一件事。

當卡繆拉在王都煩惱去處時，應該把他介紹給臨茲伯爵。如果是賽門．艾比巴雷斯，便可以正確地評價與活用卡繆拉的異才吧。

不過多虧他沒有想到這點，如今的伏薩里翁才能發展出極致的飲食文化。巴爾特心想，緣分真是不可思議的東西呢。

賽門想知道他們在旅途中的趣事，於是巴爾特請塞德講述他們從伏薩里翁旅行到這裡的經過。賽門邊大笑邊聽著故事，然而當提及梅濟亞領地的事時，他的表情瞬間為之一變。

「什……什麼？你說到了梅濟亞領地時才因為知道哥頓的死而吃驚！那……那麼，原來米杜爾那傢伙沒有通知巴爾特閣下哥頓去世的消息嗎！真是忘恩負義！不知孝順！丟臉到了極點！」

賽門的怒氣一直平息不下來。雖然他是因為知道巴爾特和哥頓的深厚交情才那麼生氣。然而那種雙眼通紅的激憤模樣，讓人感覺未免氣過頭。或許是他的年紀大了，才會一直平息不了憤怒。

塞德似乎想換個話題，於是如此問道：

「哥頓大人為什麼一直維持單身呢。難道他沒有兩情相悅的對象嗎？」

這句話產生了戲劇性的效果。只見漲紅著臉憤慨不已的賽門一下子就收起怒意，換上難過的表情。

「啊啊，你問那個人的愛情故事啊。在那之後不知道已經過了多少年呢。」

2

你們知道哥頓的母親是我妹妹。

哥頓十二歲時開始騎士訓練。

然而當時的梅濟亞領地狀況有點紛亂。騎士的人數不算少，但因為家族內的氣氛很糟，他的母親不希望讓哥頓在那裡訓練。於是拜託了我。

由於是妹妹的請託，我當然接受了。

雖然如此，當時的臨茲不是現在這種大型城市。我幾乎每天都得帶著部下到各地消滅河熊(鐸巴)或長耳狼。

哥頓就在那個時候加入。別說扛行李、牽馬、維護武器裝備或照顧馬匹之類的雜事，就算他不想也被迫經歷實戰。

剛開始的哥頓是個內向又文靜的人。不過他具有高大的身軀與粗壯的體格，力氣很大，還有無窮無盡的體力。因此很快就嶄露頭角，第三年便能與我並肩而戰。讓那些年長騎士很沒面子。

然而他沒有因此驕傲，仍然持續做著扛行李，維護武器與照顧馬匹的工作。

啊啊，他只有料理做不來。讓他做飯就是在浪費食材。

而在哥頓來到我家半年的時候。

我收養了一位名為特莉莎的女孩，是遠房親戚的女兒。她的雙親與哥哥姊姊都因為流行病而病逝。並且還因為火災，整個家都被燒得精光。

那個女孩有著栗色直髮，肌膚白皙。他們兩人的感情很快就變得像親兄妹般融洽。我記得特莉莎比哥頓小四歲吧。

有一年，艾那之民的旅團（托朗）來到臨茲。其中有位彈得一手好察爾貝達琴，又會唱歌的女人。特莉莎很中意那位女子，拜託她教自己彈琴唱歌。在特莉莎的央求之下，我讓那支托朗停留了二十天。

哥頓在那之後立刻難得地請了一段時間的假。

我准許他的假。那傢伙到山裡獵了十張長耳狼的毛皮。由於他的臉上留下很大的傷痕，讓我大吃一驚。那傢伙說要拿毛皮當交換，幫他從帕魯薩姆訂購察爾貝達琴。

我照他說的做了。不夠的部分則由我私下幫他出。在那個時候，專程向帕魯薩姆訂購物品得花費很大筆的金錢。

我從來沒看過特莉莎露出那麼開心的表情。

從那之後開始，特莉莎每天在料理與洗衣的空檔時間，總是會一邊彈著察爾貝達琴一邊唱歌。當哥頓出遠門回來時，兩人就會到奧巴大河的河邊聽特莉莎唱歌。

當哥頓二十歲那一年，那傢伙的父親寫信過來。

信上說差不多該讓哥頓就任騎士，返回梅濟亞了。

對方還附贈了一些禮物。

當時的我才剛讓第一艘大型船開始航行。為了處理人力商品金錢的事，忙得不可開交。哥頓這個人能夠不厭其煩地完成交辦事項，功夫也很高強，在我的部下中的人望也很高。要說我沒有不想就這麼把人還回去的念頭是騙人的。

不過，我認為這也是個好機會。

哥頓與特莉莎的感情還是一樣很好。所有人都認為兩人遲早會結婚。只要他成為騎士，就能堂堂正正地求婚。

雖然是養女，她畢竟還是我賽門．艾比巴雷斯的養女，因此家世方面也沒問題。我認為那傢伙的雙親應該也會開心地贊成。

以前的人成為騎士前經常得進行某項畢業的考驗，不過最近已經很少那麼做了。我則是給哥頓討伐南邊盜賊團的任務。

有某個盜賊團盤據了臨茲稍微偏南方的地點。多虧那群傢伙，我們從南方城市的進貨管道遭受到嚴重的打擊。

由於不能配屬騎士給見習騎士，所以我派十二名身強力壯的士兵陪同。我方估計盜賊團人數僅有三十人左右，因此這樣的人力應該綽綽有餘。

但是三個月過去，哥頓仍然沒有回來。

正當我打算派出搜索隊的時候，那傢伙終於回來。他俘虜了以盜賊頭目為首的十個人，還帶回八十五名盜賊的右耳。

原來盜賊團人數膨脹到百人以上的規模。透過偵查得知敵人規模的哥頓放棄正面挑戰，採用每次引出一小部分敵人，逐步削弱敵方的戰術。

哥頓等人潛藏於地下，臥身於草叢中，隱藏自己的蹤跡。有耐心地削弱敵方戰力。最後他們展開全體攻擊，一舉殲滅敵人。

有十名左右的盜賊逃走了。但因為頭目與幹部不是被捉就是被殺，哥頓回報他認為那些人已不構成威脅。我方則是一個人也沒有死。

哥頓那傢伙戰鬥時經常站在最前頭。雖然曾遇上好幾次險境，但那傢伙似乎每次都能神奇地化險為夷。

那是一項了不起的戰功。那傢伙可以抬頭挺胸向特莉莎求婚了。然而事情卻不如人意。

特莉莎去世了。

哥頓出發進行畢業考驗沒多久，她的健康狀況開始惡化並臥床不起，最後像睡著似的過世了。她每天都在床上熱忱地為哥頓祈禱。

真是太可憐了。

那傢伙在特莉莎的墓碑前哭了，哭得很傷心。那是我第一次看到獨當一面的騎士在他人面前如此嚎啕大哭。但我不覺得那是很難堪的事。

哥頓竟然連續三天三夜都待在特莉莎的墳墓前不肯離去。第四天下了雨，那傢伙渾身濕淋淋地回來了。

從此之後那傢伙變了。變得既樂觀又開朗。他開始愉快地大笑。

他似乎和特莉莎做了什麼約定。但是他沒有告訴我詳情。

我為他進行就任騎士的儀式後，那傢伙就回去梅濟亞了。

三年之後，哥頓寫了一封信過來。告訴我他讓一位中意的男子成為妹婿，並且助其當上騎士。

我讀完信後知道一件事。那就是哥頓已經不打算和其他任何人結婚。

這就是哥頓．察爾克斯年輕時的愛情故事。

3

「這樣啊。巴爾特閣下直到今年才聽說哥頓的死訊。所以你才會同時聽到凱涅與尤莉嘉過世的消息。哎呀哎呀，就算沒有那些消息，您也應該正為居爾南特陛下的駕崩而失落消沉吧。實在很抱歉啊。」

——什……麼？

——賽門閣下剛才說什麼？

看到巴爾特的表情瞬間僵住，葛斯與塞德也露出驚訝的神色，賽門這才知道。對於巴爾特等人而言，此事也是個新情報。

「呃……難道您不知道嗎？帕魯薩姆國前國王居爾南特．西格爾斯陛下已經在去年駕崩了。」

巴爾特手中的杯子滑落。

——居爾死了？居爾死了？

巴爾特突然感到左胸一陣痛苦。他弓起腰，兩手壓著胸口。

雖然他知道自己得坐著才行，卻坐不下去。額頭冒出大汗。

「不、不好。巴爾特閣下的臉色變成土黃色了。藥師！快叫藥師過來。快、快點啊！」

巴爾特聽著賽門的呼喊，喪失了意識。

4

年輕的巴爾特走上石階。

階梯上有著石板鋪成的斜坡。斜坡盡頭是一扇沒有上鎖的花朵造型裝飾門。推開門走進裡頭，可以看到有條兩旁都是花草的道路朝左邊蜿蜒過去。

那裡有座向陽的庭園。

「哎啊，巴爾特大人。您怎麼打扮得那麼正式呢？」

愛朵菈的大腿上坐著居爾南。

巴爾特走到愛朵菈的面前，將佩劍連同劍鞘一起解下，右腳單膝跪地。

接著雙手捧起劍，說出誓約之言：

「我以守護神帕塔拉波沙之名起誓。我願將劍奉獻給愛朵菈．德魯西亞大人與居爾南大人，終身守護兩人的安寧。無論身於何處，我永遠都會為愛朵菈小姐與居爾南大人著想，當兩人遭遇危難時會立刻前往救援。愛朵菈小姐與居爾南大人的願望就是我的願望。我會付出全心全力實現那些願望。請您拿起這把誓約之劍吧。」

巴爾特垂著頭等待，隨後愛朵菈離開椅子靠到巴爾特面前，溫柔地觸碰劍柄。

她讓居爾南也做了同樣的動作。

「巴爾特大人。我拿不起那把劍，請容我以這種方式代替。我，以及居爾，都確實地收下您的劍了，巴爾特大人。我可以告訴您一點——居爾南是一位值得您付出忠誠的人物。」

5

「真的好險啊。您的心臟本來已經完全停止跳動，幸好用力擊打胸部讓心臟恢復跳動的急救法有效果。之後就是靠基礎體力決定勝負了。不過話說回來，在這種狀況下，有些人會留下手腳麻痺，話說不清楚的症狀。不過看到您完全沒問題，我就安心了。」

巴爾特以空洞的眼神聽著結束診療的藥師所說的話。

幾天後，巴爾特從床上起身，披了件衣服。

沒有攜劍也沒有戴手環，直接離開了臨茲伯爵的宅邸。

水道已經拓寬，堤防也變成石造的。

兩旁的商家也不再是攤販，而是店鋪。

航行於水道上的船隻變大了，數量還很多。

此時的巴爾特厭惡這種熱鬧的氣氛。

他避開人群，繞過商館林立的道路，來到奧巴河的河畔。

他坐下來，茫然地望著河面。

他沒辦法思考任何事，也沒必要思考。

因為一切都結束了。

巴爾特對自己的這種想法感到有點驚訝。

——原來我是如此疼愛居爾。

但是沒有錯。那是當然。因為他一直告訴自己，他就是這樣的人。

自從經過一番痛苦，最後決定將自己奉獻給愛朵菈與居爾的那天以來，居爾的生命光輝就是巴爾特的生命泉源。

直到太陽下山，兩個月亮升起的時刻，巴爾特一直茫然地坐在河岸邊。

從那天開始，巴爾特每天都會前往奧巴河的河邊。

某天當他一如往常地走向奧巴河時，突然瞥見坐在路邊的一個小孩。那個髒兮兮的小孩正一邊啃著托加果，一邊看著巴爾特。

當巴爾特在奧巴河的河畔坐下時，他仍然在意那個眼神。

那是擔心他人的眼神。

那個孩子眼中的自己是什麼樣子呢?是不是一個無精打采、彎腰駝背、空洞的眼神中既無精神也無希望、腳步蹣跚的可憐老人呢?

我竟然被那麼寒酸的小孩同情可憐。

巴爾特啊。

巴爾特・羅恩啊。

這樣好嗎？

愛朵菈的騎士巴爾特變成這副模樣，真的好嗎？

不，一點也不好。

抬頭挺胸吧，巴爾特・羅恩！

你還活在這個世上啊。起身奮鬥吧，巴爾特・羅恩！

巴爾特右手握起拳頭。雖然手上充滿皺紋，卻還是堅強有力。那是可以粉碎敵人的強大拳頭。

他深深地吸口氣。奧巴河上的風灌入胸中，讓體內充滿力量。

巴爾特站起身，往背後望去。葛斯就站在那裡。

他一直待在自己身邊。

——我不是一個人。

巴爾特哭了。

那天夜裡，巴爾特沒有作惡夢，睡得又香又甜。

6

距離他倒下的第十二天午後，巴爾特從賽門的口中聽到居爾南特去世的來龍去脈。

居爾南特國王的健康狀況從去年的新年開始就不太好，不久後便常常臥病在床。

看到那個狀況的重臣們都說因為他太過勞累了。

然而他仍然繼續處理政務，最後終於在四月二十三日撒手人寰。

居爾南特是在四千兩百七十年，也就是十五年前的春天被傳召至王都。

自從被承認為國王長子之後，居爾南特就十分忙碌。

他被安排了過於密集的王太子候補教育課程。還必須與貴族交流、與他國交涉。又為了建立實際功績，遊走於各個有力都市以修改雙方的條約。

那還不是普通的條約修改。他必須遵照過去幾代的國王所推動的制度改革，持續與不肯放棄既得利益的大貴族們進行談判。

冊立太子的儀式之後，中原浮現戰亂的徵兆。於是他還得率領自己不熟悉的軍隊打仗。

沒想到好不容易獲得勝利，凱旋歸來後國王就驟逝了。

當時王族之間似乎還為了爭奪下一任國王的寶座而爆發激烈鬥爭。

戰亂的局勢幫了居爾南特一把。幸好溫得爾蘭特王是突然去世，其他的王族還來不及做好準備。

話雖如此，那仍然是一場在檯面下潛藏了大量王族的不滿，如履薄冰的加冕儀式。

居爾南特身懷使命。那就是將過去好幾代國王試圖挑戰，並且由溫得爾蘭特王推動的制度改革再做更進一步推動的使命。

被無窮無盡的重負壓在身上的居爾南特，過著宛如一年用掉十年壽命的極度忙碌生活。

除此之外，在第二次諸國戰爭時，第一側妃對他刺出的淬毒短劍可能也縮短了居爾南特的壽命吧。

在位十二年，享年四十二歲。

——啊啊！居爾啊！

7

在居爾南特過世的那個時間點，雖然巴爾特朗特王子擁有王位繼承權，但是他並未被指定為王太子。因為年紀還太小。

幫助巴爾特朗特王子奪得王太子之位的人是雪露妮莉雅。

她與阿格萊特老公爵做了筆交易。

雙方約定好由擁有王位繼承權的夏堤里翁先當代理國王，讓巴爾特朗特成為王太子。當巴爾特朗特成年之後再把王位讓給他。另外，雪露妮莉雅還提出自己願意提供舉辦代理國王即位儀式的資金。

當阿格萊特家影響力之下的樞密院成員和重臣與居爾南特派的樞密院成員和重臣聯手，他們毫無疑問地在代理國王之爭上大獲全勝。阿格萊特公爵還為了以防萬一灑了很多錢，私下收買擁有王位繼承權的王族與其他六個公爵家等勢力。

於是，代理國王的指定與王太子的指定都順利受到眾人接受。

接下來終於輪到代理國王即位儀式的準備。

這時前任國王的親信與合作對象都站出來了。

以馬多斯．艾爾凱伊歐斯鎮西侯與巴里．陶德高等祭司為首的樞密院成員。

與居爾南特國王有所共鳴，或是受到國王的發掘與培育的重臣。

以里希歐內爾子爵為首的實力派官僚們。

以哈杜歐魯子爵為首，原本就擁護居爾南特國王的諸侯。

卡瑟執政官堤格艾德．波恩侯爵等受到居爾南特國王提拔的諸侯。

以奇傑庫・雷加為首，從有前途的貴族次子、三子之中選出來的貼身侍衛。以西戴蒙德・艾克斯潘古拉將軍為首的軍部有力人士。

這些人彷彿事先說好似的齊聚一堂，展開即位儀式的準備。

在這種場合，果然是出錢的人說話大聲。事情朝著雪露妮莉雅的想法發展。

即位儀式的規模龐大到任誰也無法想像的程度。

葛立奧拉皇國的皇太子，杜勒、盛翁的國王本人，與蓋涅利亞的王太子都受邀列席。其餘二十幾個國家也都是國王或太子出席。與會者名單的豪華程度相當嚇人。

另外，邁爾卡洛神殿竟然還派遣四位大教主的其中一人前來主持儀式。人們都私下議論著，到底得捐多少錢才能找來大教主這種人物呀。

那是因為雪露妮莉雅帶來當嫁妝的錢財金額龐大，而且她還把那筆錢全部用在這些準備工作上。

阿格萊特公爵看得臉色發青。

不僅有各國國王或太子出席與會，還有邁爾卡洛神殿大教主主持儀式。而且夏堤里翁還被要求發誓，十年後當巴爾特朗特就任為騎士時就會將王位讓給他。

如果違背這個誓言，帕魯薩姆就會成為中原的笑柄。除此之外，若是指定巴爾特朗特王子以外的人成為下一任國王，臉上無光的邁爾卡洛神殿就不會再派神官前來參加即位儀式。

也就是說無法進行即位儀式。

於是雪露妮莉雅就這樣為巴爾特朗特開創一條通往王座的道路。

而且居爾南特派的成員們不打算在這件事上邀功。所以當巴爾特朗特即位時，他可以毫無顧慮地盡情施政。

居爾南的夢想與他的生命仍然能持續下去。

只不過還有一個讓那個誓言消逝的方法。

就是殺死巴爾特朗特。

即使在這一刻，雪露妮莉雅與居爾南特派的成員們應該都正在為守護巴爾特朗特的性命而戰吧。

巴爾特的心中充滿想為雪露妮莉雅的奮鬥送上喝采的心情。

第四章——艾多娜的祈禱

—雙醬夾心麵包—

1

波德利亞的發展程度相當驚人。

城市裡林立著大型商館與倉庫，匆忙來去的貨車與馬車塞滿了道路，人們的怒吼聲此起彼落。

巴爾特那天夜裡受到臨茲商會派駐於波德利亞的管理人盛情款待。他隔天便出發離開，不過在通過檢查哨時遇到邊境騎士團團長。對方來採買食物，身邊跟著四位左右的騎士，還帶著運貨的馬車。

其他倒是還好，這位邊境騎士團的團長卻過分親暱地過來攀談。巴爾特不記得對方，然而對方似乎與巴爾特相當熟識。而且據說他曾經在巴爾特的手下打過仗。

當巴爾特與對方同行，多聊幾句之後，他才慢慢發現這位騎士竟然在對決比賽中與巴爾特交過手。而且他也曾和帕魯薩姆的騎士交鋒過。

巴爾特一邊交談，一邊仔細瞧著這位有一頭黑色捲髮與鬍子，還有個蒜頭鼻的騎士。直到對方的副官對那位騎士喊了聲「艾涅思團長」，巴爾特這才想起來——

艾涅思．卡隆。

那是邊境武術競技會第三項競技的優勝者，也是與巴爾特進行示範賽的對手。

據艾涅思所說，他在三年前被任命為邊境騎士團團長。洛特班城如今讓給葛立奧拉皇國，邊境騎士團的根據地遷移到可露博斯堡壘。騎士團的規模暫時縮小到一半以下，但因為南方貿易與北方貿易也逐漸擴大，目前正打算增加騎士團的員額。

而且據他所說，帕魯薩姆竟然會定期派遣騎士到帕庫拉。

在第一次諸國戰爭爆發之後，前任國王居爾南特對帕庫拉的德魯西亞家提出要求，希望對方能出借他們的首席騎士西戴蒙德．艾克斯潘古拉。但是德魯西亞家表示不同意。於是居爾南特開出借用三年的期限，以及在這段期間會派遣兩位騎士攜帶魔劍到帕庫拉的條件，強行逼對方借人。

然而那兩位騎士待一年就逃回去了。他們承受不住冬天得窩在堡壘裡的生活與對魔獸的恐懼。於是德魯西亞家立刻催促帕魯薩姆歸還西戴蒙德。

居爾南特國王感到很傷腦筋。

原本請來當客將的西戴蒙德此刻正待在上軍正將的位子上。即使帕魯薩姆打贏第一次諸國戰爭，國王軍也陷入兵疲馬憊的狀態，急需重整。而為人公正又體貼，擅於規劃戰術，不會做出強人所難指揮的西戴蒙德是目前不可或缺的人物。

而且不管怎麼說，曾經一起在巴爾特手下進行騎士訓練的西戴蒙德，對居爾南特而言就像他的哥哥。他從來沒遇過如此讓自己信賴的知心好友。

於是居爾南特國王以五年為期限借出五位年輕騎士。這也意味著希望對方盡情鍛鍊這些騎士。他還借出五把魔劍。在那個時間點，居爾南特是抱著三年的期限一到就讓西戴蒙德回帕庫拉的打算。

然而第三年時，剛好是第二次諸國戰爭期間。戰爭結束後，等著居爾南特的工作有平息各地的混亂，以及重新編組國家全體的軍事力量，將其分配到西邊與南邊。他無論如何都不能沒有西戴蒙德。

於是除了一開始的五個人之外，他又以五年的期限借出五位年輕騎士。還加上轉讓一把魔劍與一把魔槍的條件。希望對方能將西戴蒙德的出借時間延長三年。

不久後，一開始過去的五位騎士回來了。他們的成長令人刮目相看，很快便獲得應有的地位。

王都中下階層貴族看上了這條管道。他們向國王關說央求，表示願意付出相對應的謝禮以讓他們的次子或三子前往帕庫拉進行騎士訓練。只要培育出可派上用場的騎士，他們就能走上飛黃騰達之路。而且不受派閥影響的訓練地點也很有魅力。

國王感到很傷腦筋。

對於帕庫拉而言，即使答應幫忙訓練騎士，那些人成為騎士之後也會離開。他們沒有好處，只會徒增困擾。所以居爾南特國王加上額外的條件，要求在帕庫拉進行訓練成為騎士的人必須在之後的五年間待在帕庫拉服務，滯留費用各自負擔。

雖然有很多人聽到這個條件後打退堂鼓，但還是有志願者接受。

國王將他們送到帕庫拉。好像還多給了幾把魔劍。

從此之後，在帕庫拉進行騎士訓練就逐漸成為習慣。

巴爾特聽了這段故事後感到很傻眼。不過仔細想想，那也不算什麼壞事。當有一定數量的人在就任騎士後服務帕庫拉五年的時間，能夠讓帕庫拉擁有充裕的人力。如此一來，受傷的人也可以慢慢治療傷勢，還能撥出充分的人力討伐盜賊或從事巡邏的工作。

順帶一提，據說西戴蒙德至今仍然是上軍正將，還接受了沒有領地的侯爵封位。他的妻子還留在帕庫拉，不過也有謠傳他在王都納了妾。

在抵達密斯拉之前，巴爾特就與艾涅思等人道別了。

2

巴爾特雖然走到這裡，卻感到猶豫，不知該不該前往王都。

他最早的打算是去帕魯薩姆王都見一見巴爾特朗特王子。

如果他到了當地，不會受到怠慢吧。夏堤里翁應該沒有忘記與巴爾特的友情。雪露妮莉雅王妃也在那裡。巴里．陶德更是會開心地歡迎他吧。

這些他都很清楚。

然而居爾南特已經不在世上的事實，讓他莫名地對帕魯薩姆王宮感到相當疏遠。雖然去王宮就能見到王子，但他就是覺得自己不該在那裡。

他帶著迷惘通過密斯拉的城門。

衛兵只做了很簡單的盤問。巴爾特使用的是臨茲伯爵這次簽署給他的通行證。據說憑這張通行證，連王都的城門都能通過。

密斯拉的城市規模也變大了。搞不好是過去的兩倍大。

巴爾特原本還擔心會不會有人認出他，但這似乎是不必要的擔心。如今的巴爾特看起來只像是年老的平民旅行者。

而就在這時，有個站在路邊的人露出驚訝的表情看著自己。

那是一位年約三十歲上下的女子，她拿著裝有物品的籃子，身旁還跟著一位看似她女兒的女孩。

「巴爾特・羅恩大人……」

在熙來攘往的人群中，女子的嘴似乎那麼說著。

她走了過來。

「那個……那個，謝、謝謝您。」

「嗯。」

雖然不知道對方在謝什麼，總之先點頭。

「太好了。終於能向您道謝。我一直、一直很想向您道謝。那個，請收下這個。」

她從籃子裡拿出用波普葉包裹的某種東西。

「這是我們店裡的招牌麵包。我……我下了苦心製作。請嚐嚐看吧。因為不能放太久，還請您今天之內吃完。那麼我就告辭了。」

女子說完話後，拉著少女的手快步離去。

她回過頭揮了揮手。

巴爾特一邊朝對方揮手，一邊想著：

──我好像看過那位女子的長相。是在哪看過那張臉呢？

打開波普葉一看，裡頭放著夾心麵包。

那不是庶民能吃到的麵包。庶民的麵包雖然可以久放，卻是又黑又硬，食之無味的麵包。

這個麵包不一樣，看起來又白又鬆軟。而且不知道為什麼，長得像扁平的四方形。可能是先烤出一大塊麵包後再切成薄片吧。

巴爾特張嘴吃了一塊切成四份的麵包。

口腔裡隨即充滿鮮甜味。這股鮮甜的味道來自於新鮮蔬菜與燻肉，裡頭的兩種醬料更是襯托出餡料的鮮美。

其中一種醬料的味道甜甜辣辣，具有刺激感。帶給舌頭強烈的刺激。這種醬料很適合搭配燻肉。

另一種醬料酸酸甜甜，圓潤溫和。這種醬料很適合搭配蔬菜。

麵包上塗了薄薄一層牛乳油脂（莫爾羅格布衣由·伍）。原來連庶民都能使用這種高價商品了嗎？這麼說來，這種麵包在烘烤時有可能已經加了牛的布衣由·伍。否則就無法解釋這種柔軟的口感與甘甜的味道。

巴爾特將剩下三塊中的兩塊分給葛斯與塞德，自己則吃掉最後一塊。

「回去了。」

巴爾特說完之後，調轉月丹的頭，騎向他剛進來的城門。

「咦？咦？您不就是要來帕魯薩姆的王都嗎？回去的意思是準備回到伏薩里翁嗎？」

塞德感到很混亂。

沒錯，回去了。

已經看完該看的東西了。

巴爾特似乎能明白雪露妮莉雅為什麼不通知他居爾南特的死訊與之後的事。

雪露妮莉雅有雪露妮莉雅該完成的事。巴爾特有巴爾特該完成的事。雪露妮莉雅就是認為，現在雙方都是得專注在自身工作的時候。

很神奇的是，當他吃下陌生女子送給他的夾心麵包之後，肚子裡的那股怨氣一下子就消失了。

無所謂啦。

就算什麼都沒留下也沒有關係。

巴爾特不是在逞強。人們能透過他們的汗水與知識，綿延不絕地存活下去。只要相信這點就足矣。

——我只要當一滴水就夠了。

即使一滴水落在石頭上飛濺四散，岩石也不會有半點傷痕。但是在經過無數水滴飛濺四散之後，岩石遲早會被打出孔洞。

看看帕魯薩姆有多麼繁榮吧。

即使在遠離國家中心的密斯拉那種偏遠城鎮，也能變得如此豐饒富庶。這個麵包是多麼地美味啊。這裡人口眾多，人們的臉上充滿活力十足的表情。也看不到對打扮貧窮的旅行者乞討食物的小孩。

這些都是居爾南特造就的。

居爾南特並非壯志未酬身先死。他是燃燒生命，推動改革，讓國家富足之後才死去。如果居爾南特愛惜他的生命，就不會有這樣的發展。

是的。根本不需要愛惜什麼生命。

沒必要煩惱該怎麼留下從帕塔拉波沙那邊獲得的知識。巴爾特苦思許久卻想不到任何方法。但是覺得那樣不行的原因是他愛惜自己的性命。之所以考慮至少與他人同行，留下得到的知識，其實是因為捨不得丟掉自己的命。

應該面對帕塔拉波沙，盡可能套出對方的情報。雖然那些知識可能會就這麼逸失。但是也無所謂吧。

船到橋頭自然直。捨棄一切吧。那不是妄自菲薄。而是為了燃燒生命直到最後一刻的最後手段。

此刻，巴爾特終於做好面對帕塔拉波沙的準備了。

送給巴爾特麵包的女子名為艾多娜。

十五年前，巴爾特向主家辭職展開旅行。他在某天賣了兩隻克魯魯洛斯給一間兼作食堂的旅店，成為那間店的客人。

店主的姪女幫巴爾特準備洗澡用的熱水。

隔天，那位少女準備旅行前往密斯拉，在那邊的學校就讀。雖然控制城鎮的流氓出手干擾，但是在巴爾特的幫助下，少女順利地出發。

由於身陷騷動之中，少女忘了向巴爾特道謝。連名字都忘記問。

在密斯拉就讀的少女開始在麵包店工作。畢業之後仍繼續在那裡工作。

她有了戀人。那位戀人為了賺錢，成為騎士的侍從前往可露博斯堡壘。

聽到那座可露博斯堡壘發生異常事件時，少女很擔心戀人的安危。

謠傳那裡出現大量魔獸，騎士與侍從都被殺光了。

少女拚命地向眾神祈禱。

戀人平安歸來。還拿到高額的薪水與獎金。

據說是一位名為巴爾特・羅恩大將軍的騎士趕去救援，讓他立下大功。
之後過了一段時間的某天，巴爾特將軍造訪了那座城鎮。
她為了見巴爾特一面而趕往領主的宅邸。
是那個人。
是那位當她準備從邊境啟程時伸出援手，宛如天神的老騎士。她很想道謝。無奈現場人太多，讓她無法靠近。只能哭著揮手致意。
不久後，她和戀人結婚。伯父也離開邊境前來投靠。
三個人開了一家店。那是一間販售自家烘烤的麵包，還提供料理的小店。
她生了三個小孩，夫婦倆順利地扶養著孩子們。
她每天都為老騎士祈禱。
感謝他賜給自己無比的幸福，祈求未來有一天能向他道謝。
就在今天，她的願望成真了。

第五章——帕塔拉波沙

烤海魚

1

『巴爾特・羅恩。』

『巴爾特・羅恩。』

離開密斯拉的第二天，巴爾特又聽到有一段時間沒聽到的呼喚聲了。

那個呼喚聲與過去朦朧不清的聲音不同，聽起來很清楚。

巴爾特直覺地認為那是帕塔拉波沙已經醒來了。

「塞德，拿著這個手環。然後離開我一千步的距離。」

「好的，巴爾特大人。」

就在塞德拿著「雅娜的手環」遠離巴爾特的時候，一道與過去相比最巨大的聲音響起。

『你在那裡啊。』

他在現場紮營。

接著天亮了。

有個東西從東方的遠處穿過低雲密布的鉛灰色天空飛過來。

是飛龍。

從落地的飛龍身上跳下來的是琪琪魯艾琪琪。

「巴爾特・羅恩。過來。」

琪琪魯艾琪琪的眼神與說話方式都很奇怪。

——簡直就像受到某人的操縱。

「葛斯、塞德。你們回伏薩里翁。月丹與『雅娜的手環』就拜託你們保管了。」

留下這句話後，巴爾特就與琪琪魯艾琪琪一同坐上飛龍。

這次他們沒有在半途休息。

飛龍以毫不留情的速度飛行。底下的景色則是以驚人的速度往後遠去。

巴爾特原本以為他們會去「囚禁之島」，但是琪琪魯艾琪琪在伊斯特立亞之前的那個沙灘讓巴爾特下飛龍。

巴爾特疲憊不堪，渾身凍僵，無法活動身體，直接趴倒在沙灘上。

當他好不容易翻過身體讓臉朝上的時候，已經看不到琪琪魯艾琪琪與飛龍的身影了。

2

『總算見到你了，巴爾特・羅恩。』

讓人感到充滿壓倒性力量的聲音在巴爾特的腦中響起。

他雖然想回話，無奈嘴巴已經凍僵，無法隨意活動。於是他在心中低語：

——真抱歉啊，用這副模樣和你見面。

那句心中的低語得到了回應。

『你是什麼模樣我都不介意。』

『不過你現在是什麼模樣？』

——我正躺在沙灘上。

『哎呀。』

『該不會龍人女孩對你做了什麼失禮的事吧？』

——不是那樣的。只是這把老骨頭承受不住這趟旅行。

『那還真是抱歉。』

『你需要什麼東西嗎？』

——沒有能治療衰老的藥吧。過一段時間我就能活動了。

『沒那回事。』

『有藥能治療衰老。』

『順便問一下，你可以為我解放靈劍的力量嗎？』

『只要一點點就好。』

巴爾特在心中對著收在劍鞘裡的古代劍呼喚史塔玻羅斯的名字。

古代劍確實地產生反應，腰際傳來一股溫熱的暖流。

『了不起！』

『好強大，好清澈的力量。』

『這就是我長久以來一直盼望的東西。』

『好了，巴爾特．羅恩。』

『我有幾個問題想問你。』

『當我醒來時……啊，你知道我之前在睡覺吧？』

——我聽說你在魔獸大侵襲之後就入睡了。

『到底是誰告訴你的？』

『算了，之後再問也行。』

『當我醒來時，龍人艾其多魯其耶已經死了。』

『在我檢查自動人偶的時候。』

『發現殺死牠的是一個叫巴爾特．羅恩的闖關成功者。』

『你怎麼知道試煉洞窟的事？』

——是龍人族長波波魯巴魯波波告訴我的。

『原來如此，是這麼一回事啊。』

『你在我睡著的時候來過伊斯特立亞吧？』

——沒錯。

『你沒有翅膀，怎麼過來？』

——我為了詢問龍人襲擊帕魯薩姆王宮的原因，叫琪琪魯艾琪琪帶我過來的。詳情請你問族長。

『我當然會問牠。』

『不對，或許已經沒有那個必要了。』

『畢竟只要這場會談順利，之後就算殺光龍人也沒關係。』

『不過原來如此。琪琪魯艾琪琪已經知道你的長相。』

『難怪我派牠過去時，牠毫不猶豫就接近你。』

——你不也是透過琪琪魯艾琪琪的眼睛看到我嗎？還是說你不知道我的長相？

『這還真是不好意思。』

『你早已注意到當時我控制了龍人女孩吧？』

『老實說吧。我沒有眼睛，所以看不見東西。』

『即使能控制其他生物，也無法借用他們的眼睛視物。』

『即使我可以讀取出現在意識表層的言語。』

『也無法讀取深藏在心裡的記憶。』

『順帶一提，我沒有耳朵與鼻子，連嘴巴都沒有。所以只能像這樣在心中與人對話。』

——什麼？難道你沒有身體嗎？

『我有身體。有很大的身體。』

『從你的位置應該能看到。』

——我沒看到「囚禁之島」上有任何人……不會吧！難道你就是「囚禁之島」本身嗎？

『哦，你的思考很靈活嘛。』

『就連與我來往幾百年的龍人們都沒有注意到這點呢。』

『不過正如你所說。』

『我原本被封印在這座島的內部。』

『後來逐漸變大。如今就像這樣成為了整座島。』

『由於我不斷吸收在水裡游泳的魚，至今仍然在一點一滴持續變大。』

『好了，所以你為什麼殺死龍人艾其多魯其耶？』

——艾其多魯其耶命令我發動魔劍，呼喚「第一位人類」的遺產。然後牠打算殺死我。如此一來，牠就能在我死後將遺產據為己有。

『原來如此。為什麼你拒絕艾其多魯其耶的提議呢？』

——那傢伙的話裡藏了好幾個謊言，我無法信任。那傢伙說在我死後遺產就會歸龍人所有。意思就是只要呼喚出遺產，沒有靈劍也能對它下達命令。如此一來，我就無法確定在呼喚出遺產之後自己不會被殺。另外，那個傢伙說遺產會以靈劍持有者的命令為優先，但我也沒辦法相信那個說法。

『了不起啊，巴爾特・羅恩。』

『你的頭腦真是清晰。』

『相較之下艾其多魯其耶太笨了。』

『若要與他人建立起信賴關係，誠實明明是最重要的關鍵。』

『我就告訴你吧。即使是靈劍的持有者，也不會擁有優先命令權。』

『命令的優先順序是遵從事先制定好的秩序。』

『但是那個東西目前不會接受任何命令。』

『它被藏起來了。』

『靈劍具有解除阻斷命令之封印的效果。』

『若想解除封印，只要以靈劍下達任何命令即可。』

『比方說，「過來這裡」的命令。』

——原來如此。話說回來，你的目的是什麼？打算如何使用遺產？

『你好像有很多問題，但在那之前我有個提議。』

——什麼提議？

『我想連結你和我的心靈。』

——不是已經連結了嗎？

『這不過是從外側對你說話罷了。』

『就算連結了心靈，也只能讀取意識表層的言語。』

『但如此一來，就能得知那些言語是不是謊言。』

——就算我拒絕，你也會擅自進行連結吧。

『如果那麼做，我就會失去你的信賴。』

『若是讓你逃走，必須再等待幾百年的時間。』

『也有可能再也不會出現下一個機會。』

『所以我絕對不願失去你的信賴。』

——嗯，看來如果我不接受，就沒辦法繼續談下去呢。你就做吧。

『那麼，我要連結了。』

『剛開始會有一瞬間的刺激感，很快就會習慣了。』

就在那個瞬間，巴爾特的腦袋突然竄過一陣劇痛，眼前景物看起來搖搖晃晃。

不過痛苦瞬間消失，視野也恢復正常。

『你沒事吧？』

——嗯，看起來沒事。

『問個問題試試看吧。』

——你叫什麼名字？

『我的名字……』

『是什麼啊？想不起來。』

『不過你們人類稱呼我為帕塔拉波沙。』

透過連結心靈的通道，巴爾特可確認那個答案是否出自於對方的真心。試著回想姓名時的困惑，搜索記憶的嘗試，他都能確實感受到。在這種狀態下，誰也不能說謊，只要說謊對方就會知道。

『你已經確認了吧？』

『那麼，你可以開始詢問了。』

——那麼我問了。帕塔拉波沙啊，你到底是什麼樣的存在？

『一開始就提出很困難的問題呢。』

『我是成為「精靈附身者」，獲得力量的人類。』

『季揚把我關在「囚禁之島」。』

『但是在我被關起來之前，找到了踏入精靈世界的方法。』

『然後我就在它們的世界，狼吞虎嚥地吞食它們。』

『吃著吃著不停吃著，我的力量就毫無極限地不斷增長。』

『即使如此，我在很長的一段時間裡都保持謹慎。』

『因為季揚控制的武器威力太具壓倒性。』

『後來我獲得兩名龍人當棋子，祕密地調查大陸。』

『我得知季揚已經死了。』

『雖然我展開搜索，但還是繼續躲著，沒有對世界造成巨大的混亂。』

——畢竟人類國家若是毀滅，也就失去找到季揚國王遺產的線索嘛。

『不對，那是經過一定程度的調查之後才開始擔心的事。』

『剛開始時，我害怕的是另一件事。』

『雖然季揚已死，人類也停留在未開化的狀態。』

『但我猜想還有其他隱藏勢力存在。』

『若是自己隨隨便便現身，那些傢伙可能會跟著出現。』

『不久後，當我確認沒有其他敵對勢力，這才開始行動。』

『但是，巴爾特．羅恩。我想請你不要使用季揚的遺產那種說法。』

『那原本就不是季揚的東西。』

『是我的。』

——原來是這樣！我知道你的真實身分了。你就是「船長」嘛！

『船長！』

『你說船長！』

『用這種語言聽到這個詞，真是讓人覺得新鮮呢。』

『不過你說得沒錯。』

『我就是星船的船長，也是擁有星船所有權的人。』

『季揚．克魯斯發起叛亂，搶走我的船。』

『但是，巴爾特．羅恩。你怎麼知道的？』

——有位「精靈附身者」直到前幾年還在世。我從那人口中聽到的。那個人說「船長」被捉住，遭到處決。但是你看起來沒有被殺死嘛。

『在我看來那叫作叛亂。你也應該能明白吧？』

——不是因為你欺壓這片大地上破壞你所定下規矩的住民嗎？

『不對，開什麼玩笑。』

『我反而是要保護他們。』

『季揚．克魯斯那傢伙將他們認定為知性生物，要我們把他們當成原住民對待。』

『但那些原住民全都是未經開化的野蠻人。』

『根本沒辦法和他們坐下來好好談事情。』

——你不是自立為王，將「船員」們封為貴族，企圖建立王朝嗎？

『我不否認這點。』

『總之有必要儘快建立一定程度的文明。』

『我認為採用高壓的指導體制當成過渡性措施最為恰當。』

『這點與星際殖民委員會的方針並無任何牴觸。』

——季揚先獨自甦醒，在這片大地被稱為國王的作為似乎被你稱為背叛呢。

『你很清楚嘛。』

『事實就是如此啊。無論那傢伙的主張有沒有正當性。』

『他都自行介入當地，改變當地人的政治體制。』

『還擅自締結約定。』

『而且那傢伙不過只是毫無策略決定資格的一介學者耶！』

——到頭來，你和季揚國王的對立點到底是什麼呢？就我所知，季揚國王認為應該要讓「船員」、「沉睡的人們」與亞人們攜手合作。你們認為「船員」應該是貴族，「沉睡的人們」為平民，亞人則成為奴隸。我還聽說你們打算先對「沉睡的人們」加上控制心靈的機制後再喚醒他們。

『沒有錯。簡單來說就是如何對待乘客們。』

『那傢伙的想法太過理想論。』

『一旦實行，想必會招來嚴重的混亂。』

『看看封印我之後季揚所建立世界的實際狀況吧。』

『人類的國家有不分身分貧富差距，人人都過著平等的生活嗎？』

『到頭來，那傢伙還是只能選擇少數支配多數的制度。』

——然而，不是也有很多「船員」贊同季揚國王的想法嗎？

『那是我的失敗。』

『我沒有對基層船員們做好詳細的說明。』

『說明對當地的統治方針與未來展望。』

『但是不管怎麼說，每種預想狀況都包含太多的可能性。』

『要說清楚在所有狀況下的不同施政方針是很困難的事。』

『你覺得我在說謊嗎？』

——不，我打從心底相信你的想法與說法一致。

『那就好。因為你是季揚·克魯斯的子孫。』

『會與那傢伙的思想有所共鳴也是難免的事。』

『但是希望你能明白，從我的角度來看這才是真相。』

——子孫？什麼意思？

『啊，你不知道喔？』

『能與靈劍同步的條件，也就是成為使用者的條件。』

『就是必須為那傢伙的子孫，精神形狀得與那傢伙極為相似。』

——成為「精靈附身者」的季揚國王應該無法留下子孫吧？

『季揚．克魯斯在成為「精靈附身者」之前有留下子孫。』

『而且為數眾多。』

『老實說，那也是我強烈憎恨那傢伙的原因之一。』

──我是……我是季揚國王的子孫。

『接下來回答你剛才的問題。』

『我吸收了大量精靈，得到特殊的力量。』

『但因為大部分的存在都放在精靈的世界。』

『還留在這個世界的肉體肥大化，化為一團爛肉。』

『變成大得足以覆蓋整座島的存在。』

『我盼望能取回自己的東西，報復那些害我落入這種慘狀的那些人。』

『盼望恢復成一名人類。』

──你說報復？取回「克拉馬的憤怒之箭」，你到底想拿來做什麼？

『克拉馬的憤怒之箭？你究竟在說什麼？』

『等一下喔，啊啊，原來如此。你指的是消滅麥珠奴貝克的攻擊吧。』

『哈哈哈哈。』

『抱歉，失禮了。那種誇張的名字害我不小心笑出來。』

——你怎麼稱呼那個東西的名字？

『應該是主炮吧。』

『希望你聽了別笑，那個就叫主炮。』

——主炮是什麼？

『意思就是最強大的武器。』

『畢竟沒有考慮到與具有敵意的勢力交戰的可能性嘛。』

『那艘船是基於「萬一遭遇敵人攻擊就去死」的概念所建造。』

『所以沒有堪用的武器。』

『說來慚愧，那已經是最強大的武器了。』

——那東西明明一擊就消滅了麥珠奴貝克，卻還不算堪用的武器嗎？

『對呀對呀。你們竟然給它取了個頗有詩意的名字呢。』

『以這裡的語言來說，它叫光之槍。』

——光之槍。

『就像是蠟燭火焰那樣的東西啦。』

——你所尋求的不是「克拉馬的憤怒之箭」嗎？既然如此，你到底想要什麼？

『是船啊！星船。可以橫渡星海的船！』

——什麼？那個叫星船的東西還存在嗎？

『當然啦。』

『那不是經過一、兩千年就會壞掉的東西。』

『不管是季揚還是誰都無法破壞它。』

『但是它被藏得很遠，不讓別人取得。』

——所以才說雖然沒找到星船，卻找到了線索。那個叫試煉洞窟的線索。

『由於我一直找不到線索。』

『於是開始研究人類的傳說。』

『在那些傳說之中，透過試煉獲得強力寶物的故事引起我的興趣。』

『經過一番詳細調查之後。』

『我在各地找到試煉洞窟那類的設施。』

——什麼？試煉洞窟不是只有一個嗎？

『不只一個。』

『我讓伏薩風穴以外的設施都停止運作。』

『從試煉洞窟的機械人偶那邊問出命令的封印與解開封印的方法。』

『但是它們也不知道星船停留在什麼地方。』

——事到如今，你就算取回星船又能做什麼。難道你想成為世界之王嗎？

『我對那種事已經沒有興趣了。』

『我想做的事只有一件。』

『回到故鄉，報復那些害我變得這麼慘的人。』

『為了那個目的，無論如何都需要星船。』

——慢著。你來到這裡已經是很久以前的事吧？

『大概超過兩千年了呢。』

——從你的故鄉來到這裡需要多少時間？

『雖然沒辦法精確換算，應該相當於千年以上的時間吧。』

——那麼，你離開故鄉已經過了三千年。回去又要一千年。你所憎恨的人應該早就死光了吧？

『但是，他們還留下了子孫吧？』

『那些人全都是復仇對象。』

『我會讓那些過著恬不知恥生活的那些傢伙的子孫好看。』

『我要讓他們為犯下的罪行遭受報應。』

——星船有那種程度的力量嗎？

『星船沒有。』

『那是在我的故鄉建造的東西。』

『他們應該已經開發出能輕易破壞星船的兵器了吧。』

『但無論機械文明有多麼發達。』

『都無法阻擋我現在的力量。』

『那是我的故鄉所沒有的力量。』

『如今我的力量已強大到可以命令所有住在大陸上的人類服從。』

『我要用這股力量控制故鄉的人，命令他們彼此殘殺，互相毀滅。』

——但是你只有一個人，不可能贏的。就算能贏，拿到一個已經毀滅的國家又有什麼意義呢？

『也許我贏不了，不過應該能造成嚴重的損害吧。』

『那樣就夠了。』

『只要能回到故鄉，盡情烙上恨意的證明。』

『就算我因此而被消滅也沒關係。』

『那就是我的願望。』

『你覺得我在說謊嗎？』

——不，你的話都是發自內心的。一點虛假也沒有。

『那就好。』

『那麼，巴爾特·羅恩。我有個提議。』

『我和你都可以幫助對方獲益。』

『你能提供給我的東西只有一個。那就是星船的呼喚。』

『我會叫龍人把你送到試煉洞窟，希望你能呼喚出星船。那樣就足夠了。』

『因為我可以從這個地點對抵達伏薩的星船下令。』

『然後，巴爾特·羅恩。你可以從我這邊得到很多東西。』

『首先，我會把星船的搭載船與兵器送給你。』

『你可以在一瞬之間移動到大陸上的任何地點。』

『可以從龍人無法抵達的高空中看顧眾生，或是降下懲罰。』

『另外我還會把各地迷宮的管理權交給你。』

『除了試煉洞窟，我還找到其他十一個同樣的設施。』

『那裡具有充滿智慧的機械人偶。』

『積存了無數的寶物。』

『還有能救回瀕死之人的優秀醫療設備。』

『然後我會再給你年輕、健康、特別的力量與千年的壽命。』

『衰老的身體應該讓你很難受吧。』

『不會想重獲年輕時的無窮體力嗎？』

『我會實現你的願望。』

『方法就是吞食已經沒有用的神靈。』

『沒錯。只要吞食寄宿於那把靈劍中的神靈，就能獲得那樣的恩惠。』

『我會告訴你方法。』

『好了，做出決定吧，巴爾特・羅恩！』

『你要接受我的提議——』

『還是拒絕呢？』

——如果我拒絕，會怎麼樣？

『你沒有子嗣嗎？』

——沒有。

『那麼，我會請你死在這裡。』

『如此一來靈劍將陷入沉睡，我再把它放回人類的世界。』

『然後等待下一位使用者出現。』

——這樣啊。古代劍會出現在那種村莊的雜貨店裡也是……

『靈劍與使用者互相吸引。』

『只要把靈劍放在不起眼，但人人都可進入的場所。』

『最後就可以引來使用者。』

『畢竟如果密封收藏起來，便沒辦法製造它與使用者接觸的機會了。』

——難道在我還活著的時候，這把劍不會遇到下一位使用者嗎？

『與靈劍同步的人類永遠只有一個。』

『所以如果你拒絕合作，我只能殺了你。』

『假如你有小孩，繁衍了子孫。」

『基於在你的家族中很有可能出現靈劍使用者的因素。』

『我倒是可以等到你自然死去。』

——船長。解除那個心靈連結。讓我稍微思考一下。

『我知道了。好好想一想。期待你做出聰明的判斷。』

3

如果答應船長的提議，會怎麼樣呢？

船長搭乘星船前往故鄉，一去不返。

所謂星船的搭載船，就是類似小型星船的東西吧。只要有那個，似乎就能在空中飛行。被龍人帶上天空而體驗到的那場最初的飛行，是一次美妙的體驗。可以利用搭載船自由飛到任何地方，是個非常有魅力的條件。

據對方所說，與試煉洞窟相同的地點有十一處。

那些地方沉睡著什麼樣的藥品與知識呢？

斯特西魯它們在頃刻間治好巴爾特的左手臂，也在短短的時間裡治好扎利亞的傷勢，消除她的疲勞。只要擁有那種醫術，不知道可以拯救多少生命啊。

而且對方又說可以給予自己年輕與健康。

不要說千年，只要能稍微活久一點，巴爾特就可以看到伏薩里翁的將來。就可以見證那場夢境會不會實現。

那種可能性讓人雀躍不已。

但是——

巴爾特想起物欲將軍的事。

長久的壽命對那個男人而言是個詛咒。他的血變黑變濁，喪失了味覺。即使對活在世上感到精疲力竭，卻不能倒下死去，也無法獲得安息。

生為何物？

死為何義？

人會一直活到死亡那天。正因為死亡已註定，生命才無比珍貴。正因為生命有限，人們才努力生存下去，分享彼此的喜悅。

所謂的活著，就是進食。

巴爾特想起與哥頓・察爾克斯一同旅行的那段日子。

想起那些開心的野營生活。

想起與巴里・陶德祭司、翟菲特和夏堤里翁一同享用的那條騎士魚。

想起與哥頓、凱涅和尤莉嘉一起吃的那隻黑蝦。

想起與哥頓和朱露察卡一起吃的那隻柯爾柯露杜魯。

想起與荷斯・伯亞、翟菲特和奇利・哈里法路斯舉杯共飲的冰麥酒與剛烤好的牛肋排。

想起與哥頓、葛斯、多里亞德莎和朱露察卡一起在那座瀑布水池邊享用過的種種料理。

那是多麼快樂的事，那些料理是多麼的美味！

只要得到足以支配整片大陸的力量，不管是騎士魚、柯爾柯露杜魯或牛肋排，要多少就有多少。但是到時候還能體會到那種美味、那種歡樂嗎？

翟菲特、奇利、苟斯・伯亞，還有哥頓、凱涅與尤莉嘉都已過世。沒辦法再與他們共同享用餐點，也無法再次體會那種美味了。

他們已經結束生存的戰鬥，如今正在帕塔拉波沙的懷抱中安息。

不是這種虛假的冒牌貨，而是真正帕塔拉波沙的懷抱裡。

生命是喜悅，而死亡是安息。

如果出生是一種祝福，那麼死亡毫無疑問也是一種祝福。

兩者都是無可取代，在每個人僅有一次的生命中發生的事件。

如今巴爾特的內心無比澄澈。他用那顆清澈明淨的心，洞悉了「船長」的內心深處。

然後察覺到某種毀滅的可能性。

巴爾特下定了決心。

4

——船長。

『你整理好想法了嗎？』

——嗯，重新連結心靈吧。

『現在連上了。』

『好了，讓我聽聽你的回答吧。』

——在那之前，我有件事忘了問。所謂的魔獸，到頭來究竟是什麼？我知道瘋狂的精靈附身在野獸身上會變成魔獸。但搞不懂為什麼精靈會陷入瘋狂。

『那點我也不知道。』

『因為魔獸出現的時候。』

『是我在「囚禁之島」累積力量時發生的事。』

『但我認為，那會不會是種族的壽命走到終點了呢。』

——種族的壽命？

『是的。』

『精靈的壽命走到盡頭後就會暫時消失。』

『在精靈的世界重新獲得力量後再次出現於這個世界。』

『在那個時候，精靈能繼承過去的記憶。』

『擁有幾萬年的記憶，會發生什麼事呢。』

『它們會不會無法承受記憶的負荷而發狂？』

『這是我的推測。』

『實際的情況不得而知。』

——嗯，原來如此。到頭來還是搞不懂魔獸誕生的原因啊。真遺憾。還有一個問題。季揚國王為什麼把你關進「囚禁之島」？為什麼沒有殺了你？

『應該是遵從故鄉的法律與習慣吧。』

『在我們的故鄉，已經很久沒有做出殺死捉到的敵人或罪犯的行為了。』

『因為以人類的力量，絕對無法重現生命的個性。』

『所以我們厭惡奪取他人生命的行為。』

『姑且不論死於戰爭之中。他也只能把捉到的我。』

『像這樣關押隔離在偏僻的小島上。』

——你的同伴們怎麼了？同樣也被關在某個地方嗎？

『我的同伴們戰敗之後。』

『選擇跟隨季揚·克魯斯的道路。』

——你似乎不想來到這塊大地呢。為什麼會成為船長？

『畏懼我力量的人們對我設下陷阱。』

『迫使我不得不接下移民船船長的職位。』

『成為移民船的船長與船員。』

『被譽為是一種具有自我犧牲精神的偉大工作。』

『因為我們將負起引導罪人們前往新世界的責任。』

——你說罪人？

『是的。』

『星船的乘客全都是犯過罪的人。』

『因為我們的世界沒有死刑。』

『所以會剝奪他們的記憶與知識，將其放逐到星海的彼端。』

『好了，應該夠了吧？』

『回答我，巴爾特·羅恩。』

『答應，還是拒絕？』

——呵呵呵。可以獲得星船的搭載船與兵器，以及迷宮的機器人偶與各種工具啊。

『是的。那些是不可能存在於這顆星球的最寶貴財產。』

——告訴我，船長。那些東西能吃嗎？

『什麼？』

——那些東西好吃嗎？

『什麼意思？你在說什麼？』

——我在邊境的食堂旅店吃到的克魯魯洛斯燉煮內臟真的很好吃。比起能支配天空的船艦，我更想選擇那道料理。

『只要得到搭載船，就能獲得任何食物。』

——在洛特班城那天晚上喝到的牛尾湯也是無上的佳餚。比起能消滅城鎮的兵器，我更想選擇那道料理。

『只要得到搭載船與迷宮的力量。』

『那種東西你想要一千個、一萬個也沒問題。』

——這樣啊，可以拿到一千個、一萬個啊。可是呢，船長。你知道同樣的食物，有時可以讓人感到無比美味，有時又會讓人食之無味吧？

『味覺會大幅受到健康狀況與精神狀態的左右。』

『只要獲得健康的身體，你應該就能體會到比現在更強烈的美味感受吧。』

——原來如此，那股力量連身體的健康與否都能自由調整啊。

『沒錯。你可以成為這顆星球上的絕對存在。』

——船長，讓我告訴你吧。吃東西時感受到的美妙滋味，是來自於細細品嚐生命的短暫無常。擁有可以獲得一切的力量或是可以任意支配他人力量的人，無法品嚐到生命短暫無常的滋味。無法交到能與他共享美味的朋友。你還記得「美味」這個詞的意義嗎？你最後用嘴吃東西是在五百年前？還是一千年前？失去眼睛、鼻子、嘴巴的所有肉體感覺，只靠恨意過活的你，能體會飲食是多麼美妙的一件事嗎？你能體會身體接受食物時的那種喜悅嗎？如果無法體會，那就代表你不懂什麼是活著。和那種人做的約定根本毫無價值。

『你、你這個野蠻人！』

『我本以為你這個男人還有那麼一點智慧。』

『星船與裡面的東西可是智慧的結晶啊。』

『你根本不明白那些東西有多麼美妙！』

──船長。我記得你說過，得到星船之後會什麼也不做就離去。

『當然啦。如果不開出那樣的條件，你就不會交出星船吧？』

『這個星球的繁榮或毀滅。』

『對我來說無所謂。』

──這樣啊。你是那麼認為的。你打從心底那麼認為。但是，當你實際獲得星船起飛升空，從遙遠的天空俯瞰這片大地時，你會有什麼想法呢？看著這片兩千年來一直是自身牢籠的這片大地，你的心中會湧出什麼樣的想法呢？難道你不會想把這片大地消滅殆盡嗎？不會想讓人們彼此憎恨、互相殘殺，導致世界在絕望之中毀滅嗎？

『嗚！』

船長聽著巴爾特所說的話，想像那個場面，審視自己心中湧出的想法，不禁感到震驚。

巴爾特說得沒錯。一旦從桎梏中獲得解放，他絕對會對這個星球與居住於其上的人們感到無比憎恨。會如同巴爾特所說的做出那些行為。他這時才察覺到這點。

巴爾特也知道船長察覺到了。

從相連的心靈傳來清楚的憎恨與破壞衝動。船長也知道自己的感情已傳達給巴爾特。

這代表，他們讓彼此知道一件事——被當成交涉前提的約定已經失去真實性。

——好強烈的恨意啊。你的內心深處對這片大地的所有人類痛恨不已呢。可是，船長。假設你的內心不會湧出這麼多憎恨，答案還是一樣。我不能把星船交給你。把它交給你，就代表把這片大地的一切生命都交到你的手上。我絕對不能讓忘記生命的短暫與美麗、不再敬重生命的人得到那種力量。這就是我的回答。

『遺憾，真是太遺憾了。』

『花掉那麼長的時間，費心準備的交涉結果卻以失敗告終。』

『而且還讓你發掘出潛藏在我內心深處的想法。』

『我不能對下一位靈劍使用者用同樣的手法。』

『實在很遺憾。』

『巴爾特・羅恩。』

『我絕對不會原諒你。』

已經是晚上了。

巴爾特站起身，身體的疼痛與麻痺早已退去。

凍僵的手指與嘴唇也恢復了知覺。

『我接下來要殺了你。』

『但是我沒見過像你這麼優秀的人類。』

『如果我的部下有你這種程度的人。』

『一切的發展就或許會有所不同。』

『我就問問你在臨死前有什麼願望吧。』

——我肚子餓。

『什麼？』

——我一整天都沒吃東西，肚子餓了。

『你這個傢伙真是讓人傻眼。』

『我明白了。』

『稍等一下。』

等了一會之後，岸邊跳上一條魚，魚身啪嗒啪嗒地亂甩。

然後那條魚突然在一陣劇烈的顫動後就不動了。

『把那條魚放在岩石上吧。』

巴爾特按照指示，將魚擺在手邊的岩石上。接著不可思議的事發生了。

魚就像受到火堆加熱似的，發出「滋滋」的炙烤聲。

『我拿捏不了火候。』

『所以等到差不多時通知我一下。』

——再等一下……好，這樣就可以了。

巴爾特吃掉那條魚。皮的部分因為有鱗片，所以就剝掉了。然後再拿出腰間放鹽的小袋子將鹽灑上去。

好吃。烤得不能說很好。但是每一口都無比美味。這條不知名的魚各個部位的味道都不盡相同，令人喜愛不已。

這是他人生的最後一餐。這最後一餐的食物如此美味，讓巴爾特感到很開心。

『吃飯啊。』

——怎麼了，船長。你想起食物的味道了嗎？

『我好像學到了什麼是味道。』

『彷彿打從一開始就不知道有那種東西似的。』

『我在想的是另一件事。』

『星船旅行超過千年的時間，最後找到這裡。』

『那是一段超乎預料的長程旅行。』

——發生了什麼事故嗎？

『不是的。』

『星船在離開母星一定的時間之後。』

『就會開始搜尋適合讓我們下船的星球。』

『當我醒來時，已經過非常漫長的歲月。』

『我驚訝地查看紀錄。』

『來到這裡之前，星船經過了八千顆以上或多或少發展出生命的星球。』

『其中五十顆已經建立文明，所以排除在移民對象之外。』

『但就算如此，竟然有八千顆以上充滿生命的星球呢。』

『然而星船並沒有將我們放在那八千顆星球上。』

『你知道為什麼嗎？』

——不，我不知道。

『因為沒辦法吃東西啊。』

——什麼？

『那些星球的花草、樹木、飛鳥與動物。』

『都不適合人類食用，供他們生存。』

『然後就找到這顆星球。』

『星船設定這裡為終點。』

『就是判定這裡的東西可以吃。』

——原來如此，看來我還得感謝星船呢。

『正是如此。』

『但是我想說的不是那些。』

『而是奇蹟。』

『這裡的東西能吃，本身就是個奇蹟。』

『八千分之一的奇蹟。』

『你活在一個充滿食物的世界。』

『我希望你在死之前知道，那是多麼難能可貴的奇蹟。』

——我當然很感謝世界，船長啊。不過，我對你的話很感興趣。

『…………你真是個了不起的男人。』

『順便告訴你吧。』

『你應該知道一開始只有季揚．克魯斯醒來的事吧？』

——嗯，我聽說他想叫醒其他乘客，卻叫不醒那些人。

『沒有錯。』

『星船對乘員設置了根據旅行的時間而設定的階段性喚醒措施與靜養期。』

『由於這段旅程太過漫長，靜養期也異常地久。』

『但身為唯一的志願乘員與學者的季揚．克魯斯。』

『身負檢查異常的責任，省去靜養期。』

『意外地讓他與我們醒來的時間出現巨大的落差。』

——那或許是命運吧。

『是啊。』

『那或許就是命運。』

海上吹來的風吹亂巴爾特的頭髮與鬍鬚。

海面的漣漪千變萬化地搖曳，反射著天空中爭相輝映的群星。

往空中望去，難得看不見姊之月，唯有妹之月獨自坐鎮於天空正中央，睥睨著大海。

充滿整片天空的星斗綻放著紅色、黃色，又或是金銀色的光芒，在虛空中舞動。

這個世界美麗無比。

巴爾特將古代劍拔出劍鞘。他希望在最後一刻與史塔玻羅斯在一起。

『你拿出靈劍了呢。』

『試試看用那個攻擊我吧。』

『從你的位置，應該可以直接擊中我。』

解放古代劍最大力量所使出的那擊對物欲將軍沒有效果。

更別說用來對付這個怪物。

『你在臨死前竟然如此平靜，還能輕鬆地觀賞景色。』

巴爾特看完這個世界最後一眼後，再次仰望天空。

沙里耶的美貌映入眼中。

『像你這樣的人實在很少見。』

沙里耶。

妹之月。遲來之人。坐擁萬物之人。搭乘銀色馬車的淑女。斯卡拉的愛人。天空的美女。

被甩掉的女人。這位美麗的月神有著無數的別名。

『好了，你向這個世界做完道別了吧？』

巴爾特突然想到。

——為什麼沙里耶被稱為「遲來之人」呢？

就在腦中浮現問題的同時，他的心裡已經有了答案。

——**因為她原本不在那裡啊**。

巴爾特將右手的古代劍筆直地指向「囚禁之島」。

聽到巴爾特內心聲音的船長思考著那句話的意義，得知了真相。如此意外的真相讓船長瞬間愣住，稍微爭取到時間。從錯愕中回過神的船長企圖殺死巴爾特，但就在那個時候，巴爾特已經說出命令。

「星船啊！以光之槍攻擊那個對象！」

沙里耶對「囚禁之島」降下巨大的光柱。

那是古時候被人們稱為「克拉馬的憤怒之箭」的絕對性破壞力量。

光柱吞噬「囚禁之島」與周圍區域，在大海上打出一個大洞。有一瞬間，一切聲音都消失了。下一刻，強光與巨響炸裂開來。

爆炸造成的強風立刻吹到了伊斯特立亞，將巴爾特從海灘捲上天。

不對，巴爾特也不知道那是不是真的由爆炸所產生的強風。

總之巴爾特被高高地吹上天，在夜空中飛舞。

這陣衝擊讓巴爾特失去意識，作了個夢。

那是個很久很久以前的夢。

5

「我會永遠愛著愛朵菈小姐與居爾南大人，守護你們不受任何危害。愛朵菈小姐，請您成為我的妻子吧。」

當愛朵菈從寇安德勒家回來時，巴爾特下定決心迎娶愛朵菈為妻。但是他認為愛朵菈此時的內心應該很受傷，所以等待了一段時間。

當愛朵菈的臉上看起來不再強顏歡笑之後，巴爾特就跪在愛朵菈的面前向她求婚。

「這個孩子該怎麼辦？」

「這個孩子」指的是在一旁睡得又香又甜的居爾南。

「把他當成我的孩子吧。」

「我希望暫時讓這孩子保持自由的身分。所以實在很抱歉，我沒辦法接受你的求婚。」

巴爾特很錯愕，他沒想到自己竭盡全意提出的求婚竟然會被拒絕。那麼，愛朵菈也愛著巴爾特的想法是自己會錯意了嗎？不對，不可能有那種事。

——若是這樣。

他瞪著發出輕微鼾聲的居爾南。是這個嬰兒妨礙了自己和愛朵菈的幸福。

——我要掐死他。

巴爾特身上爆發的殺氣讓居爾南彷彿被火燒到似的嚎啕大哭。

愛朵菈抱起居爾南，溫柔地撫慰他。

看到那幅畫面，巴爾特也收斂了殺氣。

因為他知道如果殺死這個孩子，就得不到愛朵菈的愛情。

巴爾特連句告別的話也沒說就離開了。

然後他感到無盡的痛苦。

那種感覺甚至難受到讓他幻想假如割開自己的肚子拉出五臟六腑，再把內臟扯斷撕碎，是不是就能終結這種痛苦。

最後他做出結論。因為想著自己的幸福才會痛苦。只要把那種想法丟掉就好。只要把一切都奉獻給愛朵菈就好。

但是，該怎麼處理居爾南？

居爾南是那個可恨的卡爾多斯·寇安德勒的孩子。只要想到他是那個男人留下的種，光是讓他的身影映入眼簾都讓巴爾特感到不悅。該拿那個居爾南怎麼辦呢？

不對，他知道。其實他早就知道了。

愛朵菈愛著居爾南。既然如此，決定將一切奉獻給愛朵菈的巴爾特也得愛居爾南。否則無法成為愛朵菈的騎士。

而且如果要愛居爾南，從旁扶持他，巴爾特將走上一條坎苛的道路。

現在還沒有問題。目前海德拉依然健在。他也很疼心愛的女兒愛朵菈與愛朵菈的孩子居爾南。只要海德拉還看著，帕庫拉的騎士們就不會對居爾南表現出反感。

但是海德拉年事已高，不久後將去世。當他死後，居爾南的地獄就會開始。在帕庫拉，沒有騎士不憎恨卡爾多斯·寇安德勒的暴虐無道。而他的私生子居爾也會成為仇視的對象。

該怎麼做才好呢？如果要給予居爾溫馨的愛情與幸福，該怎麼做才好呢？

只能鍛鍊他了。只能徹底鍛鍊居爾南，將他培育成人人敬佩尊重的騎士。

另外，如果想成為居爾的庇護人，巴爾特自己也得建立無可動搖的地位。目標就是獲得德魯西亞家首席騎士的地位。

他做得到嗎？身為鄉士之子的巴爾特有辦法得到那種地位嗎？假如沒有攀上那個地位，他就無法守護居爾。

我就當吧。

成為帕庫拉最強大最善良最優秀的騎士吧。

然後澈底鍛鍊居爾。

那才算愛居爾，才算將自己奉獻給愛朵菈。

之後，整理好心情的巴爾特前往向陽庭園，對愛朵菈與居爾南獻出劍。愛朵菈接受了他的劍，並且表示居爾擁有值得巴爾特獻劍的資格。

現在的他已經明白那句話的意義。居爾南乃是繼承溫得爾蘭特王的血脈，背負命運引導中原人民走向光明的人物。

正因為如此，為了避免當未來通往王位的大道出現在居爾南面前時，他的出身存在任何可供質疑之處，愛朵菈才會拒絕巴爾特的求婚。

那是一句多麼孤獨，多麼高貴的拒絕啊。

大家應該都會感到詫異。為什麼巴爾特不向愛朵菈求婚。

他做過了。巴爾特確實對愛朵菈提出求婚，卻遭到拒絕。

那件事成為只有愛朵菈、巴爾特與眾神才知曉的祕密。

在那之後，愛朵菈說了什麼話呢？

對了。愛朵菈是這麼說的：

「不過，巴爾特大人。您已經將劍獻出，獻給人民。不是哪個國家的國民，而是所有人民。那是多麼崇高的理想，多麼宏大的誓言啊。請您遵守它，巴爾特大人。請您遵守那個誓言。請將您的武力與公義之心奉獻給人民。您正是能做到那種偉大行為的人物。」

那一刻是迫不得已之下的產物。將自身忠誠獻給人民的那則誓言，成為巴爾特應當終其一生追求的目標。

——啊啊！啊啊！愛朵菈小姐。我、我這一生是否都沒有違背與您立下的誓言呢？我可以抬頭挺胸說出，自己就是愛朵菈的騎士，是「人民的騎士」了嗎！

6

夢醒了。

他應該已甦醒，卻置身於某個奇妙的地方。

那是一片看不見任何亮光的漆黑。

在那片黑暗的深處有某個東西。那是比黑暗更加晦暗，體型巨大無比的存在。那個強大的物體對巴爾特說話了。

『多虧汝的努力。』
『扭曲得以導正。』
『汙穢受到清除。』
『我就是來向汝傳達此事。』
這個比黑暗更加晦暗的存在是什麼？這個擁有誇張力量的巨大存在是什麼？
難道……不，可是，不會錯的。
黑暗之神帕塔拉波沙。
身處黑暗中，擁抱黑暗的神。並非冒牌貨的真正神祇。司掌一切黑暗的偉大之神。巴爾特此刻面對的就是祂。
但是扭曲是什麼，汙穢又是什麼？那些東西受到導正與清除，究竟是什麼意思呢？
『我要獎賞汝。』
『說出汝的願望吧。』
願望。巴爾特的願望是什麼呢？
──我希望在喜樂與榮耀之中安詳地死去。
『我已經聽到汝的願望。』
『不過……』

『那應該會是一段時間之後的事。』

7

黑暗之神說完話之後，巴爾特就飛進夜晚的天空。

剛才他真的與神明對話了嗎？

還是說，那是自己失去意識時所作的夢呢？

——得把索伊竹葉放入流水之中。

巴爾特可以說是為了愛朵菈而旅行。他代替死去的愛朵菈遊歷世界，以索伊竹葉寫成的信，告訴愛朵菈自己看見什麼珍奇的景色，品嚐什麼美味的食物。

這將是最後一封信。

若是聽到巴爾特命令月神(沙里耶)射出「克拉馬的憤怒之箭」，消滅被稱為神的怪物，就算是愛朵菈也一定會睜大眼睛吃驚不已吧。

巴爾特露出笑容，準備將胸前口袋裡的索伊竹葉拿出來。

就在這時，他突然想到。

——為什麼我還活著？

無法飛在空中的巴爾特應該會摔死在伊斯特立亞的岩石山上才對。

然而巴爾特的身體卻沒有摔下去，而是飄在空中往前進。

被光之槍貫穿的大海發生爆炸。無數光球從那片狂濤駭浪之中飛出，一個接著一個來到巴爾特身邊。光球撐住巴爾特，讓他不至於摔下去。五顏六色的光球支撐巴爾特的身體，托著他往前移動。

是精靈。

『謝謝你。』

『謝謝你。』

半透明的精靈們在巴爾特心中發出了窸窸窣窣的感謝之聲，並且努力托著巴爾特的身體搬運他。

伊斯特立亞被壓倒性的大水吞噬，幾乎沒入海中。

精靈們接連不斷地湧出。其數量可能達到一百的百倍，甚至百倍再百倍。

船長吞食了數不盡的精靈。而那些精靈如今得到解放。

不過支撐巴爾特的精靈正一個接著一個逐漸消失。

宿主死去的精靈就會從這個世界上消失，回歸精靈的世界。

跟隨他的精靈數量明顯正在減少。

巴爾特的身體即將摔落到尤各上。只要摔下去就死定了。

就算如此，看到那些努力托著自己的精靈，還是讓人感到開心。

『謝謝你。』

『謝謝你。』

有什麼東西從西邊的天空接近這裡。

是一大群精靈！

它們的數量大約有三、四十隻。但是，怎麼會有精靈從西邊過來呢？

『人類巴爾特。』

『我來接你了！』

——小穗！

也就是說，它從霧之谷飛過來。還帶上其他的精靈夥伴。

小穗的夥伴們代替漸漸消失的精靈，開始搬運巴爾特的身體。朝著大陸移動。然而，要憑這點數量的精靈支撐巴爾特的體重太困難了。它們的速度變慢，高度也正在下降。離海面沒多少距離了。

『人類巴爾特。』

『我有件事要通知你。』

這是小穗的聲音，卻又不是小穗的聲音。

是毛烏拉。

他透過精靈小穗說話。

『你所解放的精靈們已經轉生了。』

『他們維持正常的狀態。』

『解除了。』

『詛咒解除了！』

『轉生後的精靈不再發狂了！』

——原來是這樣！

黑暗之神帕塔拉波沙說過——扭曲得以導正，汙穢受到清除。就是指這件事啊。

元凶大概就是船長。他將身體擠入精靈們的世界。那個船長散播的憎恨對精靈們而言是一種毒。

如今船長遭到消滅，從精靈的世界消失之後，精靈們所中的毒也消失了。因此轉生後的精靈不再發狂。也就是說，精靈不會再陷入瘋狂，魔獸也不會再出現了。

現在想想，船長也是一個可憐的男人。他深信復仇是自己的願望，然而真正存在於船長心中的，應該是對故鄉的想望吧。那股無法澈底拋棄的思鄉之情，才是那個魔神般存在的原動力吧。

星船根本沒有被藏起來。季揚國王應該認為船長與自己有差不多的壽命，而且唯有持古代劍的人才能對星船下達最初的命令。因此季揚國王不認為有將星船藏起來的必要。

他之所以在各地裝設中繼裝置，可能是因為在人數眾多的大陸上不容易傳送意志。

離水面只剩一點點距離了。星船擊毀「囚禁之島」的衝擊所產生的大浪直撲而來。眼看著就要吞噬巴爾特。

但是巴爾特沒有後悔。因為他解放了精靈，因為他消除了季揚國王的遺憾。世界上已經不會再誕生新的魔獸。精靈們不會再陷入瘋狂。那是多麼美妙的成就啊。

『差一點！』

『只差一點了！』

什麼東西差一點？

巴爾特往大陸的方向望過去。

是橋。

一座光之橋。

穿越黑暗虛空的一座光之橋從大陸出現，伸向巴爾特。

那是精靈們。數量驚人的精靈連結成一條光帶，朝這邊直飛而來。

——對呀！

被船長吸收的精靈們隨著船長的死獲得解放，暫時飛過來支撐巴爾特的身體之後消失在世上，回到精靈的國度。接著又緊急轉生到這個世界，被「紅石」吸引過去。然後它們再從那個地點飛到巴爾特的所在位置。

就在巴爾特差點落水之際，光之橋擦過水面接住了他。

巴爾特的身體隨即高高飛上天。

巨浪通過巴爾特下方。

在滿天的星斗中，精靈們發出吵鬧的笑聲，運載著巴爾特。

俯瞰這片景象的沙里耶也正在微笑。

被精靈們托著的巴爾特想起了愛朵菈的信。

『您還記得簡樸庭院中的那張小桌子嗎？』

『桌邊坐著您、我與居爾南三人。』

『啊啊！那真是一段開心的日子。』

『在那座向陽庭園中聊得熱烈無比的我們，看起來就像是一家人吧？』

每次巴爾特結束任務回到德魯西亞家時，他總會前往向陽庭園，和愛朵菈與居爾開心地聊天。看在旁人的眼裡，那幅景象是不是就像一家人呢？

若是如此，真的是那樣吧。

愛朵菈、居爾南與巴爾特已經是一家人了。

即使沒有以婚姻的形式在一起，愛朵菈與巴爾特，還有居爾南仍然是一家人。

巴爾特早就獲得他真正想要的東西了。

到底是從什麼時候開始，他變得打從心底疼愛著居爾南呢？

巴爾特的腦中接二連三地浮現出與居爾南的回憶。

小時候、少年時期、青年時期、成年之後。

巴爾特總是守護著居爾南，引導他。並且看著他的成長，與愛朵菈相視而笑。

那就是幸福，那就是喜悅，那就是所謂生命的一切。

那是多麼地……

啊啊，那是多麼地……

那是多麼快樂的人生啊。

天快亮的時候，一朵光之雲降落在伏薩里翁。

目擊現場畫面的人們都說，那個祥瑞異象是伏薩里翁的繁榮之兆。

外傳・蕾莉亞的孩子們

第一章　副都
——西魯修炒蛋——

1

當巴爾特結束與「船長」的對決，抵達伏薩里翁後就沉沉地睡去。剛好就在那天傍晚，遙遠西方的卡瑟城裡，內務官隆加多．斯潘多魯子爵敲了敲執政官宅邸中心處房間的門。

「我是隆加。」

「歡迎，請進。」

蕾莉亞讓隆加進房間，請他坐在沙發上。不過隆加一如往常地婉拒了。

「剛才那場會開得真久呢。」

「畢竟是討論偏長期性的計畫。況且沃魯塔盧布司令官也出席這次的『四席會議』。」

四席會議是經營卡瑟的四位首腦人物，也就是由執政官、財務官、內務官與外務官共同舉行的經營會議。

自從堤格艾德被任命為卡瑟執政官已過了九年。而堤格艾德與蕾莉亞也已經結婚八年。卡瑟發展到誰也無法想像的繁榮程度。

原因就是鎮西騎士團的存在。由馬多斯・艾爾凱伊歐斯鎮西侯組織的這支強大軍團維持了西域的安定，因此卡瑟與西域各國之間的通商活動一口氣變得相當活躍。

大量美麗的布料、地毯、染料、化學藥品、肥料、優質便宜的武器等商品運到卡瑟，再販售至帕魯薩姆各地，同時還透過歐巴斯堡壘，輸出到蓋涅利亞、盛翁、杜勒、以及葛立奧拉等國家。除此之外，南方的辛香料與香木等商品也會經由卡瑟運往北方或西方諸國。

現在的卡瑟擁有王都八分之一的人口與王都四分之一的經濟規模。成為人稱「副都」的重要據點。

這座城鎮不設領主，而是視為國王直轄都市，安排執政官治理的制度。只能說是前任國王居爾南特的先見之明。

如此龐大都市的經營僅由一位執政官無法應付，也不該交給單獨一個人經營。因此增設了財務官、內務官、外務官。這些職位全都是由國王親自任命，但唯有內務官一職可以由執政官推舉。於是執政官堤格艾德毫不猶豫推薦他的好友兼親信，也就是波恩家的總管隆加。

另外，由於目前的卡瑟是絕對不能失去的重要據點，帕魯薩姆王國在不遠處的古利斯莫城設置騎士團保衛卡瑟，並且負責通商道路的安全化。

擔任該騎士團首任司令官的人是沃魯塔盧布．葉甘。沃魯塔盧布是曾經擔任邊境騎士團團長的麥德路普．葉甘的堂兄弟。在麥德路普死後成為了葉甘家的家主。那張嚴肅的臉孔與沙啞的聲音與麥德路普十分相似。每次堤格艾德或隆加看到沃魯塔盧布時，總是會下意識地挺直腰桿。

這次「四席會議」的主要議題是古利斯莫騎士團接下來三個月的派遣計畫、卡瑟北邊區域的新開發案、本季的收支預測、增設商務官的提報，以及與執政官家有關的外交案件。隆加就是為了與蕾莉亞討論最後的那個外交案件，才會來到這裡。

「原來如此。我覺得確實需要一名商務官呢。如此一來也可以減輕你的負擔。那麼，與執政官家有關的外交案件是什麼樣的事？」

「就是向您的長子艾庫費爾托與次子撒庫費爾托提親的請求。」

「又來了啊。是外務官提出的嗎？」

「經過外務官挑選的提親請求各有四件與兩件。直接向執政官家提出申請的各是十三件與八件。」

「數量未免太多了吧。不過話說回來，這都得由堤格艾德大人做決定。只要告訴我結論就好。」

就算她那麼說，堤格艾德也一定會與蕾莉亞商量小孩的婚事，並且遵從她的意見。也就是說，蕾莉亞才是握有決定權的人。

不過，提格艾德倒是一直對向自己提親的請求發動拒絕權。卡瑟執政官這種地位崇高的騎士如果沒有正妃以外的妻子不是件好事。也因此向他的小孩提親的人才會變多。

艾庫費爾托生於四千兩百八十年，撒庫費爾托生於四千兩百八十二年。換句話說，他們各只有五歲與三歲。然而艾庫費爾托卻已經有八位未婚妻，撒庫費爾托也有三位未婚妻。

最傷腦筋的婚事問題其實是為次女沙莉卡挑選對象。男性可以和多位女性訂婚，但是女性只能與一位男性訂婚。而且一般常識是除非男方拒絕，否則女方一定得嫁給訂婚對象。

至於長女法莉卡就不讓人擔心了。因為她在出生時，已經被指定為代理國王夏堤里翁的兒子，也就是王子的未婚妻。

2

提格艾德、蕾莉亞、費露米娜、隆加四個人圍坐在晚餐桌旁。四席會議的成員與次長級官員們的正式晚餐會已經在昨天辦過了，今天不是餐會。原本蕾莉亞也會以執政官夫人的身分出席昨晚的晚餐，但因為她肚子裡懷有第五個孩子，必須避免出席官方活動。

如果有人聽到費露米娜是堤格艾德的親生母親，任誰都會懷疑起自己的耳朵。費露米娜與蕾莉亞看起來就像是一對姊妹。而且蕾莉亞還比較像姊姊。因為和費露米娜的纖弱外表相比，蕾莉亞更給人一種與大貴族妻子身分相稱的威嚴感。達到二十八歲這種生命力與見識兼具年紀的蕾莉亞，正綻放著燦爛之美。

「這道炒蛋應該是出自蕾莉亞大人之手吧？」

「哎呀，真虧你能發現，隆加。」

「隱約有這種感覺啦，費露米娜大人。」

蕾莉亞和家人吃飯時，總是會親手做一道料理。今天她做的就是這道西魯修炒蛋。

蕾莉亞最近很熱衷於一種產於西域的鹽湖，名為烏戈的水草。今天加在炒蛋裡的高湯就是用烏戈熬煮而成。蛋則是選用產自西域的柯爾柯露杜魯蛋，顏色是紅茶色，味道很濃郁。

西魯修是生長於森林之中，有著綠色葉子的草。帶有些微苦味。可以消除魚類與肉類的腥味。蕾莉亞在田地裡種植西魯修。這道料理只使用顏色尚淺的柔軟嫩葉，那是在太陽升起的半刻鐘之前澆水，在太陽升起時採收。

料理中只用少許的鹽。那些鹽事先灑在之後拌入其中的柯爾柯露杜魯小塊肉片上。襯托出蛋的天然鮮美味道。在那蓬鬆的炒蛋之中，夾著好幾層西魯修。至於為什麼西魯修能在炒蛋中漂亮地伸展葉片，不會糾結成一塊，還能保持鮮豔的淺綠色，還是個謎。

隆加用湯匙挖一口炒蛋放進嘴裡，細細品嚐味道。

在吃飯時，蕾莉亞會先端出湯品或少量的溫和料理。蕾莉亞主張那麼做能避免酒傷害內臟。這道炒蛋溫柔平順，一如她的用心態度。

「你也差不多該結婚了。」

蕾莉亞說得一點也沒錯。隆加與堤格艾德和蕾莉亞同年，也就是現年二十八歲。一般來說，在這個年紀的人都應該有一、兩個小孩了。

「你喜歡什麼樣的女性？」

我愛的人是妳——隆加當然不能如此回答，只能回個笑臉。

——對呀。趕快結婚，生個小孩吧。讓子孫世世代代都侍奉波恩家。

「我想找身體健壯，能生出堅強小孩的女性。啊，最好還要有優秀的料理手藝。」

由於一般貴族的妻子不會自己下廚做菜，這個條件有點奇特。不過蕾莉亞微笑地說道：

「聽起來不錯呢。明白了，我會幫你找找看。」

但願這種平和的餐桌景象能持續百年之久。

那就是隆加的願望。

第二章　誕生

鮮榨卡內朱果汁

1

新年過去，時間來到四千兩百八十六年。

一般都說懷孕會讓人想吃很酸的食物，不過蕾莉亞生前四個孩子時都沒有那種感覺。然而就在懷上第五個孩子時，她真的體會到那種感受了。

房間角落的床邊櫃上，隨時擺著堆滿卡內朱果的籃子。

這是西域的水果，有著鮮豔的綠色，非常多汁，還帶有清爽的強烈酸味。

卡內朱果相對來說耐久放，但是它的美味還是只能在採收後保持一個月左右的時間。因此帕魯薩姆王國過去很少輸入這種水果。

不過隆加開發出將卡內朱果以波薩葉包裹後放入木桶，再用蠟封住的方法。而且他還費了一番工夫將木桶與波薩葉運到西域。

多虧他的努力，卡內朱果如今成為在王都也很搶手的商品。

當蕾莉亞想吃卡內朱果時，就會拿水果刀將果實剖半，以隆加製作的榨汁器澈底榨出果汁後放入杯中飲用。有時還會連續榨三顆來喝。

而且自從懷上這個孩子，她就很容易肚子餓。

現在的進食量搞不好是過去的兩倍。雖然她擔心孩子生下來之後的健康狀況管理，但現在也只能回應身體的要求儘量吃。

「哎呀，妳有點動太多了。要不要休息一下？」

費露米娜表示關心。她也擔心蕾莉亞的身體，不過尤其擔心肚子裡的孩子。因為她們已經決定讓蕾莉亞下一個生下的男孩成為蕾莉亞的娘家，也就是阿茲巴魯斯家的繼承人。

「這個孩子會是男孩子呢，還是女孩子呢？」

「既然肚子變這麼大，小孩的體格也一定很壯碩。而且這個小孩的食量很驚人呢。他一定是個愛吃鬼。」

「搞不好是男孩子呢。」

「一定是的。」

「真是讓人期待。如果是男孩子，就讓我來取名吧。」

「好啊，婆婆……啊……肚子、肚子好熱……」

「怎麼了？要生了嗎？來人啊！快點請藥師過來！」

2

蕾莉亞的床邊擺著一張小小的床，裡頭有個小嬰兒正在睡覺。

真是神奇。

長子艾庫費爾托與撒庫費爾托長得與父親堤格艾德很像，有著南方人的五官與膚色。

不過這位三子的體格與五官完全不同。膚色白皙，身材結實，頭髮也不是捲的。

「你……到底像誰啊？」

這個問題連問都不用問。那是讓人聯想到蕾莉亞的娘家察爾克斯家血統的容貌。

蕾莉亞與察爾克斯家疏遠了。

母親尤莉嘉在六年前過世。

前年接到伯父哥頓的訃聞。

而在去年一月時，父親凱涅死了。

得知父親過世時，蕾莉亞感覺東部邊境與自己的關係跟著斷了。反正她也不會回去那個故鄉。

但是看到這個小嬰兒時，蕾莉亞彷彿感受到東部邊境的風吹了過來。空氣中好像飄蕩著故鄉的味道。

不過話說回來，這個孩子的體型還真大。生產時很辛苦，也花了很多時間才生下來。這反而更讓人疼愛他。又或許是因為已經決定把他送去當養子，蕾莉亞才會特別有這樣的感覺。

嬰兒張開了眼睛。

就在這時，蕾莉亞在嬰兒的身上看到令她懷念的影子。

「伯父……大人……？」

於是，日後在從大陸地底下出現的八隻異形怪物與其眷屬蹂躪中原諸國，爆發所謂的魔神戰爭時，靈活運用在辛卡伊打造的「五星獸之盾」活躍於戰場上，與各國的英雄聯手讓人類亞人聯盟走向勝利，獲得五國君王頒贈「大障壁公」頭銜的豪傑，哥頓·阿茲巴魯斯就此誕生了。

最終部・無盡的旅途

第一章 餞別

——生火腿搭蔬菜——

1

剛開始是兩支移民團。

他們是在四千兩百八十五年九月的時候到來。

當時是伏薩里翁創立第十一年，巴爾特與惡靈之王對決的兩個月後。

今年九月初時，塔朗卡與優格爾，還有塞德與米雅雙雙成婚。在結婚之前，塞德先就任為騎士。

在結婚典禮辦完後，六十位前瑪朱艾斯茲領地的領民緊接著到來。

七天後，勃帕特東邊的兩個拓荒村莊的住民舉村搬遷過來。

他們聽說伏薩里翁得到祥瑞異象而蓬勃發展，於是來到此地。

以如今伏薩里翁的人口多達一萬兩千人的規模來看，接納一百六十人是輕而易舉的事情。不過，多里亞德莎卻為此召集伏薩里翁的所有騎士。

「我認為這不過只是個開始。東部邊境有很多過著貧困生活的人民。神的恩寵降臨在伏薩里翁的這則傳聞，應該很快就會傳遍整個東部邊境吧。他們要來囉。移民即將如氾濫的奧巴大河蜂擁而至。」

多里亞德莎發表了重新規劃伏薩里翁的計畫。

「反正伏薩里翁本來就來到不得不重新規劃的時期。東部與東北部雖然擁有豐富的岩鹽與礦物資源，但目前伏薩里翁的城市區距離那裡太遠。另外，五個村莊的位置太靠近，規模也已經不算是村莊。應該重新檢視各地的產業狀況，讓它們各自獨立還能維持領地運作。」

新生伏薩里翁的首都與各城區的規劃如下。

首都扎利亞。領主為朱露察卡・奧路卡札特。

第一城區耶加魯斯。領主為奇茲梅魯托魯・艾薩拉。

第二城區荷利艾斯。領主為諾亞・法克多。

第三城區摩魯斯。領主為塔朗卡・班庫魯多。

第四城區塔特斯。領主為茨路加托爾・艾薩拉。

第五城區苟古斯。領主為克因特・艾克多爾。

第六城區其諾司。領主為達利・法克多。

除此之外，負責採掘岩鹽、鐵礦石、黑石、銅礦石、錫、石英等礦產的村莊增加到九個。還有將原本設來當作礦石運送中繼休息區的堡壘擴建為村莊，數量增加到五個。這是一個規模令人吃驚的大型計畫。

以貴臣身分退休的騎士亨里丹掌管首都扎利亞的一切政務。

騎士邦茲連率領三十名士兵擔任新開拓區域的護衛。

巴爾特常駐於總領主館，接待其他領地與其他國家的使者。

朱露察卡則是負責與希望移民的人面談，判斷是否接納對方，以及該分配到哪個城區。

各領主會在每月的上半個月待在領主館。總體的經營方向由所有領主共同討論後決定。

做出這項決定之後，大量移民隨即蜂擁而至，忙碌又混亂的龐大城市重劃行動開始了。

在那段期間，葛斯與卡菈期盼已久的長子終於誕生，取名為亞多魯葛斯。

湛達塔的鍛造場也剛好在這個時候開始正式鍛造刀劍，並且將第一把鍛造出的劍獻給這位年幼的領主。

亞多魯葛斯出生後，葛斯也變了。他不再害怕暴露自己的脆弱。現在的葛斯即使看到功夫高強之人，也只會把對方當成沒什麼特別的普通劍客吧。巴爾特心想——正因為如此，他才能成為一位腦袋靈活的可怕男人。

不過，大規模的城區重新規劃需要龐大的金錢。

亞夫勒邦的長子多里安邦在四千兩百八十二年時五歲。這年多里亞德莎提出隱居信，將子爵的爵位讓給多里安邦，同時卸下葛立奧拉之臣的身分。

亞夫勒邦將多里亞德莎擔任可布利耶子爵時的領主收入送到伏薩里翁，還加上大量武器裝備。這些財產與武器為伏薩里翁的重新規劃提供了很大的幫助。

巴爾特也毫不吝惜地投入從帕魯薩姆得到的高額獎金，以及瑪努諾女王贈送的寶石。

四千兩百八十六年的新年過後不久，帕魯薩姆王國的代理國王夏堤里翁派了使者過來。使者似乎對此地的繁華喧囂相當驚訝。巴爾特則是誠懇地以卡繆拉的料理款待使者。使者說，他會把這裡的發展當成好消息帶回去。然後就離開了。

移民潮在半年後戛然而止。

這段期間的移民人數超過一萬人。人口規模成長了將近一倍。

如果沒有重新規劃城市的計畫應對這波人潮，伏薩里翁實在難以容納如此龐大的人數。

多里亞德莎利用移居者大量流入的突發狀況，實現了一般來說不可能做到的發展。不得不說她真的很了不起。

——簡直就像魔法呢。

邊境各地的領主都派來使者，要求歸還領民。但實際上他們也不是真的想索回領民，只是來探一探伏薩里翁的虛實。

偶爾有使者真的找到自家領民的時候，伏薩里翁就會付給使者適額的金錢，買下他們的人民。

使者們看到伏薩里翁的騎士、士兵、武器庫與開拓狀況後，知道就算發兵攻打也無法輕易掠奪這裡的財富。

當移民熱潮平息下來之後，朱露察卡就一直吵著要巴爾特帶他去旅行。

這個喜歡浪跡天涯的男人，已經待在伏薩里翁持續老實地工作了很長一段時間。旅行癖發作也是沒辦法的事。

2

有一天，卡菈來找巴爾特，她的臉色很糟糕。

勉強問出原因之後，巴爾特驚愕不已。

朱露察卡患上致死之病。

事情的起頭是多里亞德莎發現朱露察卡的小便顏色異常，是鮮紅色。於是多里亞德莎拖著朱露察卡來到卡菈的面前。

對朱露察卡進行診斷後，卡菈對她發現的事實感到錯愕。她再請托利卡進行診斷，托利卡也有同樣的見解。

卡菈不知道是否該把結果告知多里亞德莎與朱露察卡，於是先來找巴爾特商量。

「他得了壞腎的病。不對，不只是腎臟。似乎還波及到其他許多部位。已經無計可施了。抱歉，如果扎利亞或賽諾斯畢內還在，或許就能更早發現。抱歉。」

巴爾特找來多里亞德莎，將卡菈的診斷結果告訴她。

他說，朱露察卡可能只能再活一天，也可能再活半年。

巴爾特告訴愣在原地的多里亞德莎，朱露察卡最近頻繁地央求自己帶他去旅行。

「或許是他感到自己死期將至，盼望能在旅行途中找個地方死在那裡吧。」

「巴爾特大人！朱露察卡可是我的丈夫！是亞伏勒、希露琪與托利魯的父親！就算他必死無疑，我們家人也會照料他。拜託您不要提起讓他用那種身體出外旅行的事！」

在那之後，巴爾特就不再針對這件事主動提出任何意見了。

多里亞德莎則是開始儘量讓朱露察卡與家人在一起。

長子亞伏勒九歲，長女希露琪六歲，次子托利魯四歲。

孩子們都盡情向朱露察卡撒嬌。

而朱露察卡似乎也收起了衝動，不再老是把想去旅行的話掛在嘴邊。

八月時，邦茲連．戴耶娶了妻子。對象是移居至此的騎士之女。

到了秋天，克莉爾滋卡生下月丹的孩子。

多里亞德莎非常開心，擅自為小馬取了「飛天魚（克莉爾丹）」的名字。

「巴爾特大人。我想讓這孩子成為亞伏勒艾諾庫的馬。好不好！好不好！好不好！」

她這麼說著，連一點反駁的機會都不給就把小馬搶走。

於是這年什麼事也沒發生，平平安安地結束了。

雖然巴爾特擔心朱露察卡的狀況，但因為伏薩里翁仍然處於發展期的混亂當中，他也只能繼續過著忙碌的日子。

另外，巴爾特還對亞多魯葛斯的成長期待得不得了，每天都會去看他好幾次。反正亞多魯也很喜歡巴爾特。這點無庸置疑。

十月，塔朗卡和優格爾生下女孩，取名為夏露卡。

同樣在十月，加里家的總管葛洛克斯．勒荀拉斯拜訪總領主館，對巴爾特低頭拜託：

「我家主公坦佩爾愛德想找個妻子。」

坦佩爾愛德今年二十七歲，過完新年就是二十八歲。

在多里亞德莎的提議下，巴爾特寫了封信，請亞夫勒邦新年時派來的使者代為轉達，委託卡里耶穆公爵夫人物色對象。

瘦了。

正當巴爾特等不及春天到來的時候，朱露察卡又開始吵著要出門旅行。他的身形明顯削瘦了。

新年過去。

時間進入二月的某一天，多里亞德莎前來拜訪巴爾特。

「朱露察卡每天晚上都在唸個不停，說他好想出門，好想去旅行。又一臉難過地述說旅行時看到的東西有多麼稀奇，嚐到的食物有多麼美味。還說最重要的是和巴爾特老爺子的旅行是最棒的經驗。我對朱露察卡說的話很能感同身受，因為我也有同樣的體驗。和巴爾特大人一起旅行真的很快樂。但是我實在不願讓現在的朱露察卡去旅行。巴爾特大人，我該怎麼做才好？」

十天後，多里亞德莎以幾不可聞的聲音哭著說道：

「請您帶朱露察卡去旅行吧。」

「嗯。」

出發時間定在四月三日。

不過，由於意料之外的訪客，出發計畫延後了。

3

大陸曆四千兩百八十七年三月三十八日。帕魯薩姆王國代理國王夏堤里翁派遣使者來見巴爾特。告知他苟古斯領主克因特・艾克多爾與帕魯薩姆王國伯爵加拉姆・雷扎拉托洛的千金尤娜莉亞公主的婚事，並且送上祝賀。對方還說出嫁的馬車已經離開帕魯薩姆了。

卡菈對巴爾特說明了事情的原委。

「那個喔，巴爾特大人。我們不是一起去過帕魯薩姆嗎？你想一下，就是龍人襲擊的那個時候。當時巴爾特大人昏過去所以不知道，不過在趕走龍人後有發生一點事。一個女孩被壓在柱子與牆壁之間脫不了身，剛好克因特經過救了她。然後呢，事後那位女孩前來道謝。沒想到那位女孩就是夏堤里翁陛下的姪女。她在巴爾特大人昏睡不起的一個半月裡，拜訪過克因特好幾次。之後克因特回到伏薩里翁，結束迷宮的冒險。納茲大人準備回去帕魯薩姆時，克因特還請他送信給尤娜莉亞公主呢。」

巴爾特根本不知道曾經發生過這樣的一段愛情故事。

「我們本來以為事情就這樣結束。可是去年夏堤里翁陛下不是派了使者過來嗎？」

有的，確實來過。巴爾特還以為那是來確認自己過得好不好。

「據說尤娜莉亞殿下愛上克因特，聲稱對象如果不是克因特就絕對不嫁。但是尤娜莉亞殿下貴為公主，不適合讓她嫁到邊境的村莊。夏堤里翁陛下於是安撫伯爵，要他先來這裡看看再說。」

這麼一說，那位使者在荀古斯城區住了三天呢。

「對方來看過後，才發現伏薩里翁發展得非常繁榮，而且克因特也當上荀古斯的領主。於是伯爵家便有把女兒嫁過來的正當名義。使者因此開開心心地回去了。當然，對方也確認過克因特的心意。畢竟公主殿下去年十九歲，已經快超過適婚年齡了。」

——克因特也有伴了啊。真是可喜可賀。等一下，她說龍人襲擊的時候？我記得那是四千兩百七十八年的事。那位公主去年十九歲……也就是說她當時是十一歲！那個傢伙竟然和只有十一歲的公主談戀愛嗎？

巴爾特用看到髒東西的眼神瞪了一眼不在現場的克因特。

4

夏堤里翁的使者離去後，伏薩里翁又來了兩位騎士。

他們胸前刻著聖印，身披胭脂紅的披風。其身分已不言自明。

邁爾卡洛神殿自治領地的聖騎士。

他們以精銳的實力出名。據說兩位普通的騎士才能對付一位聖騎士。

聖騎士烏魯貝托・馬路坦與聖騎士歐吉斯哈・鐵拉諾希望與巴爾特會面。

「我們是前來迎接卡蓮安古朵菈・史特托梅諾斯大人。她在這裡自稱卡菈。我們的工作是將卡蓮安古朵菈大人與她的孩子帶回邁爾卡洛神殿自治領地。」

隔天傍晚，巴爾特、葛斯、卡菈、朱露察卡、多里亞德莎、亨里丹、塔朗卡、克因特，還有奇茲梅魯托魯與諾亞都來到總領主館集合。

卡菈現場坦承了一切。

卡菈的本名是卡蓮安古朵菈・史特托梅諾斯。

是邁爾卡洛神殿的四位大教主之一，史特托梅諾斯大教主的女兒。

說到底，卡菈之所以來到伏薩里翁，目的就是「雅娜的手環」。

「雅娜的手環」是邁爾卡洛神殿的寶物。但是從某個時候開始，它淪為爭權的工具。對此感到憤怒的神靈於是沒收了邁爾卡洛神殿的「雅娜的手環」。

神殿長期以來一直不知道手環的下落。之後某天得知手環似乎在瑪努諾女王那裡。雖然派了好幾次使者過去，卻沒有人能見到女王。

然後漫長的時間過去，「雅娜的手環」的存在幾乎成為傳說。

大教主們都各自在諸國之間擁有情報網，卡菈的父親就在偶然間聽到一個傳聞。謠傳邊境騎士巴爾特・羅恩從瑪努諾女王的手中得到了一個神奇的手環。

卡菈的父親派出卡菈確認傳聞的真假，還命令她——若羅恩卿持有的手環是真正的「雅娜的手環」，得想盡辦法請對方讓出手環。

但是這個安排也有讓她離開神殿自由生活的用意在裡頭。那位父親認為充滿陰謀算計的邁爾卡洛神殿，對於不知為何長成一位自由奔放少女的小女兒是個太過壓抑的環境。

於是卡菈才會千里迢迢來到伏薩里翁。

她來了之後很快就看到「雅娜的手環」，而且確認那是真品。

然而和巴爾特一起旅行之後，卡菈改變了想法。她希望能一直在伏薩里翁生活。

卡菈的父親祝福她的婚姻。然而就在去年，情況生變。

邁爾卡洛神殿地位最高的人是教王。

教王的生活非常嚴苛。除了清晨與深夜的吃飯時間，以及短暫的睡眠之外，一整天都必須待在位於神殿最深處的祭壇。具有強大靈力的教王透過各種聖器幫助所施展的祕密儀式，是維護世界安寧不可或缺的存在。可以說邁爾卡洛神殿的存在，就是協助教王萬全地執行這種祕密儀式。

教王的人選出自四個大教主家族。

這四個大教主家族有時反目對立，有時互相協助，一直以來都是神殿的支柱。

然而就在去年發生不幸的禍事。史特托梅諾斯家的長子、次子、三子與他們各自的孩子全都死了。

如果史特托梅諾斯家無法再提供教王人選，卡莅的父親就會失去政治上的發言權。於是她的父親才會命令她帶著亞多魯葛斯回到史特托梅諾斯家。

雖然亞多魯葛斯是卡莅與與普通的流浪騎士所生的孩子，無法期待他有多高的靈力。但只要他還活著，並且待在邁爾卡洛神殿，卡莅的父親就能維持政治權力。將來亞多魯葛斯若是生下孩子，史特托梅諾斯家就能重新恢復繁榮——現在他們也只能期盼這種可能性。

而且卡莅還從父親那邊聽到一個聖騎士們都不知道的祕密。

如果四個大教主家族中有任何一家滅亡，「封印」之力就會減弱，發生導致世界毀滅事件的可能性就會變高。

巴爾特要卡莅仔細考慮之後再做出結論。他解散眾人，要他們三天後再集合。

第二天的夜裡，卡莅拜訪了巴爾特。

「葛斯他……葛斯他說什麼也不肯和我一起去邁爾卡洛神殿。」

卡莅選擇回到邁爾卡洛神殿，而且會帶亞多魯葛斯回去。但是葛斯似乎不願意同行。

巴爾特打算告訴她——那麼我也去邁爾卡洛神殿吧。他認為只要自己過去，葛斯也會跟過來。

不過就在他準備把話說出口的時候，腦中突然浮現巴里・陶德的臉。

——咦，為什麼我現在會想起巴里・陶德的臉呢？

這麼說來，巴爾特就是從巴里所說的話得知葛斯一路走來的經過。

巴爾特想起巴里的話，然後察覺到真相。葛斯不能去邁爾卡洛神殿。他不可能過去。

「卡菈啊，妳應該聽說過撒爾班公國滅亡時的事吧。當時攻入撒爾班的國家之中應該也包含了邁爾卡洛神殿自治領地。」

「咦？那就是說，葛斯到現在仍然憎恨邁爾卡洛神殿嗎？所以葛斯才不肯跟我走？」

「不是那樣，不是那樣的。聽好了。邁爾卡洛神殿曾經發過誓，同意遵守不得讓撒爾班大公家的血脈留存於這個世界上的協議。」

「咦。可是只要不把葛斯流著撒爾班大公家的血的事說出去，誰也——」

「葛斯就長那副模樣。對過去很熟悉的人有可能因此想起狼人王的傳說。即使在中原地區，邁爾卡洛神殿也是特別古老的國家。那裡不是有很多研究古代歷史的人嗎？」

「是、是的。知道古代歷史的人確實很多。」

「妳不覺得若是定居在那裡，就會有葛斯的身分遲早曝光的疑慮嗎？」

「可、可是。那麼久以前的約定——」

「國與國之間對神明發誓不是那麼簡單的東西。而且史特托梅諾斯家的政敵絕對不會放過這件事。」

「您、您說政敵？」

「沒錯。就算只聽妳的敘述，也可知道四個大教主家仍持續著血腥的權力鬥爭。一旦妳父親的政敵得知撒爾班大公家的後裔成為史特托梅諾斯家的繼承人，想必作夢也會笑吧。」

「怎、怎麼這樣。那麼……」

「葛斯的身分一旦曝光，葛斯的孩子亞多魯葛斯也會被殺。然後讓那種不恰當的人物成為女婿的妳父親將會陷入走投無路的危機。葛斯就是為了避免他深愛的妳與亞多魯葛斯身陷危機，才會選擇與妳分離。」

聽完這些話之後，卡菈哭了。過了一會，她擦擦眼淚說道：

「巴爾特大人，謝謝。」

三天後，也就是三月四十二日，眾人再次齊聚一堂。

「卡菈啊，妳做好決定了嗎？」

「我決定回去，帶著亞多魯葛斯回去。」

「羅恩家的家名該怎麼辦？」

提出這個問題的是騎士奇茲梅魯托魯。

「保留。這點絕不讓步。亞多魯葛斯會成為史特托梅諾斯家與羅恩家雙方的繼承人。」

奇茲梅魯托魯似乎只想確認這一點，他沒有再表示什麼。

經過漫長的沉默之後，巴爾特說道：

「那麼，就讓卡菈與亞多魯葛斯回娘家吧。」

這時葛斯突然比出動作。

葛斯先指著騎士諾亞，他的指頭緩緩地移向卡菈。

接下來他又指著騎士奇茲梅魯托魯，那根指頭指向大地。

經過一小段沉默之後，騎士諾亞低下頭，朝葛斯單膝跪地，右手握拳抵著胸口。

「明白了。騎士諾亞會率領親屬與部下與少爺同行！」

「遵命。騎士奇茲梅魯托魯會與全族留在此地侍奉葛斯大人，扶持奧路卡札特家！」

葛斯點了點頭。

這個點頭的動作讓騎士奇茲梅魯托魯與騎士諾亞確定他們正確地解讀葛斯動作的意義。

出發時間定在五月一日。

聽到出發的日期，兩位聖騎士都皺了皺眉頭。他們應該希望再早一點出發吧。不過他們沒有說出口，只是頷首接受。

5

剛開始，聖騎士烏魯貝托與聖騎士歐吉斯哈都以輕視的眼神看待伏薩里翁。這也是沒辦法的事。畢竟伏薩里翁不具備所謂的傳統。

即使建了座領主館，也看不見任何一點長久累積下來的歷史與文化。

但是遇到巴爾特之後，兩人的態度就改變了。

面對巴爾特時，兩人的眼睛突然亮了起來。他們對前來接待的巴爾特所行的禮，充滿莊重與敬意。

巴爾特以為那只是因為自己的身材高大，臉上有傷疤。讓對方感覺自己散發著戰士的氣魄。但並非如此。巴爾特透過與超乎想像的敵人對決而磨練出來的心性膽識，可說達到了神的領域，只要看一眼就能強烈感受到那股氣魄。實際上，兩位聖騎士光是要阻止自己在巴爾特面前跪下，就已經耗費無比巨大的意志力。

更進一步改變他們態度的，是晚餐。

兩人一開始似乎很困惑。

他們被帶到餐桌旁時，桌上只簡單地擺著刀叉。

而且那些叉子竟然有四個齒。

奇怪的是，在這個時候桌上沒有擺碟子。

一般來說，桌上應該會先擺上擠得滿滿的冷盤，在客人入座的前一刻再擺上熱菜。然而這張桌上卻是一道料理也沒有。

入座之後，侍者送上葡萄酒。當然了，這是伏薩里翁自產的葡萄酒。

巴爾特宣布乾杯之後，侍者立刻以迅速流暢的動作送上第一盤料理。

伏薩里翁產的豬肉（帕魯克魯）生火腿搭配春季蔬菜。

美麗的擺盤讓兩位騎士吃驚地說不出話來。

沒錯。伏薩里翁這裡的待客料理簡直就像藝術品。

冷盤新鮮清脆，還帶有蓬鬆的柔軟。小心翼翼地放入口中後，那股鮮明又富有深度的味道，讓人不禁忘情地將整盤都吃個精光。

只憑這麼一盤料理，卡繆拉就深深虜獲客人的心。

這種精緻的美味裡沒有任何一點矯飾。餐盤一道道端上桌的順序、料理方式、擺盤與訓練有素的侍者們。這些東西之中濃縮了令人眼花撩亂的文化精髓。

來自中原最古老國家的兩位騎士如字面所述，親身體驗到伏薩里翁也有文化的事實。

不過，讓他們兩人看待伏薩里翁的眼神從此充滿敬意的，到頭來還是眾位騎士吧。他們對騎士亨里丹的穩重，騎士邦茲連那種非比尋常的氣魄，以及騎士奇茲梅魯托魯與騎士諾亞的風度有著強烈的感受。又對騎士塔朗卡與騎士克因特的年輕有為露出驚訝的表情，並且對這些後進之人的努力不懈感到佩服。

「難道伏薩里翁藏有培育傑出騎士的祕密嗎？」

但有個騎士仍然讓他們投以輕蔑的眼神。

那就是葛斯。

他們來的時候對公主殿下的對象抱持強烈的好奇，想知道那是一位什麼樣的騎士。然而對方介紹給他們認識的那位對象，卻是一名穿著窮酸皮甲的削瘦男子。而且他還不會說話。讓人感覺不到絲毫氣魄。向他搭話時也沒什麼反應。

兩人大失所望，之後他們就幾乎不再理睬葛斯。

看到被人如此對待也不為所動的葛斯，巴爾特對他感到更加佩服。

6

第二城區的領主是由騎士杭加多祿代替騎士諾亞擔任。輔佐官是騎士托里加多祿。第六城區的領主則是說服百般不情願的騎士邦茲連後由他上任。騎士塞德負責輔佐。

就在眾人匆匆忙忙地進行交接手續時，法伐連家派遣使者過來，通知坦佩爾愛德的妻子人選已經決定的消息。

對象是泰魯斯卡諾伯爵的小女兒諾菈芙莉莎公主。據說她竟然還是多里亞德莎的表妹。

多里亞德莎聽到那個名字時大吃一驚。根據她的說法，那位公主應該不是一個會來到這種偏僻地方，嫁給不知名騎士的人。

不過，讀了卡里耶穆侯爵夫人的信之後就能明白其原因。

這位公主的狀況有點特殊。

她外表漂亮身體健康，卻是一位很喜歡經商的奇怪女孩。她看上葛立奧拉與帕魯薩姆近年來激增的貿易，似乎從中賺了不少錢。

不過，她有點做過頭了。由於有多位貴族的利權形同被搶走，她的伯爵父親命令她閉門思過。而她也已經二十歲，再這樣下去就會澈底錯過適婚年齡。然而雖然如此，如果在皇都嫁給身分比自己低的對象，又有損家族的顏面。

經過種種考量後，據說伯爵與她本人都極度贊同讓她嫁給在聯軍元帥巴爾特・羅恩卿的庇護下開拓新領地的青年。根據使者的說法，對方應該已經從皇都出發了。

那是一支帶著公主的出嫁隊伍，這趟旅程應該會花三個月左右的時間吧。

也就是說在七月上旬或中旬左右，新娘就會抵達此地。

被找過來的騎士葛洛克斯得知這個消息時，他感到非常驚訝，同時也相當開心。

有位高貴的美麗公主從大陸中央的強大國家首都前來此地。這種事讓人想不開心也難。

7

宛如風暴過境般的忙碌準備期間已經結束，終於來到卡菈出發的日子。

兩位聖騎士驚訝地呆若木雞。

這也難怪。

看得出工匠們在打造亞多魯葛斯所搭乘的馬車時費了很大的苦心，他們將馬車造得十分精美。後面還有一整排裝載亞多魯葛斯財產的馬車。其數為四十輛。

隨從騎士諾亞、他的長子騎士達利、次子騎士果阿、三子騎士巴魯當然也都騎在馬上。他們的妻子、孩子們與傭人搭乘的馬車有十八輛。另外還有裝載家臣們財產與食物的運貨馬車二十輛。四十位士兵不是搭乘馬車就是騎馬。

沒有任何人徒步走路的事實，便已說明了這群人的富裕程度。

「這全都是亞多魯葛斯大人的財產與家臣嗎？」

騎士奇茲梅魯托魯對茫然地自言自語的騎士烏魯貝托表示：

「奧路卡札特家任命羅恩家為伏薩里翁這裡兩個城鎮的領主。烏魯貝托閣下。雖然羅恩家的家臣跟隨亞多魯葛斯大人而去是理所當然的事，不過若是那麼做，伏薩里翁的經營就會出問題。因此葛斯大人命令在下奇茲梅魯托魯帶著家人部屬留在此地。您能明白我是抱著什麼樣的心情送走亞多魯葛斯大人嗎？另外儘管騎士諾亞帶走家人，但大部分的傭人都還留在這裡。不僅如此，您知道有多少領民要求我們帶他們走嗎？請您記住，隨同亞多魯葛斯大人前往邁爾卡洛神殿自治領地的，只是那位年幼領主的一小部分財產罷了。」

羅恩家的重要成員們圍成一圈，為卡菈與亞多魯葛斯送行。

在他們的後面，有數量多到數不完的領民正依依不捨地向他們道別。

對所有人打過招呼後，卡菈最後準備向葛斯道別。不過葛斯卻制止她，揮了揮手示意卡菈將亞多魯葛斯舉高。

卡菈便將亞多魯葛斯朝著葛斯高高舉起。然後葛斯退後十五步，順手拔出魔劍「班・伏路路」。

接著他擺出高舉魔劍的姿勢，以流暢的動作踏出右腳，大幅收起左手，揮下右手的劍。

他的動作很平緩，卻完美得毫無破綻。

葛斯順著動作的力道將左手往前一伸，踏出左腳，再一次舉高右手的劍。

——啊、啊！

巴爾特終於知道葛斯在做什麼了。

招式演練。

不過話說回來，他全身的動作真是特別。手、腳、軀幹與頭部的動作全都緊密連接。

若是單獨觀察一隻左手，可以看到手的揮動與收回都連結到右手那把劍的揮舞。那種特徵在實戰中會融入於身體的整體動作之中。不過當他像這樣以招式演練的方式展示出基本的動作之後，就能看出葛斯劍術的祕密。讓人知道劍的力道是怎麼在他那動用全身的動作當中傳遞的。

原來是這樣啊。葛斯．羅恩的單手劍是這麼揮的。

持盾騎士使用單手劍時，坦白說就只會動用右手。葛斯所用的這種劍術卻不同。他的整個身體都會為了幫助右手揮劍而做出關聯性動作。簡直可說是全身為劍。

第一招結束，切換到下一招。

交互施展從斜上方發動的縱砍與對左右兩側的揮砍。動作無比優美。

巴爾特和葛斯已經相識將近二十年，卻從未看過葛斯練劍。他不給任何人看自己練劍的樣子。巴爾特此時才知道為什麼。這種劍術不能被看到。原本應該不能給任何人看。

如今葛斯卻把那些招式在一大群人面前演練出來。這都是為了要讓這些動作深深烙印在亞多魯葛斯的眼中。

當然了，一歲半的亞多魯葛斯不可能理解。

就算如此，葛斯仍然繼續演練招式，為的是將招式烙印在他們眼底。

騎士諾亞、騎士達利、騎士果阿與騎士巴魯著迷地看著葛斯的動作。他們必須將葛斯的這份禮物正確地傳授給亞多魯葛斯。

此刻，除了諾亞家的人之外，現場還有許多騎士。葛斯的招式演練也是留給這群騎士、留給所有人的贈禮。

這個男人究竟是抱著什麼樣的心情磨練武技呢？

年輕時培養出的劍術未能守護國家，撒爾班毀滅了。

在虛無之中，這個男人靠著坎多爾艾達留給他的「磨練你的劍術吧」這句話活下來。不會輸給世間萬物的力量。吞噬自身一切，與絕對戰鬥的力量。

這個男人恐怕就是為了追求那樣的力量而磨練劍術。

然而他所磨練的劍術卻也是折磨自己的劍刃。擁有一身強大力量，但是你做了什麼？做到什麼？這種問題應該曾經在這個男人的體內徘徊不去。

所以得知撒爾班遺民的存在對這個男人是一種救贖。得知與他有血緣關係的公主的存在也是種救贖。有人需要他的力量。有一群人受到掠奪。為了拯救那群人，他所磨練出的劍術就能派上用場。那是多麼讓人開心的事啊。

但也因為如此，當戰爭結束之後，一股更加巨大的空虛盤據在這個男人的胸中。

那個時候，這個男人遇到了巴爾特。

這個男人盡一切所能輔助巴爾特。

為了讓多里亞德莎在邊境武術競技會獲得優勝。為了讓哥頓拿回梅濟亞城。為了守護居爾南特的性命，讓他成就霸業。為了保護中原的民眾不受魔獸所害。為了打倒物欲將軍，終結諸國戰爭。

這個男人磨練出來的天下無雙劍術著實提供了很大的幫助。

就在一次又一次的戰鬥中，這個男人逐漸成長。挑戰、學習並鍛鍊自我。這位長命劍士的劍術，如今可說達到爐火純青的境界。

——為自己感到驕傲吧，葛斯．羅恩！

將你的招式展現給在場騎士們觀看吧。那應該會刻劃在騎士們心中，讓他們永生難忘。

最後葛斯所演練的招數之中，攻擊有七招，招架有五招，特殊攻擊有三招，複合招式有兩招，共計十七招。

放眼望去，騎士們都在不知不覺間右膝跪地。兩位聖騎士也是如此。那是騎士對騎士所能獻上的最敬禮。在騎士們的身後，群眾也紛紛跪下。

演練完所有招式之後，葛斯收劍入鞘，步向馬車。

在葛斯走到一半時，聖騎士烏魯貝托以充滿敬畏的聲音向他表示：「在下會好好照顧葛斯・羅恩大人的公子。」只見葛斯微微轉頭，對烏魯貝托露出柔和的笑容。

馬車裡擺著劍匠湛達塔獻給亞多魯葛斯的劍。

葛斯拿走那把劍，放上魔劍「班・伏路路」。

葛斯將魔劍「班・伏路路」轉讓給亞多魯葛斯。

卡菈默默地睜大眼睛，露出吃驚的表情。

之後巴爾特也走到馬車旁，脫下「雅娜的手環」交給卡菈。

卡菈驚訝到眼珠子幾乎要掉出來了。

巴爾特對卡菈與騎士諾亞說道：

「等到亞多魯葛斯成年當上騎士之後，就讓他持有羅恩家家主的頭銜吧。」

於是，卡菈、亞多魯葛斯與他們的家臣就帶著兩樣寶物與大量財物，啟程離去。

第二章 雲海

—卡司喀魯的細繩煮—

1

「竟然把這麼好的女人丟在家裡自己出門，朱露察卡真是過分的男人呢。既然如此，我就把伏薩里翁發展成偉大的國家，宣布首位國王是朱露察卡，用來當成報復。呵呵呵。我會讓建國王朱露察卡的響亮名聲傳遍大陸的每個角落。」

啟程的前一晚，多里亞德莎對巴爾特這麼說道。

巴爾特、葛斯與朱露察卡向家人道別，離開伏薩里翁北上而去。

不過，他們遇到一件讓他們改變行進方向的事件。

那就是森林賢者（帕杜里·歐拉）出現在傍晚的陰暗森林裡。

帕杜里·歐拉抬起相對於那巨大的頭顱，看起來奇小無比的右手，指向巴爾特等人來時的方向。

「感激不盡。」

巴爾特說完後就調轉馬頭，往來時的方向回去。

「咦？咦？老爺子，我們要回去了嗎？」

當天他們住在第六城區其諾司的領主館。

領主邦茲連・戴耶滿心歡喜地招待巴爾特等人。

擔任工務總管的奧羅也與他們同席，將場面氣氛炒得很熱烈。由於燒烤師奧耶也在其諾司設置了據點，這天夜裡奧耶烤出的新鮮白角獸內臟讓巴爾特吃得津津有味。

隔天早上，巴爾特等人來到伏薩里翁的西南方邊緣。

這時，有人從南方接近。

對方騎乘兩匹馬。坐在上面的應該是騎士吧。

他們在起起伏伏的道路與茂密的草叢之間或隱或現地靠近。

騎在前面的是一位青年。年約十七、八歲左右。要說是騎士還太年輕。他沒有戴頭盔。

那頭紅髮在綠色草原的背景前看起來格外顯眼。

在後面的是一位壯年騎士。那張臉似曾相識。

「喂，老頭子！你是巴爾特・羅恩嗎！」

他的聲音強而有力。這位青年應該能成為很好的指揮官吧。

不過話說回來，那個聲音給人一種直接衝擊胸口的感覺呢。

「正是。」

「柯林！那是巴爾特．羅恩。把劍給我！」

「呃，真的是巴爾特．羅恩元帥啊。」

「快點，拿劍！」

「不、不行啦。我就說打不贏啦。我們回去吧，各拉。那可是貨真價實的怪物耶。」

「沒試試看怎麼知道打不打得贏。好了，我叫你把劍給我啦！」

柯林將劍交給青年。那是一把長劍。

「我叫各拉．沃德！聽說老爹曾和你交手過好幾次。我是來代替老爹打倒你的！一決勝負吧！」

他所說的老爹，應該是指喬格吧。

既然他帶著柯林．克魯撒，八成就是如此。

喬格有這種年紀的兒子倒是讓人驚訝。

巴爾特從身後的行李抽出一把手杖。他連拿劍都嫌麻煩。

各拉．沃德策馬直衝而來。這個衝刺很優秀。

不知道為什麼，巴爾特感到相當開心。

各拉高高舉起大劍，一口氣直劈而下。

那種遠遠超乎預料的速度與威力讓巴爾特瞬間感到背脊一涼。

但不知為何，他很熟悉對方衝過來的行動模式。

巴爾特讓月丹迅速前進，打亂對方的步調。

「啊！」

他衝進還在驚訝的各拉胸前，「啪」的一聲用手杖從側面狠敲對方的腦袋。

兩匹馬互相擦身而過。

各拉的身體搖搖晃晃，從馬上摔下草地。

「嗚哇，各拉！」

柯林衝到各拉的身邊照顧他。

「喂，柯林．克魯撒！」

「什、什麼事，巴爾特元帥？」

「什麼事個頭啦。為什麼要攻擊我？而且話說回來，那個年輕人到底是誰？」

「哎……哎呀。那個嘛。我也不是很清楚啦。啊，這傢伙叫各拉．沃德。算是喬格的養子吧。」

根據柯林所述，幾年前一支艾那之民的旅團造訪了蓋涅利亞的首都。喬格似乎愛上其中一位叫萊莎的女人，將她收為己有。萊莎帶著一個小孩。喬格對部屬下令，要他們將那個小孩當成他的家人對待。

之後過了約兩年，當同一支旅團巡迴回來時，那位名叫萊莎的女人離開喬格回到旅團。並且將各拉留在喬格身邊。

巴爾特聽著這段故事，受到很大的衝擊。

萊莎的小孩。而且這個年紀、紅色的頭髮。這種體格、戰鬥能力與渾身散發的氣魄。

天啊！

十五年前，巴爾特受帕魯薩姆國王居爾南特所託，前往救援受到魔獸襲擊的可露博斯堡壘。巴爾特指揮可露博斯堡壘的士兵打倒那群魔獸之後，為了讓夏堤里翁增廣見識，兩人做了一趟旅行。當時他們在某個不知名的村子遇到艾那之民的旅團。巴爾特還與一位名叫萊莎的舞女共度一晚。

對了，當時萊莎說了句很奇怪的話。

她說想要讓首領忍不住立刻點頭的錢。難道那句話的意思，是想要一筆足以讓首領點頭，允許她在懷孕後暫時不用工作的金錢嗎？

如果是這樣，萊莎就是在經過那一晚纏綿之後立刻得知自己懷孕。可能有那種事嗎？

但假如不那麼想，萊莎的那句話就沒有道理。

一定是如此吧。先不論是源自於直覺或是源自於願望，萊莎知道自己將會邂逅巴爾特，生下這個男人的小孩。然後她如願懷上孩子。至少萊莎那麼認為。而眾神為她實現那一廂情願的想法。

巴爾特只能如此判斷。

據說艾那之民離神明很近。不受世俗權力與土地束縛的他們相當重視與眾神的交流。艾那之民的舞女同時也是巫女。她們會全神貫注於舞蹈中與神交流。萊莎是特別優秀的舞女。既然如此，她或許也是一位特別優秀的巫女。

這個人就是當時她懷上的孩子啊。各拉．沃德今年十五歲。

他想起另一件事。

在希魯普利馬路切之戰爆發之前，喬格曾經罵巴爾特是「搶別人女人的老頭子」，又撂下「總有一天要給你些顏色瞧瞧」的狠話。

遇到萊莎並愛上她的喬格或許詢問過孩子的父親是誰。雖然巴爾特不記得自己有沒有對萊莎報上名字，但是聽到事情經過的喬格，不就能用他那野獸般的直覺察覺到這個人是巴爾特的兒子嗎？然後他不就可以利用娶萊莎為妻，收養各拉當自己的小孩的方式，讓自己覺得對巴爾特報了一箭之仇嗎？

若是如此，就代表喬格．沃德養育了巴爾特．羅恩的兒子啊。

當巴爾特想到這裡時，各拉醒了。

「唔~嗚喔。巴、巴爾特・羅恩！和我一決勝負吧！」

「不，勝負已經分曉。你輸了。不過你的表現很不錯，給你一點獎勵吧。」

巴爾特解下綁在月丹身上的古代劍，連著劍鞘一起交給各拉・沃德。

「以你目前的體格，我覺得用這把劍比較適合喔。」

「哦，這把劍看起來很爛，揮起來倒是感覺不錯嘛。好，我就收下了。」

「那……那是，魔、魔劍史塔玻羅……」

「還在幹什麼，柯林！回去了！喂，巴爾特！下次見面時，我會一擊打倒你這種貨色！給我記好囉！你……你要去哪裡？」

「嗯，我要登上伏薩。」

「伏薩？哦。這、這樣啊。保、保……給我聽好，巴爾特！我一定會殺死你。在那之前你可別先死囉！」

各拉說完後就跑走了。柯林也追上去。

巴爾特目送著自己第一次遇到，而且應該不會再次相見的兒子離去，直到看不見他的身影為止。

——史塔玻羅斯啊，我的兒子就拜託你照顧了。

回過頭時，只見葛斯一臉驚訝。雖然他的表情與平時只有些微不同，但在熟識他的巴爾特眼中，可以明顯看出葛斯有多麼驚訝。

葛斯不知道萊莎的事，當然也不可能察覺各拉的真實身分。

——哈哈哈，他嚇了一跳。那個葛斯竟然被嚇了一跳啊。

「欸、欸、老爺子。這到底是怎麼一回事？你說呀，老爺子。你在笑什麼啊。說明一下啦——！」

朱露察卡靠過來，不過巴爾特當然不打算回答。

愉快，真是愉快。

眾神的所作所為實在太有趣了。

2

他們展開旅行已經過了三個月。

這三個月裡，巴爾特經歷各式各樣的冒險。

伏薩山腳下的平原有好幾個城鎮與村莊。

在某個村莊裡，他除掉每幾年就會出現在一處名為龍之背的山脊上的怪物。

在某個村莊裡，他不小心吃掉只能在沒有月亮的夜晚捕到的魚，被村人追著跑。

那裡有一年之中半數時間都得在洞穴裡睡眠的亞人，帕魯加茲魯族的聚落。

有擁有四隻手與強壯尾巴的亞人歐藍多族的聚落。

三人好幾次都身陷危機，但是都透過朱露察卡的機智與葛斯的劍術化險為夷。

然而朱露察卡的體力越來越弱。他們前進的速度也慢下來。

現在，巴爾特他們正在一座巨大湖泊的湖畔。

清淨如鏡的美麗水面倒映著大伏薩。

不論怎麼看，這片景象都讓人看不膩。

這時，映在湖面上的伏薩山麓晃動起來。氣泡咕嘟咕嘟地冒出，某種巨大的物體上浮。

一位體型龐大的銀髮美女從水面探出上半身，閉著眼睛任由湖水從身上落下。

那是瑪努諾女王。

在黑暗森林深處看到的女王與在明亮陽光底下看到的女王，兩者給人的印象截然不同。她真的美得讓人以為是女神。不對，她可能就是女神。在漫長的歷史之中，不就曾經有人將這種神祕的生物奉為神靈嗎？

瑪努諾女王張開原本閉著的雙眼，俯視巴爾特。

『人類巴爾特羅恩啊。』

——瑪努諾女王啊，妳來得正好。我有話想跟妳說。

『你打倒惡靈之王了呢。』

——妳已經知道啦。我雖然派了使者通知捷閔族與葛爾喀斯特族，但找不到能和你們溝通的使者呢。

『惡靈之王死前的嘶吼傳達到我們的心中。』

『雖然很難相信。』

『不過你竟然真的打倒惡靈之王了。』

——就是這麼一回事啦。

『但是巴爾特羅恩。』

『人類的世界並不知道這件事。』

『即使我的同胞們在世界各地探聽。』

『卻聽不到任何人講述這個偉大的功績。』

——因為我只告訴極少數的人。

『那麼。』

『你想要什麼樣的報酬呢？』

——魔獸已經不會再出現。精靈也恢復正常與乾淨。那就是最好的報酬了。

『果然是這樣。』

『新誕生的精靈之所以恢復正常。』

『就是因為惡靈之王被打倒了。』

——嗯，那個人果然是一切扭曲現象的原因。

『雖然新誕生的精靈恢復正常是好事。』

『不過精靈的數量實在太多了。』

『反而讓人有點不知該如何是好。』

——妳說太多？真奇怪。在我身邊還是一樣很少看到精靈呀？

『在我們的居所。』

『居住於該地的精靈數量已經超過瑪努諾。』

——什麼！竟然有那麼多啊。

『不過它們之所以沒有出現在人類的周遭。』

『可能代表精靈終於學到該提防人類了。』

——哈哈哈。未免太晚了吧。不過那也許是件好事。只要精靈能找到住起來舒服的地方就好。那就是我的願望。

『巴爾特羅恩。』

『你真是一位偉大之人。』

——哈哈哈。我的身材還沒有高大到可以被瑪努諾女王稱呼為巨人的程度啦。

『我們瑪努諾永遠永遠。』

『都不會忘記你的功績。』

『如果將來又出現即使心靈沒有受到控制也仍然能聽懂我們語言的人類。』

『我們會向那個人講述你的功績。』

——哎呀，拜託別那麼做。啊，對了。我已經把「雅娜的手環」託付給孫子了。

『是嗎。』

『如果那是你的判斷，那無所謂。』

——聽到妳這麼說，我就放心了。

『人類巴爾特羅恩。』

『將你的一滴血滴在湖中。』

雖然巴爾特覺得這個要求很奇怪，但還是伸手準備從口袋掏出匕首。不過他中途停下動作，改為向葛斯伸出左手。他的手掌朝上，張開的手指對著葛斯。

葛斯手中劍光一閃。

指尖慢慢滲出一滴血珠。巴爾特將那滴血擠到湖中。

『……喔喔。原來是這樣啊。』

『人類巴爾特羅恩。』

『你繼承了那位大人的血脈呢。』

『真是令人驚訝。』

『即使經歷漫長時光。』

『竟然還是會出現力量如此強大的血。』

『不過這就真相大白。』

『各種謎團都解開了。』

『真是懷念啊。』

——妳究竟在感嘆什麼呢？

『人類巴爾特羅恩啊。』

『我有一個祕密名字。』

『叫做尼磊。』

——哦。

『從今以後，凡是流著與你相同血脈的人。』

『向我們尋求幫助時。』

『我們都會助其一臂之力。』

——嗯，尼磊啊。假設我的子孫想做的事合乎道理，你們要和我的子孫通力合作沒有問題。但是如果我的子孫所說的話有什麼不對，還請您責備他。

『這樣好嗎？』

——沒有問題。

『既然如此，就照你的意思吧。』

『我們就這樣說定了。』

——尼磊啊。我受了妳很多照顧，在此向妳道謝。保重了。很高興能見到妳。

『願你身體健康。』

『祝福你的旅途一路平安。』

瑪努諾女王沉入湖中。

只要呼喚出尼磊向她詢問，應該就能知道歷史的祕密吧。但是巴爾特不會那麼做。尼磊是他的朋友，也是戰友。雙方通力合作迎戰強大的敵人。如今雙方的來往已經結束了。將來與巴爾特流著同樣血的人會遇見尼磊嗎？他無法知道，也沒有知道的必要。

往身旁望去，葛斯的臉上正掛著微笑。

——這傢伙。他該不會聽得懂瑪努諾女王說的話吧？

話說回來，這個男人正確地理解了剛才瑪努諾女王在心中要巴爾特「滴下一滴血」的對話。這個男人聽得懂呢。

「船長」說成為靈劍使用者的條件，是必須身為季揚國王的子孫。若是如此，就代表靈劍使用者輩出的撒爾班大公家是季揚國王的後裔。路古爾哥亞·克斯卡斯也繼承季揚國王的血脈。巴爾特與路古爾哥亞其實是遠房親戚與同胞。

3

睡醒時，眼前有一整片令人驚嘆的景象。

是雲海。

好濃密的雲霧啊。彷彿伸出腳就可以直接走在上面。

是一張在初升朝陽的照耀之下，翻滾著白銀色與灰銀色的天空地毯。

那片雲之大海揚起了雲浪，雲朵逐漸聚攏成形。

是人。

那裡也有，這裡也有。

看到在中央雲朵上露出微笑的女子，巴爾特睜大眼睛。

——愛朵菈小姐！

若是這樣，在她旁邊親暱地摟著愛朵菈肩膀的人，就是溫得爾蘭特王嗎？

兩人的旁邊不就是居爾嗎？

在他們後面，令人懷念的艾倫瑟拉、海德拉與渥拉都在開心地笑著。

在溫得爾蘭特右手邊的是翟菲特、麥德路普、荀斯，還有巴里·陶德。

視線往左移過去，就看到奇利、蓋瑟拉，以及那些曾經和他並肩作戰的勇士們。

站在遠處偶爾被雲遮住的好像是坎多爾艾達。

——哥頓！哥頓·察爾克斯也在嘛。哥頓身旁的那位美麗女孩是誰呀？

——啊啊！這裡現在變成眾神的庭園了嗎？

隨著太陽神的光芒越來越強烈，這片雲朵上的國度也逐漸變得朦朧。

巴爾特瞪著溫得爾蘭特王，在內心吶喊。

——我很快就會過去那邊。等著吧。這次我可不會讓你逃走了！

「老爺子……」

朱露察卡的聲音傳了過來。

回頭一看，朱露察卡已經倒下。葛斯正扶著他。巴爾特走到朱露察卡的身邊。

「我的腿已經動不了了。這雙讓我快過任何人，引以為傲的腿，已經動不了了。」

「嗯。辛苦你的腿了。那雙了不起的腿是任何大國的君王都想獲得的。」

「嘿嘿，是嗎，果然是這樣。被誇成那樣，我都要不好意思了。」

他笑著這麼說，微弱的聲音斷斷續續。

「那個時候啊。我在臨茲的時候不是向老爺子搭話嗎？就是有一整排攤販的河邊。」

「哦哦，就是公主給我的信被偷走之後吧。」

「對對，那個時候啊，雖然我要你請我吃東西，但其實我身上有錢啦。但還是向老爺子搭話了。在我心裡的另一個自己可是慌張地說：『喂，你在幹什麼蠢事啊。那是「人民的騎士」耶！是巴爾特．羅恩耶！』」

年輕時的巴爾特對盜賊毫不留情。對於聽說過那個傳聞的朱露察卡而言，巴爾特看起來就像是地獄的使者。

「可是我呢，一直想像。如果我有老爸，和他走在一起逛攤販，央求他買這個買那個會是什麼樣的感覺。那時候我看到老爺子的背影，於是心想，老爸的背影或許就是這樣吧。所以一不小心就上前搭話了。」

朱露察卡痛苦地皺著眉頭，沉默了一會。

「會不會被殺啊～一定會被殺吧～算了，沒關係。我一邊這麼想著，一邊上前對你說：

『請我吃點東西吧～』」

朱露察卡露出無比開心的笑容。

「然後老爺子請我吃圓餅夾烤海鮮和甜酒。我們肩並著肩，坐在河堤邊吃東西。」

當時的巴爾特得知愛朵菈的死訊後相當消沉，很渴望與他人交流。

若非如此，巴爾特早就把朱露察卡五花大綁，逼他說出信件的下落了。

「那些東西真好吃啊。之後有個孩子掉進河裡。老爺子和我默契十足地聯手救了他。大家都開心地靠過來稱讚我們，還演變成一場狂歡會。」

過了一會之後，朱露察卡睜開眼睛，筆直地望著巴爾特。

「老爺子、老爺子。」

「什麼事？」

「那個喔，你知道什麼是卡司喀魯的細繩煮嗎？」

「不，沒聽過。」

卡司喀魯生長在貧瘠的土地，果實可以當成煮湯的材料。但老實說不怎麼好吃。

不過，卡繆拉曾經把這種卡司喀魯的果實壓碎後烤成餅狀，上面擺放魚肉貝類等材料，做成一道美味的料理。讓巴爾特大吃一驚。

「嘿嘿嘿。在伏薩的北邊，人們會把卡司喀魯的果實壓碎揉捏，拉成繩子般的細長狀。再用熱水迅速煮熟後沾著甜甜辣辣的湯汁吃。聽說那種料理啊，有著難以言喻，筆墨無法形容的美味喔。」

「你還是一樣消息很靈通呢。」

「嘿嘿。被誇成那樣，我都要不好意思了。欸欸，老爺子。」

「什麼事？」

「我想吃卡司喀魯的細繩煮。好想吃喔。帶我去吃嘛～」

「好，就帶你去吧。」

「太好啦。嘿嘿嘿。好期待喔。像這樣和老爺子到處旅行尋找美食，真是快樂呢。」

朱露察卡的聲音越來越微弱，眼皮也逐漸閉上。他的生命之火即將熄滅。

「我啊……一直呢……老爺子……老爸……」

不管等多久，他都沒有說出下一句話。

朱露察卡帶著平靜得不可思議的柔和表情，像是睡著般靜靜死去。

巴爾特在這片外鄉之地盡可能莊重地做了祭奠，並且挑選幾件遺物放進行李裡。

葛斯解下披風，將朱露察卡的身體包起來。

巴爾特看著朱露察卡的遺髮說道：

「接下來該帶朱露察卡回到伏薩里翁吧。」

但是葛斯難得地搖了搖頭。

朱露察卡現身在葛斯的右邊說道：

「不要啦，老爺子。你不是和我約定好，要帶我去旅行嗎？」

這麼一說，確實如此。

如果將遺髮送回去傳達死訊，朱露察卡的旅程就到此為止了。

只要不讓其他人知道，繼續旅行下去。就和朱露察卡仍然在世與他們一同旅行沒兩樣。

巴爾特再次往葛斯的右邊望去。當然，那裡空無一人。

當他解開捆好的遺髮，一陣強風就像等待已久似的吹散巴爾特手中的遺髮。

朱露察卡的遺髮轉眼間便高高飛起四散而去，消失在遠方的天空。

目送那陣風離去之後，巴爾特和葛斯乘上馬匹，啟程出發。

兩人的身影消失在雲海之中。

之後的幾年裡，巴爾特·羅恩的足跡遍及北部邊境的各地。

不久之後，他的消息也斷絕了。

接著，時光流逝。

漸漸地，無論是以榮華富貴為傲的大國之名，甚至是偉大諸王的名號，都被人們遺忘。

然而，那位遊盪於邊境地帶幫助他人，強大又溫柔的老騎士與他的同伴們的故事，卻永無止境地傳頌下去，持續溫暖著人心。

（《邊境的老騎士》完）

後記

有一次，我和母親兩人在外面用餐。

母親有事外出，於是開車載我去吃午餐。

那間店與其說是高級料理店，應該說是一間日式餐廳。

老實說，我已經想不起來當時具體吃了些什麼料理。

唯一記得的是清湯與菜單。

清湯裡放了小小一塊柚子皮。那塊柚子皮細得只有牙籤前端的大小。

不過當我看菜單時，湯品名稱的左邊以大大的字體寫著「香料　柚子」。

「這裡雖然寫著『香料　柚子』，但是放的量也沒多到值得特別寫出來吧。這是不實廣告呢。」

母親露出笑容。

「這道湯啊，是要這樣享用的。」

母親將浮在清湯上的柚子皮以筷子撥到碗的邊緣，用筷子壓著柚子皮，再將嘴巴湊到那個位置把湯喝下去。

我有樣學樣，就著香料啜飲清湯。

原本喝起來有些許腥味的清湯隨即充滿強烈的柚香，讓湯的風味變得豐富飽滿。

「是不是？所以那個才叫做香料。」

那張菜單不是用來說明湯碗裡放了什麼材料，而是告訴客人如何品嚐那碗湯。

我仔細看本來以為是為了裝飾用而放入的柚子皮，這才發現那塊又細又小的柚子皮正中間還劃了一道切口。那應該是為了釋放更多的香味吧。

從材料費與分量來看，不到幾分之一克的柚子皮對整碗湯而言幾乎等於不存在。儘管如此，它確實擁有值得記載於菜單上的存在感。

那麼，各位所欣賞的老騎士冒險故事在此落幕。

只不過，在老騎士的世界裡仍然有長遠的過去與悠久的未來，各種大小事件依舊持續在發生。本書所記述的不過是其中的一小部分罷了。如果能讓各位神遊於過去與未來，想像那些沒有被寫出來的歷史，那就是我的榮幸。

但願對於各位而言，巴爾特與他的夥伴們的活躍能成為那一小塊清湯香料。

最後，我要向讓這部小說刊行到結局的藤田明子小姐與 ENTERBRAIN 公司，繪出別有風味的封面圖與插圖的笹井一個老師與菊石森生老師，將本書外觀設計得溫馨有品味的名和田耕平設計事務所，以及各位忠實的讀者致上鄭重的感謝。

謝謝，我們後會有期。

二〇一九年十月　支援ＢＩＳ

新說 狼與辛香料

狼與羊皮紙 1~8 待續

Kadokawa Fantastic Novels

作者：支倉凍砂　插畫：文倉 十

寇爾與繆里前往各方顯學雲集的大學城
當地竟爆發教科書戰爭！

寇爾和繆里為了繼續推行聖經的印刷大計，離開溫菲爾王國前往南方大陸的大學城雅肯尋求物資與新大陸的消息。寇爾當流浪學生時，曾在雅肯待過一陣子。如今城裡爆發了將其撕裂成兩部分的亂象，且中心人物的別名居然是「賢者之狼」——？

各 **NT$220~300/HK$70~100**

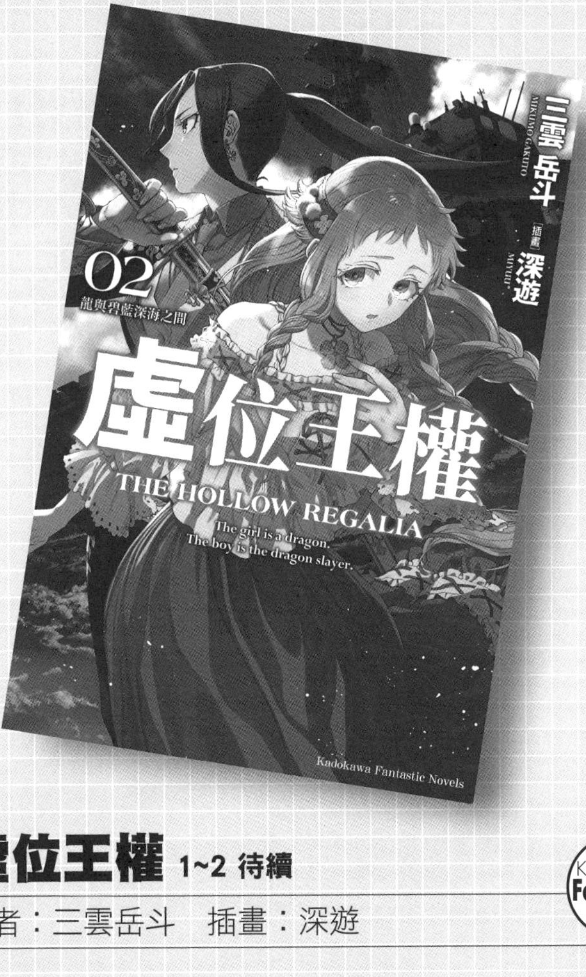
三雲 岳斗
MIKUMO GAKUTO
插畫 深遊
MIYUU
02
龍與碧藍深海之間
虛位王權
THE HOLLOW REGALIA
The girl is a dragon.
The boy is the dragon slayer.
Kadokawa Fantastic Novels

怕痛的我，把防禦力點滿就對了 1~14 待續

Kadokawa Fantastic Novels

作者：夕蜜柑　插畫：狐印

【大楓樹】與【聖劍集結】共組戰線
將與敵對陣營展開一番慘烈廝殺！

大型對抗戰終於開幕！梅普露所率領的【大楓樹】與培因為首的【聖劍集結】共組戰線。眾強力玩家紛紛祭出祕密武器。為打破僵局，培因下令發動總攻擊，同時參謀莎莉打出奇策，要梅普露成為「空中戰略兵器」，嚇破敵人的膽……？

各 **NT$200~230/HK$60~77**

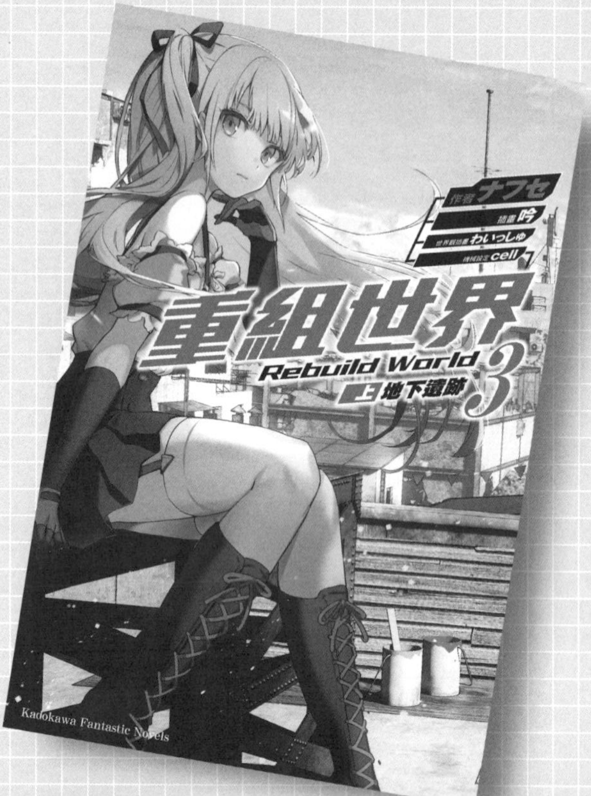

重組世界Rebuild World 1~3〈上〉待續

Kadokawa Fantastic Novels

作者：ナフセ　插畫：吟　世界觀插畫：わいっしゅ　機械設定：cell

下一個目標是探索未發現遺跡。
新的困難等著重返獵人工作的阿基拉！

阿基拉重新投入獵人工作，下一個目的地是沉眠於地底的未發現遺跡。遺物收集牽連了謝麗爾等人；獵人們覬覦未開發的遺跡，引發騷動；與克也等人相遇——沉眠於地底的是教人利慾薰心的寶藏，抑或是……？自網路連載版全面修改！書籍版原創劇情！

各 **NT$240~280/HK$80~93**

OVERLORD 1~16 待續

Kadokawa Fantastic Novels

作者：丸山くがね　插畫：so-bin

見識身經百戰的強者們
也得驚恐心悸的納薩力克神威！

安茲與雙胞胎留在黑暗精靈村，與村民互動交流。然而教國的侵略行動即將攻陷森林精靈國。安茲心生一計，展開行動，卻被森林精靈王阻擋在前。緊接著出現的，是立於英雄領域的教國最終王牌——絕死絕命⋯⋯

各 **NT$260~380/HK$87~127**

國家圖書館出版品預行編目資料

邊境的老騎士. 5, 巴爾特.羅恩與始祖王的遺產/
支援BIS作 ; Shaunten譯. -- 初版. -- 臺北市 : 臺
灣角川股份有限公司, 2022.12
面； 公分. -- (Kadokawa fantastic novels)
譯自 : 辺境の老騎士. 5, バルド.ローエンと始祖
王の遺産
ISBN 978-626-352-074-5(平裝)

861.57 111016972

Kadokawa
Fantastic
Novels

邊境的老騎士 5
巴爾特·羅恩與始祖王的遺產

（原著名：辺境の老騎士 5バルド・ローエンと始祖王の遺産）

2023年3月9日　初版第1刷發行

作　者：支援BIS
插　畫：菊石森生
角色原案：笹井一個
譯　者：Shaunten
發行人：岩崎剛人
總編輯：蔡佩芬
編　輯：楊芃青
美術設計：宋芳茹
印　務：李明修（主任）、張加恩（主任）、張凱棋
發行所：台灣角川股份有限公司
地　址：104台北市中山區松江路223號3樓
電　話：（02）2515-3000
傳　真：（02）2515-0033
網　址：www.kadokawa.com.tw
劃撥帳戶：台灣角川股份有限公司
劃撥帳號：19487412
法律顧問：有澤法律事務所
製　版：巨茂科技印刷有限公司
ISBN：978-626-352-074-5